W0375475

LE TEOREM DES GRANDS HOMMES

Jean-Louis Nogaro

ISBN : 978-2-493049-28-5
ISSN : 2606-538X

Prologue

Son Sen

27 novembre

Vingt-quatre mètres carrés de néant aseptisé. Une table de cuisson rutilante, des placards et étagères proposant le nécessaire, pas plus. Aucune décoration. Pas de livres, CD, ou autres DVD.

Deux détails, cependant, indiquaient que la piaule était occupée : sur la table basse du salon, un vieil ordinateur portable. En marche. Et, comme oublié sur l'unique fauteuil, un blouson de cuir noir avec deux bandes blanches sur chacune des manches.

Son Sen faisait partie de cette race passionnée de *high-tech*. Le genre de type chez qui on retrouve des batteries d'ordis en tous genres, des consoles de jeu, des revues ultrapointues, des boîtes de pizza et des canettes vides. Mais Son Sen n'était pas comme ses collègues *geek*. Il ne devait pas. C'était dans le contrat.

Officiellement il ne vivait pas de ses talents informatiques. Il disposait de feuilles de paye indiquant qu'il bossait pour une boîte de sécurité, ce qui pouvait expliquer ses horaires irréguliers. Pour le cas où le voisinage serait interrogé. Il avait même suivi une formation et disposait de diplômes bidonnés.

Assis en tailleur devant l'ordinateur, Son s'étira et se fit craquer les articulations des doigts. Il ne lui avait pas fallu longtemps pour en faire autant avec les systèmes de défense.

C'est bien des profs qui ont fait ça, n'importe quoi...

Lorsque le sablier virtuel eut fini de s'écouler sur l'écran, la page d'accueil s'afficha. « Université de Poitiers section archéologie. Vous ne disposez pas des droits... » Son entra une dernière série de codes et l'ultime rempart céda. Pour un site prétendument hyper sécurisé... Ça ne l'étonnait guère : qu'est-ce qu'ils pouvaient bien avoir à cacher ? Sa curiosité le poussa distraitement à cliquer sur les divers menus.

C'était chiant.

Et puis, surtout, ce n'était pas son problème.

Il aspira la totalité du site et la posta sur l'adresse convenue. Elle ne servirait que pour cette occasion, il se chargerait lui-même de la détruire quand on le lui dirait.

Une poignée de secondes plus tard, il recevait le SMS d'usage, sur le téléphone portable lui aussi éphémère : « *Bien arrivé, tout va bien à Concarneau. Signé 18.*»

Voilà. Un bon petit paquet de fric vite gagné, à récupérer à l'occasion sur une table de poker dans l'établissement qu'on venait de lui désigner, au 18 rue de Concarneau. Mais pour l'heure, un tour en bécane s'imposait. Son effaça la mémoire de l'ordinateur avant de disséminer et de planquer les divers éléments informatiques qu'il venait d'utiliser, clés, *hubs* et autres gadgets. Il ne conserva sur lui que le disque dur externe, qui rejoignit le cran d'arrêt au fond de la poche intérieure du blouson de cuir. Il ne restait plus qu'à récupérer la Suzuki et à foncer. Au hasard. Foncer.

Sans oublier de balancer le téléphone dans la Seine.

Paris, décembre

Edwin ne sentait pas ce type. Depuis que ce dernier avait mis les pieds au bureau, à peine quinze jours plus tôt. Edwin Moutardon était le responsable historique du labo de paléontologie rattaché aux travaux des enseignants-chercheurs de l'université de Poitiers. Il dirigeait tout, de A à Z, selon ses propres protocoles. Ils étaient combien en tout à maîtriser les techniques d'analyse de fragments remontant pour la plupart à plusieurs centaines de millions d'années ? Deux ou trois en France. Autant dans le reste de l'Europe et cinq ou six ailleurs dans le monde. Il avait fallu tout inventer, mettre les dispositifs au point, participer à des centaines de colloques, publier des articles, en lire et en lire encore. Et on lui refilait ce blanc-bec pour l'épauler. Il n'avait rien demandé à personne ! Et surtout pas un technicien de labo. Et surtout pas celui-ci. Un docteur ! Auteur d'une thèse remarquée mondialement…

Moutardon se reposait les mêmes questions depuis qu'on lui avait mis Philippe de Saintonge dans les bras :

– Pourquoi lui adjoindre un aide maintenant, alors qu'il avait besoin de la plus grande discrétion et qu'on lui avait assigné une mission unique et hautement confidentielle ? Si encore le type était chargé d'exécuter le reste des affaires courantes ! Mais non, le reste, il fallait laisser tomber pour l'instant. Ça ferait de la matière pour le second trimestre des étudiants du premier cycle, lui avait-on dit.

– Si on passait sur ce premier point, comment expliquer le CV du gonze ? Pour être technicien de labo, il faut avoir quoi ? Bac +2 à tout casser. Ceux qui prolongent un peu et se spécialisent sont souvent surdiplômés pour le boulot qu'on leur refile. Alors, ce de Saintonge, qu'est-ce qu'il venait foutre là avec son doctorat, ses thèses et tout le tintoin ? Et pas n'importe quelle thèse, s'il vous plaît : « Approche paléoécologique de l'évolution des ADN des peuplements primitifs d'Amérique ». Enfin, un truc comme ça, il fallait un dictionnaire pour comprendre l'intitulé exact que le doyen lui avait glissé sous le nez. Le patron lui avait glissé aussi, oralement, cette fois : « Cette fichue thèse a été citée dans la revue officielle de l'*International Academy of Science*... On vous file un sacré coup de main, Moutardon, ça vient de très haut... »

Le coup de main en question ne pouvait s'expliquer autrement que par l'importance des enjeux à venir. Et l'enjeu en question était peut-être considéré comme dépassant le cadre des compétences de Moutardon... En début de semaine suivante, on lui livrerait les ossements retrouvés sur le chantier de fouilles des collines de Velaux, près d'Aix-en-Provence. Tout avait été tenu secret mais ça risquait d'entraîner un beau patacaisse d'après l'un des chercheurs de l'université... Il n'était pas impossible que parmi les fossiles rapatriés sur le campus figurent ceux d'une espèce jusqu'alors inconnue... La pression qui pesait sur Moutardon était énorme : on n'analyse pas un fragment datant d'au moins quarante-cinq millions d'années comme une vulgaire goutte de sang sur une vulgaire scène de crime. La moindre fausse manœuvre et la pièce était rendue inutilisable... Ça arrivait parfois, mais là, il ne faudrait pas. Surtout pas...

Pour s'ôter un peu de ladite pression, le responsable du laboratoire avait décidé de s'octroyer un petit week-end chez lui, dans la maisonnette qui ne l'accueillait d'ordinaire que pour les congés. Là où il avait prévu de passer sa retraite, dans deux ou trois ans. Il n'avait pas le permis et le voyage n'était pas une sinécure, pour lui qui ne sortait que rarement de ses éprouvettes et autres appareils de mesure.

Un premier train l'avait conduit sur Paris en un peu moins de deux heures. Il fallait maintenant prendre le métro et changer de gare. Après, un second train pour Auxerre et un trajet de même durée. Le périple ne s'arrêterait pas là. Il faudrait prendre un taxi pour rejoindre Charbuy, la petite commune bourguignonne qui abritait son jardin secret. Le voyage durerait près de six heures dans sa totalité... C'est pourquoi il ne se rendait pas souvent chez lui. Mais là, il le fallait. Il n'avait pas le choix. La venue de ce Philippe de Saintonge lui rongeait les tripes. Depuis qu'il était arrivé, Moutardon avait un pressentiment. Pour la première fois de sa vie, il avait peur de commettre une bourde. Et il y aurait quelqu'un, venu pour le seconder qui plus est, qui le verrait se planter.

Le métro suivant était annoncé dans quatre minutes. Il y avait foule, ce vendredi soir. Moutardon comprit que les places assises seraient chères et qu'il était inutile de lutter. Et puis, avec sa valise à roulettes, il serait préférable de se tenir debout, à proximité des portes. Sinon, il risquait tout simplement de ne pas pouvoir s'extraire à temps lorsqu'il serait parvenu à destination. Il valait mieux monter dans les derniers.

Il se laissa doucement repousser sur l'extrémité gauche du maul humain se positionnant sur le repère au sol. Au bout de quelques instants, il était à nouveau enserré dans une masse d'humanoïdes en tous genres, aux odeurs multiples se mêlant à celle si particulière du métro parisien. Deux paquets voisins venaient de se souder. Ça puait mais il ne pouvait s'en prendre à personne, sa propre transpiration et son déodorant bon marché participant eux aussi à ce fétide concert de fragrances. Il décida de se laisser porter par la foule. Lorsqu'il serait temps, elle choisirait pour lui de quel côté il partirait. Afin de ne pas laisser le stress le gagner, il se força à penser à ce qu'il ferait de son week-end. Un petit coup de peinture sur les volets, peut-être... L'arrivée du métro le surprit presque, tant son esprit vagabondait. Il lui sembla que le conglomérat avec lequel il faisait désormais corps entamait un mouvement sur la droite, comme pour faire face à la rame. Puis il y eut changement de direction. Il partit sur l'avant, en direction des voies. Il n'en était plus qu'à une poignée de centimètres lorsqu'il réalisa qu'il s'était inconsciemment désolidarisé du groupe : les autres continuaient à dériver, mais en sens inverse du sien. Une ultime poussée le propulsa en contrebas.

La motrice le percuta alors qu'il n'avait pas encore atteint le sol. La foule continua à dériver vers les portes par lesquelles se déversait déjà une nouvelle marée de bras, de jambes et de têtes aux yeux cernés.

Le lendemain, les journaux titreraient avec quelque chose du style : « Bousculade mortelle dans le métro parisien. Un sexagénaire succombe à ses blessures»

Paris, janvier

Sale temps sur la capitale. Une fois de plus. Ça faisait quoi ? Dix fois, douze peut-être, qu'il « montait » à Paris. Et toujours cette pluie fine et froide, quelle que soit la saison. Bon, là, on était en janvier, ça aurait pu être pire. Et, surtout, Martin Léonard se contrefichait de la météo, il n'était pas là pour faire du tourisme. Bien d'autres questions le taraudaient depuis la veille au soir. Depuis qu'il avait reçu *l'invitation.*

Quand sa propre sœur lui en avait fait la proposition, il avait d'abord cru à une blague. Et puis il avait revu sa position. D'abord parce qu'elle n'avait rien de drôle et ensuite parce que les conséquences d'un refus auraient été tellement énormes qu'il n'avait pu faire autrement que la prendre au sérieux. Une « proposition qu'on ne pouvait refuser ».

Il avait accepté.

Sa sœur lui avait alors remis un vulgaire post-it en lui demandant de l'apprendre par cœur et de le lui rendre. Il s'était exécuté. Elle avait déchiqueté le papier avant de l'avaler. Un mauvais film… Mais il sentait, il savait qu'il n'avait pas le choix. Que quelqu'un, quelque part disposait d'un pouvoir de nuisance suffisant pour bouleverser sa vie et celle de ses proches. Et, après tout, on ne lui demandait pas grand-chose. Il avait lu et appris en même temps. Pas besoin d'avoir une mémoire exceptionnelle : « Demain matin, un taxi vous prendra à 6 h 30 devant chez vous. Prévoyez des affaires pour la journée. Votre carrière prendra un essor que vous ne pouvez imaginer. Ne parlez à personne de ce courrier. Sinon… »

Il avait embrassé sa sœur qui s'était aussitôt éclipsée. Elle partait très tôt elle aussi le lendemain matin. C'était prévu, pour son boulot : un reportage chez les ostréiculteurs du coin pour le canard local qui l'employait depuis plus de six ans. Il était allé embrasser ses deux garçons qui dormaient déjà avant de rejoindre sa femme, assoupie devant son *sudoku*. Il lui avait servi une explication vaseuse pour son absence à venir. Elle était habituée et se contrefoutait de son planning depuis bien des années. Depuis qu'il était entré en politique pour être précis.

Marion avait épousé un jeune chercheur prometteur rencontré un jour de manif. Elle s'était retrouvée dix ans plus tard avec un petit notable de province sans envergure. Il en souffrait mais avait toujours eu l'intime conviction que son heure viendrait, qu'il suffisait de bosser et d'être patient. Il attendait l'investiture de son parti pour faire un peu mieux que conseiller municipal et marchand de lotions bidon pour le compte de son père, dans la parapharmacie montée tout exprès pour le fiston unique. Tout ça parce que le jeune chercheur n'avait finalement jamais rien trouvé de mieux que de suivre les conseils des amis de son père. Mais c'était une autre histoire, celle de beaucoup de ces gosses de bourgeois provinciaux qui croient pouvoir se défaire du déterminisme familial lorsqu'ils ont vingt ans et qui courent s'y enfermer d'eux-mêmes quelques années plus tard quand la vache enragée devient le quotidien et le futur proche trop prévisible.

Martin Léonard s'était posté au pied de son immeuble bordelais avec un quart d'heure d'avance. Il faisait nuit noire et plutôt froid. Dans sa mallette, une tablette tactile, un bloc-notes, un paquet de mouchoirs jetables et une boîte de biscuits. Et dans le bide, une drôle de boule, fruit d'un mélange entre la trouille d'être mêlé à une histoire pas très nette et l'excitation de faire enfin quelque chose de sa confortable mais bien morne existence.

Un taxi s'était pointé à l'heure précise. Il n'avait posé aucune question au chauffeur. Il n'avait rien demandé non plus au pilote du Falcon qui l'avait pris en charge entre les aéroports de Blagnac et d'Orly. Et rien, toujours, au second chauffeur qui le conduisait à l'instant dans les rues de Paris, en direction, semblait-il, du quartier de La Défense. L'envie de les assaillir d'une foule de questions ne lui avait pas manqué. Mais il n'avait pas osé. Rien, dans le courrier lapidaire, ne l'interdisait mais la barrière était en lui. Elle s'appelait « mauvaise conscience », voire « trouille ». Ou mieux encore : « pris par la patrouille… »

Ils étaient refaits, sa sœur lui, et, en cascade, une multitude de gens avec eux.

Quelqu'un savait.

Il s'attendait à être démasqué un jour ou l'autre, et il s'y était préparé. Il n'y avait pas l'ombre d'un doute : sa cause était juste, il était convaincu que la fuite en avant serait nécessaire et que ça passerait, comme c'était toujours passé depuis plus de cinq ans… jusqu'à la veille au soir. Pourtant, tout était cadenassé, personne n'avait jamais flanché. Que s'était-il passé ? À la limite, Martin s'en foutait. Ce qui le déstabilisait, c'était le type d'attaque. Il s'était attendu à un chantage, des menaces de tous types, mais jamais à ça. Jamais à ce qu'on lui propose de « booster sa carrière ». En échange de quoi ?

Il pleuvait sur Paris. La poisse, il n'avait pas pensé à se couvrir d'un vêtement adapté. Le taxi stoppa devant un immeuble de bureaux. Martin ne laissa pas le chauffeur finir la formule de politesse d'usage et sortit tout en se protégeant le crâne avec sa mallette. À peine avait-il posé le second pied au sol qu'un type se précipitait à sa rencontre, muni d'un parapluie salvateur. Grand, vert et blanc, le parapluie. Sur la partie verte, il était inscrit, en grosses lettres blanches : « GROUPE ». Et sur la partie blanche, en vert bien entendu : « GOSIER ». Groupe Gosier. Martin n'en avait jamais entendu parler. Peut-être bien que ce nom n'avait rien à voir avec son affaire. Le type avait pu récupérer le parapluie n'importe où. N'empêche, ce « Groupe Gosier », c'était le premier indice dont il disposait.

L'homme au parapluie se contenta de lui demander avec un sourire censé le mettre en confiance :

— Vous avez fait bon voyage, monsieur Léonard ? Veuillez me suivre, avait-il enchaîné en lui saisissant le bras.

Le geste était ferme mais pas agressif. Persuasif. Comme le ton employé. Martin avait suivi sans faire d'histoires. Il avait accepté d'entrer dans cette drôle de danse, il fallait maintenant aller jusqu'au bout. Ces gens semblaient maîtriser leur affaire, ce qui était, étrangement… rassurant. S'ils étaient capables de le faire se retrouver d'un simple claquement de doigt au bras d'une espèce d'homme de main sous un parapluie vert et blanc dans le hall d'entrée d'un immeuble parisien, c'est qu'ils pouvaient probablement, comme ils le lui avaient fait savoir, booster sérieusement sa carrière. Martin penchait plus pour le versant politique de son activité que pour la partie paramédicale. Mais ils avaient aussi probablement les moyens de mettre les menaces rapportées par sa petite sœur à exécution. Ne serait-ce que parce qu'ils semblaient disposer de moyens d'information redoutables.

Son ange gardien le conduisit jusqu'aux ascenseurs. Spacieux et luxueux, comme tout ce que Martin avait pu apercevoir dans l'immeuble jusqu'à présent. L'homme appuya sur la touche 9.

Montée rapide et silencieuse. Toujours chaperonné, Martin se retrouva sur un palier dallé de marbre face à une douzaine de portes ornées de plaques discrètes mais classe. Son guide composa un code sur un boîtier apposé à l'une des portes, annonçant qu'on n'était séparés du « Groupe Gosier » que par son épaisseur. Ce qui signifiait qu'ils ne se cachaient pas tant que ça, estima Martin. Après le parapluie, la plaque sur la porte. Il se renseignerait sur les activités de cette société. Bien entendu, dans le Falcon, on l'avait délesté, tout en sourires, de ses tablette, téléphone portable et autres objets métalliques. On l'avait assuré que tout lui serait rendu et on lui avait proposé tout ce qu'il fallait pour que son voyage se passe au mieux, boissons, revues et même cigares cubains…

La porte s'ouvrit.

— Bonne journée, monsieur, profitez bien de votre séjour parmi nous. Je dois aller chercher nos autres invités.

— Ah, nous allons donc…

Trop tard. Pour une fois qu'il tentait une question, il se retrouvait seul dans une salle d'attente du type de celles des centres d'imagerie médicale, en plus vaste. Avec les deux portes d'usage, celle par laquelle on entrait et celle qui faisait face, par laquelle on viendrait vous chercher. Martin se posa sur un fauteuil bridge et attendit. Longtemps. L'envie de se lever, de dire stop à cette mauvaise comédie et de se casser lui traversa plusieurs fois l'esprit. Mais il n'en fit rien. Il prit sur lui pour ne manifester aucun signe d'exaspération, persuadé d'être filmé et observé sous toutes les coutures. On lui avait retiré sa montre dans l'avion mais il estima à trois quarts d'heure le temps de macération imposé.

La seconde porte finit par s'ouvrir sur une jeune femme qui l'invita à la suivre. Style hôtesse de l'air, très cordiale, s'excusant pour le temps d'attente. Martin lui emboîta le pas le long d'un couloir Art déco aux murs recouverts de photos de paysages urbains. Il maugréa une niaiserie du style « Pas de problème, j'ai tout mon temps » puis l'hôtesse le présenta à une nouvelle porte, capitonnée cette fois. Elle la poussa et lui fit signe d'entrer. Martin fit rapidement les premières constatations : on aurait pu se croire dans n'importe quelle salle hébergeant n'importe quel conseil d'administration. Une table ovale entourée d'une quinzaine de chaises, des sous-mains, des bouteilles d'eau, un vidéo-projecteur au plafond, un paper board. Rien ne manquait.

Certaines chaises étaient déjà occupées. Martin n'eut pas le temps de jauger ses colocataires, collègues ou codétenus. Un homme d'une cinquantaine d'années, en costard classique avec la petite décoration qui va bien sur le revers de l'encolure, vint à sa rencontre, une main ouverte et tendue vers lui.

— Monsieur Léonard, quel plaisir de vous avoir parmi nous !

Martin saisit mollement la main et ne répondit pas. Il tenta de croiser le regard de ce nouvel intervenant. La logique voulait que chaque niveau le rapproche du Graal, à savoir de ceux qui pourraient lui dire ce qu'il foutait ici. Mais rien ne transpirait de l'individu. Pas plus que de ceux déjà en place. Tous des hommes. Martin en compta huit. La tête de certains ne lui était pas inconnue, mais il ne parvenait pas à les resituer. Tous étaient plongés dans leurs pensées. « *Leur arrive-t-il la même chose qu'à moi ?* »

Il fit comme tout le monde, s'assit sur la chaise que lui désignait l'homme à la décoration et attendit. L'homme retourna à sa place, en bout de table.

Près d'un quart d'heure plus tard, après que cinq nouveaux individus, dont une femme, furent arrivés à leur tour, l'homme à la décoration tapota sur le micro installé devant lui. Il était le seul à en avoir un à disposition. L'engin était en lui-même totalement inutile au vu de la faible taille de la pièce et du nombre restreint de participants. Mais cela donnait une emprise supplémentaire à leur hôte. « *Il n'aura pas besoin de nous couper le son : on n'a même pas le droit à la parole...* » Aucune conversation n'ayant commencé entre les présents, le silence fut immédiat. Les présentations furent brèves :

— Madame, messieurs, veuillez nous excuser pour cette intrusion soudaine dans votre vie. Et merci d'avoir répondu favorablement à notre invitation.

Pas un bruit. Pourtant, Martin Léonard en était maintenant quasi certain : tous avaient été confrontés au même type de « choix » que lui. Tous avaient cet air gêné qui ne pouvait s'expliquer que d'une seule façon : ils avaient eux aussi quelque chose à se reprocher, un cadavre dans le placard et, comme lui-même, flippaient de tout voir révélé à des inconnus.

L'orateur confirma dans la foulée.

— Ne voyez là aucune forme d'ironie de ma part, même si

un refus aurait été catastrophique pour vous, je vous remercie très sincèrement d'avoir pu venir à notre rencontre. Ainsi, celui d'entre vous qui n'a pas fait tout ce qu'il fallait pour sauver un homme de la noyade alors qu'il finançait ses études de droit avec ce modeste job de surveillant de baignade... Peut-on vraiment le lui reprocher ? Ce même infortuné nageur ne venait-il pas de se faire tancer pour son attitude, disons... déplacée, avec de très, très jeunes filles ? La société ne se voyait-elle pas débarrassée pour toujours d'un possible pervers, d'un de ces kidnappeurs qui font régulièrement frémir la France ? Eh bien cet homme, ce surveillant sans doute coupable de la fameuse « non assistance à personne en danger », a bien fait d'être là, aujourd'hui. Vraiment bien fait.

L'homme s'interrompit un instant, jaugeant l'assemblée d'un regard circulaire. Chacun put constater que tout le monde avait compris. Les vieilles casseroles allaient ressortir.

— Dans le même ordre idée, comment en vouloir à cet autre qui s'est compromis dans un trafic de stupéfiants de plus en plus important, mais avec, là aussi, des intentions tellement louables ? C'est uniquement pour financer le cannabis de sa petite sœur, atteinte d'une maladie associée à des crises de douleur tellement atroces que c'est le seul antalgique qui lui procure quelques instants de répit... Je continue ?... Non, bien sûr. Vous l'avez compris, un point vous unit. Tous. Et il est inutile d'en parler. Ça ne regarde personne, si on y réfléchit bien. Raclements de gorges et de chaises. Visages rougissants ou blêmissants. Regards se dérobant. L'homme laissa la gêne s'installer quelques secondes avant de reprendre son discours.

— Mais maintenant, messieurs-dames, faisons fi du passé et tournons-nous vers l'avenir. Vers un très proche avenir... Vous avez beaucoup d'autres points communs, beaucoup plus avouables. Et un handicap... Un gros, un très gros handicap... Vous êtes tous engagés dans l'action publique, la vie politique. Vous avez des ambitions. Et vous savez...

L'orateur s'interrompit à nouveau et jaugea son auditoire. Sa manière de souffler le chaud et le froid agaçait l'assistance, les petits signes ne trompaient pas. L'un clignait nerveusement d'un œil, l'une avait les narines qui se rétrécissaient. Léonard tentait d'empêcher son pied droit de battre la chamade.

— Et vous savez que vous n'atteindrez pas votre but. Pas sans un petit coup de pouce du destin. Certains y sont arrivés, vous en connaissez. Alors, pourquoi pas vous ? En raison de la loi des probabilités, tout simplement. Je vais faire court : vous rêvez tous d'un destin dans votre parti. Vous êtes barrés, archibarrés, par les petits barons locaux et les copains des petits barons locaux. La marche est tellement longue, il y a tellement de mains à serrer et je suis poli, qu'il vous faudra des années pour y arriver. Et pour arriver à quoi ? Une place de suppléant dans une circonscription perdue d'avance. Au mieux… Sauf si… Regardez plutôt...

La lumière s'éteignit et une image de deux mètres sur trois environ fut projetée sur le mur blanc du fond de la pièce. Elle suscita quelques onomatopées marquant l'étonnement des spectateurs. On voyait des gens marchant dans une rue, derrière des banderoles. Une manif. Léonard reconnut immédiatement de quoi il s'agissait en lisant le texte et en découvrant la bouille des manifestants. Il s'agissait de ce que la presse avait nommé « la marche des beurs ». C'était quand, déjà ? Au début des années quatre-vingts, dans ces eaux-là, estima-t-il. Qu'est-ce qu'ils venaient faire dans cette histoire, les beurs ? D'autres images s'enchaînèrent. La même marche, en d'autres lieux, avec d'autres slogans, tous demandant l'égalité des droits quelles que soient les origines.

Trois diapos différentes suivirent alors. Trois hommes politiques. Tous proches, voire très proches du pouvoir en place. Martin savait qu'il existait un rapport certain entre l'ascension de ces hommes et « la marche des beurs ».

L'orateur reprit la parole sans remettre la lumière.

— Vous avez compris, je l'espère, le pourquoi de ce rapide montage… Je résume quand même : 1983… la marche pour l'égalité et contre le racisme démarre dans l'indifférence générale et se termine à Paris en rassemblant cent mille manifestants.

Son nom change en cours de route, on parle maintenant de la « marche des beurs. » Le glissement sémantique, vous le savez n'est pas anodin. Derrière cette récupération, des hommes, avec à leur tête, les trois que vous venez de voir sur le diaporama. Vous connaissez leur CV comme moi : premier secrétaire de parti, président de groupe à l'Assemblée. Dans les dîners parisiens, on parle du troisième comme d'un potentiel « premier ministrable ». Qu'ont-ils fait pour en arriver là ? Une chose très simple. Ils ont su décrypter ce mouvement pour se l'approprier, en changer les attendus et au final, se faire un nom. Exister sur un plan médiatique, prendre les meilleures places dans l'ascenseur politique.

L'homme marqua un temps de silence puis lança brièvement, avant de relancer la projection :

— On vous propose la même chose. Regardez ...

Nouvelles manifs sur grand écran. Toujours la foule, des banderoles. Mais une ambiance moins chaleureuse, plus actuelle. Des gens moins bronzés. Pas seulement à cause de la saison. Certaines diapos étaient violentes, avec fumigènes, vitrines cassées, charges de CRS. Tout le monde reconnut les événements qui avaient agité la France ces dernières années. « Le Printemps français » qui rassemblait tout ce que la France comptait de mécontents face aux réformes de société engagées par le gouvernement : les opposants au mariage pour tous, les Bonnets rouges, Bretons pour la plupart, refusant tout nouvel impôt d'obédience « écolo » et d'autres groupes ou groupuscules luttant contre l'accueil des migrants, réfugiés des guerres du Moyen-Orient, et la dépravation des mœurs et de la société en général. On voyait également des défilés de gilets jaunes, un gros plan sur une lettre ouverte publiée dans la presse ultra conservatrice, émanant d'anciens militaires souhaitant bouter les Sarrasins hors des frontières. La France n'allait pas très bien…

Puis, comme pour le premier montage, les images de manifs cessèrent et laissèrent place à une nouvelle galerie de portraits. Quatorze tronches. Leurs tronches ! La projection stoppa, la pièce fut à nouveau baignée par la clarté des néons.

— Et maintenant, on va vous expliquer ce qui va se passer si vous en êtes d'accord…

Il n'attendit pas d'acquiescements et commença sa démonstration :

— Première chose : enfoncer un coin dans les certitudes.

19 août

Saint-Malo

Jusque-là, tout s'était déroulé comme prévu : la fourgonnette attendait Wilhem Kerlean sur le parking d'une grande surface en périphérie. Il s'était rendu sur place à pied pour ne pas laisser son propre véhicule devant le centre commercial. Il avait marché deux bons kilomètres, en pleine nuit et fumant clope sur clope. Ça faisait partie du plan.

« Pour les passants que tu croiseras, tu es un type sorti fumer sa clope, c'est tout. »

Il avait passé six cigarettes, le triple de sa consommation quotidienne habituelle. Mais pour le paquet de pognon promis, il était prêt à sacrifier un peu de sa santé. Les clés qu'il avait trouvées dans sa boîte aux lettres ouvrirent la portière sans souci. Il avait remonté la capuche de son jogging, baissé un peu la tête. Et conduit tranquillement jusqu'à la plage, sans croiser âme qui vive.

Après s'être assuré qu'aucun autre véhicule ne stationnait

dans les environs, il descendit. Il enfila la combinaison, les gants, la cagoule et recouvrit ses chaussures de surchaussures jetables en plastique bleu. Tout l'équipement l'attendait dans un cabas aux couleurs d'une enseigne de grande distribution, posé sur le siège-passager.

La mer se retirait depuis une heure et demie maintenant. C'était une belle nuit, presque sans lune. L'idéal. Il était 5 heures passées d'une poignée de minutes. La bande de sable continuerait à gagner du terrain sur l'eau pendant plus de trois heures. Mais il n'avait pas tout ce temps pour mener à bien l'opération confiée par les patrons du Mouvement. Tout avait été décidé dans le secret des bureaux. Le jour, l'heure, le lieu, la durée de la manœuvre. Il n'avait qu'un quart d'heure pour exécuter la dernière partie de la mission.

Il entreprit le déchargement de la camionnette. Une quinzaine d'autres sacs de course numérotés, à transporter sur la plage à une cinquantaine de mètres du parking, au pied d'une petite falaise. Il ne resterait plus qu'à étaler le contenu à même le sable dans l'ordre indiqué. Il savait ce qu'il y avait dans les cabas : de quoi attirer les télés du monde entier lorsque les premiers baigneurs pointeraient le bout de leur maillot…

Il jeta un coup d'œil à sa montre. Il lui restait moins de douze minutes et il n'avait pas apporté la moitié des sacs sur site. Il jura intérieurement, s'apprêta à élever le rythme en prenant une grande inspiration. Mais il sentit une main se poser sur son épaule.

Il parvint à garder son calme et se retourna tout en se plaçant en position de combat. Il lui sembla reconnaître à qui il avait affaire.

— Qu'est-ce que tu fous ici, toi ?

La tuile. La tuile absolue. Cet idiot allait tout faire foirer. Qu'est-ce qu'il fabriquait là, lui aussi, sur cette plage, en tenue de plongée ? La réponse à cette question étant pratiquement acquise, une autre lui vint immédiatement à l'esprit : que fallait-il faire ? Tout raconter ? Hors de question. Sortir un bobard ? Il n'en avait pas un tout prêt sous la main. Lui sauter dessus ? Le kidnapper ? L'éliminer ? Il n'avait que quelques secondes pour prendre une décision.

Il choisit la dernière. Malgré la nuit, il lui sembla voir les yeux du plongeur révulsés par la surprise. Il fut certain d'entendre craquer les cervicales sous les effets de la torsion qu'il fit subir à la tête de son adversaire. L'homme s'affaissa, se laissant glisser contre lui. Maintenant, il fallait poursuivre dans l'improvisation, avec une priorité absolue : personne, et surtout pas les commanditaires de l'action, ne devait être informé de cet imprévu. Il hissa sa victime sur les épaules et se dirigea, à peine gêné par la charge, vers la camionnette.

Il s'en était plutôt bien sorti. Il avait utilisé le canal habituel pour informer ses employeurs qu'il n'avait pu s'acquitter de sa tâche, la veille au soir. Il avait prétexté avoir été témoin d'un crime sur la plage alors qu'il venait pour déposer « ce qu'on savait ». Il avait préféré temporiser et attendre les nouvelles consignes. Ça, c'était pour la version présentable. Dans la réalité, il avait rechargé ses sacs de course, dans le même ordre, et les avait rapportés dans la camionnette. Seul son cadavre de plongeur s'était ajouté au chargement. Il avait roulé le long de la baie, sans but précis, histoire de réfléchir. L'idée du bobard à raconter lui était venue à ce moment-là. Il avait envoyé sa version par SMS. La réponse était arrivée moins d'un quart d'heure plus tard. Ces gens étaient rapides. Ils risquaient de vite se rendre compte de ce qui était réellement arrivé... Il n'avait pas peur des adversaires, quels qu'ils soient, il en avait combattu de toutes sortes, sous de nombreuses latitudes. Certains étaient particulièrement retors, prompts à la dissimulation mais jamais aussi invisibles que ses nouveaux patrons.

« Véhicule dans trente minutes gare maritime du Naye. Parking longue durée Terminal Ferry. Près de la sortie. Attendez instructions. »

Z'auraient pu dire merci, ces cons...

Et surtout, trente minutes, ça ne faisait pas beaucoup. En fonçant, il pouvait y être. Mais il fallait se débarrasser du macchabée. Il ne voulait pas l'abandonner n'importe où. Il fallait le planquer avant l'arrivée au port, et pas le temps de faire un détour.

Il s'en voulut un instant d'avoir prévenu si vite. Mais il se convainquit aussitôt qu'il avait bien fait. Tout était si minuté qu'ils l'auraient suspecté s'il avait laissé traîner les choses. Il prit la direction de Saint-Malo et de sa gare maritime. Il planquerait le corps dans un coin et viendrait le récupérer au plus vite, afin de trouver un endroit sûr.

Trente-deux minutes plus tard il était sur place. Il prit un ticket, attendit que la barrière se lève. L'endroit était désert, il n'y avait ni départ ni arrivée à cette heure-ci. Beaucoup de voitures étaient garées là, appartenant aux estivants et travailleurs qui n'avaient pas les moyens d'embarquer leurs véhicules pour l'Angleterre ou les îles anglo-normandes. Le téléphone avait vibré quelques minutes auparavant mais il avait préféré rouler jusqu'au point indiqué. Il stoppa sur la place la plus proche de la barrière de sortie, près d'une Clio rouge et afficha le message : « Garde les clés. Prends la Clio, clé sur contact. Demain même endroit même heure que premier RV d'aujourd'hui, même protocole. Clio à laisser demain à la place de la camionnette. Bonne initiative. Merci. »

Ah, quand même !

Le capot de la Clio était chaud. Il jeta un coup d'œil circulaire, sans trop insister. Il n'avait aucune envie de loger le type qui devait se planquer dans le secteur et qui prendrait la fourgonnette en charge sous peu. C'était juste pour lui montrer qu'il n'était pas pressé et n'avait pas la trouille. Il démarra. Le ticket se trouvait sur le siège passager et la barrière se leva sans qu'il ait à débourser le moindre centime. Le stationnement était gratuit les vingt premières minutes.

Il avait encore pas mal de taf : récupérer sa bagnole, dégotter une bâche en plastique pour envelopper le corps laissé au niveau du pont enjambant l'étang de Sainte-Suzanne. Il était hors de question de le trimballer dans la Clio ; elle serait passée au peigne fin s'ils avaient le moindre doute concernant ses activités nocturnes. Il estima à une bonne heure minimum la durée du travail restant. Le jour ne tarderait plus à se lever, il laisserait le corps dans sa voiture et aviserait dans la journée. La situation ne devait pas s'éterniser.

20 août

Saint-Malo

Le Mont-Saint-Michel, c'était bien joli, mais ça ne l'inspirait guère. Trop usé par les yeux du monde, trop photographié, trop pixellisé sur le Web. Non, lui, son truc, c'était le Fort du Guesclin, sur l'île du même nom.

Yvon Ben Ouassil, autoproclamé « détaché de l'État français aux affaires antilibérales » achèverait ainsi son pèlerinage annuel à Saint-Malo. C'était comme ça, c'était écrit. Année après année. Les racines bretonnes en août. Les tunisiennes à l'automne. Après, une fois ressourcé, retour sur les plateaux du Pilat. Il y alternerait alors à nouveau coups de main et coups de poing. Jusque-là, c'était le plus souvent pour son pote Mermoz, créateur du *Vilain Canard du plateau*, petite feuille de chou inspirée par les préceptes du maître Albert Londres. Mais, ces derniers temps, quelque chose semblait s'être rompu entre les deux hommes. Faudrait voir à son retour ce qu'il en était vraiment.

Heureusement, quoi qu'il advienne, resteraient toujours les expéditions punitives, contre les 4x4 des citadins en goguette, les poseurs d'affiches publicitaires et électorales, les briseurs de grèves et autres casse-couilles en général.

Il s'apprêtait à la quitter mais il l'aimait. La Bretagne... Il longeait la côte en direction du point d'où il apercevrait le fort. Plus que quelques centaines de mètres. Côté climat, les moqueurs du reste de l'Hexagone n'avaient pas totalement tort. Dire que c'était un coin humide était un pléonasme. Mais pour une fois que l'été breton ressemblait à l'été des autres, Ben Ouassil ne boudait pas son plaisir. Cependant, les premières chaleurs armoricaines ne semblaient pas être au goût de tous...

Le témoin de chauffe du camping-car Volkswagen qui avait pourtant traîné son châssis sous des latitudes bien plus surchauffées clignotait depuis quelques jours. Mais cela faisait dix bonnes minutes que le voyant restait éclairé en permanence.

— Merde, bougonna le Franco-Tunisien. Tu vas quand même pas me faire un joint de culasse ici ?

Le véhicule, répondant à sa manière, éructa quelques spasmes de fumée blanche.

— OK, OK. T'as soif, tu veux te reposer. Et ça fait pas une heure qu'on roule...

Avisant un bosquet en fin de plage, Ben Ouassil débraya et commença à se laisser couler dans cette direction. Il avait en tête de se garer à l'ombre, autant pour la fourgonnette que pour lui. Et aussi pour Ghriba, le chien, qui pour l'heure roupillait sur le siège avant, son ballon à portée de museau.

Ben Ouassil caressa délicatement le levier de vitesse, et enclencha la seconde. Il stoppa au pied des premiers arbres, sur un départ de chemin qui semblait prendre la direction de la falaise surplombant la plage du côté sud.

Il s'empara de la barre métallique rangée derrière son siège et d'une pointe dans le fouillis de la boîte à gants. Il fallait faire un petit bricolage de fortune pour caler le capot et le maintenir ouvert… Un coup d'œil confirma ses craintes. Le radiateur s'était transformé en cocotte-minute. Hors de question d'ôter le bouchon sans risquer la greffe de peau. Il n'y avait plus qu'une chose à faire : attendre que ça se calme, ajouter de l'eau fraîche et rouler à petite vitesse jusqu'au garage le plus proche. Après, il ne resterait plus qu'à attendre, encore, le verdict du mécano cette fois. En serrant les miches.

Il referma le capot et posa la barre métallique au sol, sous le véhicule, siffla le chien et s'engagea dans le chemin. Avec un peu de bol, il découvrirait un nouveau point de vue sur le fort…

Il marchait depuis quelques minutes lorsqu'une lueur dans les broussailles attira son attention. Il stoppa sa progression. Ghriba grogna. Ça ne signifiait rien, le chien manifestant souvent sa mauvaise humeur lorsqu'il sentait son maître contrarié. Simple solidarité. Mais il y avait bien quelque chose d'anormal dans le fourré. Ben Ouassil pensa à un bout de verre qui réfléchissait les rayons du soleil. Ça ne pouvait être une simple bouteille oubliée là, à moins qu'elle ne soit coincée dans un arbuste : la source lumineuse ne semblait pas jaillir du sol. Il opta pour un véhicule planqué là et commença à s'en approcher.

Après avoir repoussé ou écrasé quelques ronces, il se retrouva, une vingtaine de mètres plus loin, sur un terre-plein dégagé débouchant sur un chemin parallèle à celui qu'il avait emprunté. Une vieille Jeep, couverte de poussière, y était stationnée. On voyait la trace des essuie-glaces sur le pare-brise. La voiture n'était pas abandonnée depuis longtemps. La lueur entraperçue venait bien de là.

Par simple curiosité, Ben Ouassil poursuivit son approche. En sourdine, Ghriba grognait toujours. Le véhicule semblait pourtant vide, autant qu'Yvon pouvait en juger au travers des vitres. Ce 4x4 n'était pas de ceux qu'il abhorrait. Celui-ci était rustique et servait à rouler sur les chemins, pas à parader en centre-ville. Il s'apprêtait à repartir en quête d'eau lorsqu'un détail retint son attention. Enfin, un détail… Plutôt le coup de bol intégral. Le dessus du tableau de bord et le siège passager étaient couverts par un fatras de papiers, d'outils, de boîtes et de bidons divers. Et parmi les bidons… du liquide de refroidissement, semblait-il. La voiture n'était pas verrouillée. Yvon l'ouvrit et tendit la main.

Le chien grogna plus fort, comme dans un reproche puis se mit à aboyer, franchement cette fois.

C'était bien du liquide de refroidissement, mais le bidon était vide. Ben Ouassil se redressa, déçu. Il s'apprêtait à sermonner le chien, il ne faisait rien de mal après tout : un bidon vide, son propriétaire n'en ferait pas une maladie. Alors que lui, s'il trouvait de l'eau, ça lui serait utile.

Une branche craqua dans son dos et un ordre fusa aussitôt :

— Les mains sur le capot !

Surpris, le Franco-Tunisien obtempéra tout en se retournant. Ils étaient trois. Deux hommes et une femme. Trois gendarmes qui braquaient leur pistolet sur lui.

— C'est un bidon vide, on se calme… commença Yvon.

— Dis à ton chien de la fermer ou on l'abat.

Il avait l'habitude. Des arrestations, de leur déroulement. Il aurait pu écrire un bouquin sur le Code de procédure pénale… Il constata rapidement qu'on pouvait ranger les flics bretons dans la catégorie des zélés tatillons.

Ils exigèrent que le chien soit attaché à un arbre. Ils ne firent aucune remarque sur le fait que Ben Ouassil utilise une sangle tirée d'un vide-poche de la Jeep pour s'acquitter de la tâche. Yvon profita de la manœuvre pour se fourrer la pointe servant à caler son capot dans la bouche. Il l'avait gardée à la main, sans y réfléchir. Les flics conduisirent Yvon jusqu'à leur camionnette, planquée à couvert une centaine de mètres plus loin. Le questionnaire traditionnel, nom, prénom, adresse, etc. avait suivi. Ben Ouassil avait assumé son rôle, refusant de répondre, se contentant d'indiquer d'un geste du menton la direction du combi Volkswagen.

Les flics se concertèrent un instant sans le quitter des yeux.

Puis ils se mirent en action. Yvon fut menotté et fouillé, sans autre forme de procès. Ils confisquèrent le couteau de l'armée française auquel il tenait beaucoup.

Les deux flics le poussèrent, lui signifiant qu'il fallait bouger. Ils l'accompagnèrent jusqu'à son camping-car. En passant, il aperçut le chien qui lui jeta un regard tout en surveillant du coin de l'œil sa garde-chiourme, la fliquette, plutôt pas mal gaulée. Le tableau ne manquait pas de charme. Surréaliste mais serein. On entendait le ressac de la mer proche, quelques cris de mouettes, un peu d'air dans les branchages. Tous les acteurs évoluaient désormais en silence.

Arrivés au but, Yvon désigna la portière avant, toujours du menton. Un gendarme l'ouvrit, fouina un instant et ressortit en brandissant un portefeuille débordant de paperasses.

— C'est là-dedans ?

Hochement de tête affirmatif.

— Passe-nous tes papiers d'identité.

Le flic tendait le portefeuille à Ben Ouassil. Ce dernier, tendant les poignets, signifia d'un nouveau mouvement de tête qu'il ne s'exécuterait pas tant qu'il serait entravé. Les gendarmes échangèrent quelques coups d'œil, hésitant sur la marche à suivre.

— On n'a pas le droit, commença le gendarme qui tenait les documents, on doit…

— Allez, tais-toi, le coupa le plus gradé, c'est de la provoc à deux balles.

Puis, s'adressant à Yvon, il poursuivit :

— Tu as envie de nous emmerder, OK. On appelle la brigade cynophile qui prendra ton clebs en charge et on file au poste discuter de tout ça. Si tu revois ton chien un jour, tu auras de la chance…

Le trio regagna le véhicule des gendarmes. Au passage, le chef informa la fliquette de la suite des opérations. Il en fit de même par l'intermédiaire de la radio du véhicule, à ses chefs probablement.

L'échange terminé, il confia à son adjoint :

— Voilà, il a gagné, ce con. Le major prend la piste au sérieux et déclenche la procédure. Nous, on attend les maîtres-chiens et on ramène le prisonnier.

Ben Ouassil estima ensuite à une bonne heure l'attente qui suivit. Il commençait à faire très chaud dans l'estafette, et plus personne n'avait échangé la moindre parole. Le silence n'avait été interrompu que par quelques infos balancées sur les ondes de « radio-poulaga » . Un malaise sur la plage, des recherches qui restaient vaines et un pickpocket arrêté au Monoprix d'un bled voisin. Yvon savait qu'ils chercheraient – et trouveraient sans peine – les diverses et nombreuses gamelles accrochées à ses basques. Ça aurait été la même chose s'il avait coopéré. C'était toujours comme ça. Il n'avait rien contre les flics ni l'autorité en général. Tant qu'on lui foutait la paix, qu'on le laissait agir avec son code d'honneur à lui. Il n'en abusait pas mais ne supportait pas qu'on lui désigne les limites. Dès que les gendarmes auraient son nom, leurs bécanes leur sortiraient tout son CV. Un beau chapelet de coups de mains divers et variés, allant de bastonnades en dégradations, en passant par pas mal d'outrages et insultes aux forces de l'ordre. Mais tout ça, c'était les peccadilles, les amuse-bouches. Les vrais coups tordus, y compris certains ayant envoyé *ad patres* quelques salopards, ceux-là, les bécanes des flics n'en avaient pas connaissance.

Un vol de bidon vide sans effraction, ça valait quoi ? Une nuit au poste maxi. Le temps de bien laisser le camion refroidir. Même Ghriba ne s'offusquerait pas du traitement qui lui serait fait. Une nuit au chenil, aux frais de la princesse, bien nourri et traité contre les parasites en prime, il n'avait rien contre. C'était un chien facile. Tant que son maître ne lui demandait pas de ne plus l'être.

Un bruit d'hélico vint rompre le silence. Ce n'était pas son premier passage, mais peut-être bien le cinq ou sixième. Cette fois-ci, Ben Ouassil comprit que les gendarmes y accordaient de l'intérêt. Pour les autres fois, il en avait peut-être été de même mais il n'y avait pas prêté attention. Pourquoi les flics dressaient-ils l'oreille ? Tous les étés, les plages bretonnes, comme celles du reste du pays, étaient régulièrement survolées. L'espace aérien du littoral se partageait entre les secouristes et les publicitaires.

Un mauvais pressentiment l'assaillit. Les passages d'hélico étaient-ils à mettre en lien avec le message radio de tout à l'heure, qui parlaient de recherches qui restaient vaines ? Se serait-il trouvé au mauvais endroit au mauvais moment ? Qu'est-ce qu'ils foutaient là, finalement, ces trois flics, sur ce recoin de falaise ? À cent mètres de leur bagnole ? L'évidence frappa soudain le Djerbien : ils surveillaient le 4x4... Et lui, comme un con, y avait chourré un bidon vide. Comme pour confirmer ses doutes, la radio grésilla :

— Central à équipe 5. Équipe 5, vous entendez ?

— On est là, répondit le chef en s'approchant du micro.

— Vous rentrez directement avec le suspect, la cynophile est débordée, ils n'ont pas le temps de prendre le chien en charge.

— Et... on en fait quoi du chien ?

— Comme d'habitude. Vous essayez de le confier à un voisin ou vous passez le déposer à la SPA.

— Un voisin... Y en a pas par là... Bon, on le charge dans la voiture on voit ce qu'on peut faire et on arrive tout de suite après. Comment ? Oui, il refuse toujours de parler.

L'après-midi était plus que largement entamé lorsque le Djerbien et ses trois cerbères débarquèrent au poste de Saint-Malo. C'était une grande bâtisse de deux niveaux, plutôt quelconque. Toit en ardoise, surmonté d'une antenne colossale. Drapeau français planté devant. Yvon n'avait pas eu la possibilité de caresser Ghriba lorsqu'ils l'avaient laissé au refuge. La fliquette s'était chargée de l'y conduire et de régler les formalités. Le Djerbien en voulait plus aux gendarmes pour le sort réservé au chien que pour le sien propre. S'ils lui signifiaient une garde à vue, il serait obligé d'appeler un pote à la rescousse pour récupérer Ghriba. Et des potes, dans le coin, il n'en avait plus. Il n'était pas certain que Ludovic Mermoz, voire Lucile Kérouec, une autre journaliste du *Vilain Canard*, là-bas, dans le Pilat, seraient prêts à faire le déplacement pour les beaux yeux de Ghriba. Depuis la tentative de suicide de Lola, la quatrième de l'équipe, les deux nageaient dans les regrets quand ils ne flirtaient pas avec les remords. Lola était dans le coma, reliée à un semblant de vie par une batterie de tuyaux au CHU de Saint-Étienne.

Pour Ben Ouassil, le pèlerinage breton était tombé à pic. Non pas pour oublier son propre rôle dans cette histoire. Il pensait, comme les deux autres, avoir fait ce qu'il fallait pour Lola. Mais la vie continuait et il n'était pas dans sa nature de se morfondre. Ce qui ne l'empêchait pas de morfler. Pas mal même, et plus qu'il ne le laissait paraître.

Mais le chien n'y était pour rien et il faudrait trouver une solution pour le cas où le Djerbien se serait fourré dans un sale coup.

Pas d'enfilade de bureaux, mais plutôt un hall de gare partagé en petits box, séparés par des cloisons à mi-hauteur. Le poste de gendarmerie possédait tout ce qu'il fallait d'impersonnalité pour qu'on s'y sente mal à l'aise. Ben Ouassil n'en avait cure, il ne comptait pas s'éterniser ici. Les trois flics et leur prisonnier naviguèrent de box en box, à la recherche d'un certain Jo. On finit par leur indiquer sa position et ils le trouvèrent sur un palier en train de s'envoyer un gobelet de flotte près d'un distributeur estampillé d'une marque d'eau de source.

— Ah, ça y est vous voilà ? se contenta de lancer Jo.

Il termina son verre et jaugea Ben Ouassil un instant. Yvon soutint le regard. L'homme était grand, le cheveu réglementairement coupé, tirant sur le blond. Ce qu'il dégageait d'énergie contenue pouvait laisser penser qu'il s'agissait d'un gradé de rang élevé. Le chef des trois autres, qui semblaient filer doux.

On aurait pu croire qu'ils attendaient une récompense du patron pour cette belle prise. Mais Jo lâcha son gobelet au-dessus d'une poubelle et se contenta de s'engager dans l'escalier. Tous montèrent d'un niveau à sa suite. L'ambiance était différente. Étage consacré aux affaires sérieuses. De vrais bureaux avec de vraies portes, mais pas plus de climatisation qu'à l'étage inférieur. On crevait de chaud là-dedans, malgré les courants d'airs que les fenêtres entrouvertes tentaient de créer Ils passèrent par la troisième porte, celle sur laquelle était inscrit « Major J. Digoin ».

Jo s'installa sur une simple chaise, derrière un bureau quelconque, le truc fonctionnel et à bas prix. Pas de première jeunesse en plus. Dessus, un téléphone, un fax, un ordinateur de la génération du bureau, quelques papiers épars et un porte-crayon en plastique bleu. Jo fit signe à ses collègues et à Ben Ouassil de s'asseoir. Il n'y avait que deux chaises libres. Le Djerbien en choisit une d'office, histoire de montrer qu'il était le second personnage important dans l'affaire. Les trois gendarmes hésitèrent et la bienséance conduisit à ce que la fliquette prenne la dernière chaise. Il faisait chaud, ce n'était pas le calendrier et un poster de la baie de Saint-Malo scotchés sur la baie vitrée qui faisaient obstacle aux rayons obliques du soleil. Semblant ne rien remarquer du jeu de chaises, Jo lança :

— Monsieur, dont nous ignorons tout jusqu'à présent, voici les papiers signés par monsieur Gassin, procureur de la République en charge de notre affaire, qui nous autorise à faire plein de choses : ouvrir votre portefeuille pour savoir qui vous êtes. Ramener votre véhicule dans nos locaux pour pouvoir procéder à une perquisition complète. Et bien entendu, à vous signifier votre garde à vue.

Jo laissa passer une poignée de secondes, qu'il employa à consulter le contenu du portefeuille, et devant l'absence de réaction de son suspect, il poursuivit :

— Le problème, monsieur… Ben Ouassil, le problème c'est le propriétaire du véhicule dans lequel vous avez pris ce bidon… Je vais quand même vous dire de qui il s'agit : Étienne Lanaët…

Moue d'Yvon signifiant qu'il ne voyait pas de qui il s'agissait.

— Étienne Lanaët est recherché activement depuis un peu plus de vingt-quatre heures. Disparition inquiétante selon la formule consacrée.

Un fonctionnaire frappa sur le plexiglas entourant le bureau et vint parler à l'oreille de Jo. Il lui remit un feuillet de fax avant de repartir. Jo regarda Yvon, fixement, avant de reprendre :

— On vient de retrouver monsieur Lanaët... On a retrouvé son corps pour être plus précis... Et vous savez où ?... Dans votre camping-car.

Latourbière-sous-Pilat (42)

Tout allait mal. C'est ce que ressassait la radio. Tout allait mal dans le monde, en France, partout. Il n'y avait que la Bourse qui semblait résister. Ludovic Mermoz ne se demandait pas ce que pouvaient signifier des hausses de zéro cinq point à Frankfort ou un virgule deux à Paris. Il s'en foutait. Ça ne créerait pas d'emplois, c'était sûr. Mais des emplois aussi, il s'en tamponnait.

Il n'avait plus de boulot, lui. Il avait sabordé sa boîte, son petit journal, son rêve. Il avait bousillé l'amitié qu'il entretenait avec ses associés. Il ne lui restait plus rien, même pas sa conscience. Depuis qu'il n'avait su prendre la bonne décision, celle qui aurait peut-être empêché Lola de survivre encore moins bien qu'un légume.

L'histoire était toute fraîche, l'odeur de poudre semblait flotter encore, dans la cour, à quelques pas. Là où Lola s'était appliqué le canon du revolver que Mermoz avait « oublié » sur la table de la cuisine. Là où elle avait appuyé sur la détente. Pas à cause de lui, certes. Mais il aurait pu, peut-être dû l'en empêcher. Il n'avait pas su, coincé dans ses certitudes de chevalier blanc de journaleux local. Pauvre parodie d'Albert Londres de mes deux ! Parmi les nouvelles de la journée, on venait d'annoncer la mort du quatre-vingt-huitième reporter de guerre depuis le début de l'année. Et lui... Il préférait ne pas y penser.

Il s'était passé moins de trois semaines depuis la tentative désespérée de Lola. Trois semaines presque sans vie pour elle mais aussi pour Mermoz. Il se réveillait en début d'après-midi, préparait du café. Quand il en avait bu plusieurs tasses, souvent accompagnées d'antalgiques censés chasser le mal de crâne qui ne le quittait plus, il partait pour le CHU de Saint-Étienne. Il y restait prostré sur un fauteuil en Skaï verdâtre. Contre une vitre.

De l'autre côté de la vitre, Lola.

Les fonctions vitales sont toujours actives, c'est tout ce que l'on peut vous dire. Rien de nouveau depuis hier.

Tous les jours, c'était la même ritournelle qu'on lui assénait, à quelques nuances près. Les nuances ne portaient pas sur l'état de santé de la jeune femme mais sur la syntaxe employée. Luttait-elle ? Impossible de le savoir. Une batterie d'appareils de mesure clignotait, affichait des graphiques lumineux, toujours en mouvement. Un réseau de drains et de tuyaux la reliait à divers récipients se vidant ou se remplissant.

Ludovic ne savait pas pourquoi il venait. Il n'espérait même pas de miracle. Pas plus qu'une forme de rédemption. Il fallait être là, c'était tout. Il n'avait jamais croisé d'autres visiteurs. Il ne quittait pas Lola des yeux, pleurait parfois, se reprenait rapidement.

Au bout de plusieurs heures, il se levait, prenait l'ascenseur, cherchait sa voiture, souvent durant de longues minutes, puis reprenait la route. Il s'arrangeait alors pour passer devant *Le Richelieu*, l'ancien point de chute du groupe. Quand Tophe, le patron, avait décidé que c'était le bon jour et la bonne heure, le bistrot était ouvert. Dans ces cas-là, Mermoz s'offrait une pause. Il échangeait quelques mots et commandait beaucoup de communards. Il tenait bien l'alcool, il lui fallait une bonne heure à un rythme soutenu pour en sentir les effets. Bien souvent, la migraine s'emparait de lui avant l'ivresse.

Alors, il remontait dans le Pilat, à Latourbière, dans son antre. Avant de s'engager sur la route du col des Grands Bois, il s'arrêtait à la station-service-épicerie, où il achetait de l'essence si nécessaire, de la bouffe sous vide, des bières et du vin rouge. Et puis il repartait. Il roulait vite, espérant sans doute que le sort décide de la suite à donner à sa vie.

Une fois chez lui, il remettait la radio, toujours la même station d'infos en continu. Elle était réglée comme ça mais il aurait pu entendre n'importe quoi, il n'écoutait plus. Il déchirait la protection, mangeait à même l'emballage et se jetait dans le vieux canapé légué par sa tante en même temps que la maison. Et il buvait. Jusqu'à ce qu'il passe de l'oubli des autres et de lui-même à l'inconscience.

Le lendemain, en début d'après-midi, le cycle reprenait. Plus rien ne semblait devoir interrompre cette ritournelle mortifère.

Rien, sauf ce jour-là.

Le téléphone sonna. Ce n'était pas un événement en soi, Mermoz répondait encore. Seulement quand le numéro lui était inconnu. Il se contentait de dire, sans attendre que son interlocuteur n'ait le temps de réagir, que le journal était fermé jusqu'à nouvel ordre. Et il raccrochait. Quand le numéro faisait partie de son répertoire, il laissait sonner. Il n'avait pas envie de discuter.

Le téléphone sonna donc. Le correspondant appelait d'un fixe, de loin : Mermoz ne connaissait pas l'indicatif. Il décrocha, fit son speech habituel et raccrocha. Mais l'autre insista, sans jamais laisser de message. Au huitième rappel, Mermoz, furieux, reprit son mobile et hurla :

— C'est fermé ! F E R…

— Maître Brochand du barreau de Saint-Malo, coupa l'inconnu.

Saint-Malo… L'un des deux repères de Ben Ouassil. Quand on ne le voyait pas pendant quelques jours sur Latourbière, c'est qu'il avait filé sur l'île natale de son père, à Djerba. Sinon, c'était le pèlerinage du côté des terres maternelles. À Saint-Malo.

— Monsieur Mermoz ? poursuivit la voix. Ludovic Mermoz ?

— Hein ? Euh, oui, c'est moi. Que se passe-t-il ?

— J'ai été missionné par un de mes clients pour prendre contact avec vous. Vous connaissez bien monsieur Yvon Ben Ouassil ?

— Yvon ? Bien sûr ! Que lui est-il arrivé ?

— Il m'a demandé de ne rien vous dire au téléphone. Par contre, il a un service à vous demander…

— Un service ? Yvon ? J'écoute…

— Il faudrait que vous puissiez récupérer son chien.

— Ghriba ? Oui, pourquoi pas…

— Ah, merci, ça le soulagera. Il se trouve actuellement au refuge SPA de Saint-Malo. Plus vite vous pourrez venir, mieux ce sera. Je vous expliquerai tout sur place.

Brochand conclut en laissant ses coordonnées. Mermoz l'assura qu'il se rendait toute affaire cessante en Bretagne et qu'il le contacterait une fois sur place. Puis le flash de 14 heures de France Info s'appropria le monopole du bruit dans la maison. On venait de retrouver le squelette d'un dinosaure du côté d'Aix-en-Provence, une espèce peut-être encore inconnue. « Ça me fait de belles jambes ! » ronchonna Mermoz en lui-même. Il commençait à tourner dans la maison à la recherche d'un sac dans lequel jeter quelques affaires de voyage. Il en ressentit, avec une certaine honte, un premier sentiment le ramenant à son humanité depuis trois semaines. Il n'avait plus de linge propre. Faire tourner des machines, ranger, faire la vaisselle, sortir les poubelles… il n'avait rien fait. La maison ressemblait à un squat, puait le squat. Il pesta et attrapa son portefeuille. Il n'avait pas consulté son compte en banque depuis longtemps, mais il devait bien rester de quoi acheter deux ou trois sapes en chemin. Il ne fallait pas perdre de temps. Il aimait bien le chien.

Et se faisait du souci pour Yvon.

Il finit par récupérer un sac de courses sous l'évier. Il y jeta le chargeur du téléphone portable, un nécessaire de toilette reconstitué en cherchant à droite et à gauche. Il hésita un moment et rajouta une bouteille de vin et un reste de baguette de pain industriel. Estimant que ça devrait faire l'affaire pour un aller-retour express en Bretagne, il ferma la maison et sortit dans la cour. Avant de rentrer à nouveau pour prendre son appareil photo, le vieux Leica qui ne le quittait jamais. Avant l'accident.

Il commençait à entrevoir les contours de l'expédition. À la louche, il estimait la durée du trajet à sept ou huit heures, sans trop traîner. Il faudrait rajouter un petit arrêt à l'hôpital pour un coucou à Lola, quelques courses, une ou deux pauses café-clope sur des aires d'autoroute. Mermoz s'installa derrière le volant de sa Seicento bleu nuit. Encore un legs de la tata Josiane... Il s'en voulait presque de se sentir un peu mieux. Un projet en tête... il se demandait s'il avait le droit de se l'autoriser. En même temps que ce doute le gagnait, il donna un violent coup de poing sur le tableau de bord. Non ! Il ne fallait pas recommencer avec ça. Les doutes et les tergiversations. Il fallait foncer maintenant. Écouter la pulsion de vie que lui envoyait le monde extérieur plutôt que s'écouter et se regarder crever en silence. Il se mit à jurer à voix haute, seul dans sa voiture minuscule, les mains cramponnées au volant. Il tourna la clé dans le contact.

Et... rien.

Aucune réaction de la part du moteur. Plus de batterie, probablement, il avait dû laisser quelque chose en marche la veille au soir. Il réfléchit un instant. Un plafonnier ? Ça ne lui disait rien. Et puis, c'était trop tard. Les solutions de rechange n'étaient pas légion. Il n'y avait pas de descente à proximité dans laquelle lancer la voiture pour tenter un démarrage. Il n'y connaissait rien en mécanique. D'habitude, Ben Ouassil se chargeait de ce genre d'opération... Un coup de main du Bonnet, le voisin ? Il ne fallait pas y compter. Trop de passif dans leur relation. Il y avait bien une dette d'honneur qui courait encore, depuis qu'il avait sciemment détruit un des véhicules de Mermoz. Il devait lui prêter sa propre bagnole en cas de besoin. Mais Mermoz ne se sentait pas le courage de passer seize heures dans un véhicule imbibé d'un mélange d'odeurs explosif : sueur, eau de toilette et bête crevée. Il appela un taxi pour se faire conduire à la gare.

Le chauffeur était un taciturne, genre ancien paysan recyclé dans le transport de personnes, regrettant un peu le bon temps des bétaillères. Les deux hommes n'échangèrent que quelques mots mais Mermoz arriva à temps à Châteaucreux, la gare principale de « Sainté ». Il lui restait vingt minutes pour sauter dans un train pour Lyon. Il lui faudrait changer pour le TGV de Rennes avant de reprendre un RER direction Saint-Malo. Presque huit heures de voyage au total avec une arrivée prévue à 23 heures… Mermoz prit ses billets et acheta quelques revues et sandwichs. Le train démarra à 15 h 20, comme prévu.

Les journaux reprenaient les infos déjà entendues à la radio. Ils parlaient du dinosaure d'Aix-en-Provence, et d'un autre aussi, drôle de loi des séries. Le deuxième avait été trouvé sur une plage à moins d'une heure de Saint-Malo. La Bretagne et la région proche étaient au cœur de l'actu pour plein d'autres raisons : la colère des routiers opposés à toute forme d'écotaxe, des éleveurs de porc, des opposants à l'extension d'un aéroport… L'ambiance semblait chaude, des rassemblements commençaient à s'organiser, quelques bâtiments publics avaient déjà été victimes de débordements et tentatives d'incendie. Plusieurs compagnies de CRS étaient sur place, prêtes à intervenir.

Mermoz s'attaqua à l'un des articles consacrés au dinosaure. Il trouvait l'affaire intéressante mais de là à monopoliser une demi-page de couverture sur deux des quotidiens nationaux achetés…

Gare de Paris-Montparnasse

Il n'y avait pas deux ans qu'Étienne Mourotte était sorti de la plus grande école d'administration française. Huitième de la promotion Clémenceau. Pour assouvir ses ambitions, il avait eu à répondre à une première question : dans quel parti politique lui fallait-il s'encarter ? Selon son analyse, en cette période de crise qui s'éternisait, deux partis offraient des possibilités. Le mouvement créé par le président fraîchement élu. Et l'ex-Front national, qui tentait de cacher ses monstres sous le tapis, qui n'y parvenait pas trop mal et qui recherchait des cadres en leur faisant miroiter des possibilités de rapide ascension. Les autres ne présentaient aucun intérêt aux yeux de Mourotte. Leurs chances d'accéder au pouvoir étaient minces et les cadors à la tête de ces partis n'étaient pas prêts à lâcher la rampe.

Après avoir réalisé une véritable étude de marché, il avait opté pour les premiers, « En route ». Non par conviction, il n'en avait aucune hormis celle d'une fulgurante réussite à venir, mais par simple réalisme. Si ça ne marchait pas avec ce parti qui ne se reconnaissait ni de gauche ni de droite, il serait toujours accueilli les bras ouverts par l'extrême-droite. L'inverse était impensable.

Il s'était rapidement fait remarquer au sein des Routiers du Nord-Pas-de-Calais où il s'était parachuté après une rapide étude de marché. Étude concluant au manque de cadres venu de l'explosion des partis traditionnels sur le secteur. Sa rigueur, ses capacités d'analyse, son potentiel d'innovation et son sang froid avaient bien entendu fait grincer les dents d'une partie de la baronnie fraîchement installée mais une note interne était rapidement descendue jusqu'à Matignon. En substance, il y était écrit qu'avec Étienne Mourotte, le Mouvement s'était trouvé un redoutable gestionnaire de crise doublé d'un homme incapable de se présenter aux suffrages en raison de sa froideur et de sa suffisance. Le gouvernement avait besoin d'hommes comme lui, des gestionnaires qui ne risquaient pas de faire trop d'ombre à l'oligarchie en place. Les records d'impopularité étant battus à chaque nouvelle parution de sondage et autres élections partielles, il fallait renouveler les effectifs sans risquer de couper les têtes.

Mourotte navigua alors d'obscurs recoins de cabinets ministériels en tristes missions en province avant d'obtenir son premier poste honorable au détour d'un énième remaniement ministériel : chef du cabinet du ministre de l'Intérieur. Il aurait préféré l'Économie mais voyait la possibilité d'acquérir là une crédibilité non négligeable dans l'optique des échéances à venir. Depuis cette nomination, il travaillait dans l'ombre des lambris de la Place Beauvau, se rendant peu à peu indispensable, attendant son heure. Il accompagnait parfois le ministre lors de ses déplacements mais passait le plus clair de son temps à éplucher les dépêches des agences de presse, les rapports et notes de la Direction générale de la Sécurité intérieure, ceux émanant directement des préfectures. Il synthétisait, transmettait, proposait parfois. Il gagnait en envergure et en crédibilité, élargissait son réseau d'influence. Il lui manquait un ou deux gros coups avant d'enclencher les grandes manœuvres pour espérer monter plus haut. Il savait très bien pourquoi il avait été choisi à ce type de poste : il avait œuvré comme il le fallait pour y parvenir, avançant toujours à visage masqué.

L'occasion tant attendue prenait peut-être forme avec cette nouvelle fronde bretonne. Les opposants les plus virulents à la politique gouvernementale – hors « Gilets jaunes », un mouvement sans tête râlant contre un peu tout – semblaient reprendre du poil de la bête moins d'un an après avoir défrayé les chroniques. Le ministre devait se rendre à Rennes pour participer à une cellule de crise en préfecture mais, retenu sur le front des retours de jeunes Français partis combattre leur pays, au prix d'embrigadements incompréhensibles pour le *vulgum pecus* dans quelques camps jihadistes au Moyen-Orient, il avait enjoint Mourotte de le représenter en Bretagne. Le gouvernement envisageait d'étendre les lois concernant la PMA… et cela ne ferait pas que des heureux. Il fallait tester l'opinion là où elle était la plus hostile… En Bretagne en l'occurrence.

C'est concentré sur son sujet comme jamais que le chef de cabinet, escorté de son secrétaire et d'un garde du corps, monta dans le TGV en gare de Paris-Montparnasse pour deux heures vingt de trajet. Voiture 15, sièges 75 à 78. Une place supplémentaire leur avait été réservée afin de préserver quatre places en vis-à-vis sans aucun autre passager avec eux. En deuxième classe. Mourotte avait insisté : hors de question de laisser la moindre place aux critiques, aux accusations de frais dispendieux.

Ludovic Mermoz se trouvait dans une autre voiture du même train. Il dormait lors de l'arrêt à Montparnasse. Il avait laissé le sommeil l'emporter ; sachant que Rennes était le terminus, il ne risquait pas de manquer l'arrêt.

L'arrivée était prévue à 22 h 01. Mourotte serait pris en charge par le chauffeur de la préfecture. Mermoz devrait foncer pour attraper la correspondance pour Saint-Malo, prévue à 22 h 08.

Le TGV 5371 stoppa à l'heure prévue, sur la voie C. Mermoz était réveillé depuis une vingtaine de minutes. Il n'avait pas cauchemardé, selon ses souvenirs. Ça ne lui était pas arrivé depuis l'accident. Le voyage, le fait de pouvoir se concentrer sur autre chose que sur le geste de Lola, sans doute. L'opération de récupération du chien faisait déjà son petit effet…

Bien sûr, merde, ça n'aidera pas Lola si je…

Il s'interrompit, conscient d'avoir pensé tout haut. Les coups d'œil, gênés et furtifs, du voisinage immédiat provoquèrent des excuses affublées des mêmes qualificatifs. Il fit mine de se plonger dans une revue ferroviaire, jusqu'à l'arrêt définitif du train. Il se leva et fit la queue dans l'allée centrale, attendant son tour pour sortir.

Mourotte, lui, avait été prévenu par SMS : « Ne sortez pas, agitation devant la gare. On viendra vous chercher » Il avait informé son secrétaire et le garde du corps. Personne ne s'inquiéta, ils s'attendaient à un comité d'accueil hostile. Ils poursuivirent leur conversation, portant sur les orientations possibles de la fille du garde du corps, qui passerait le bac en fin d'année.

Ils étaient une centaine tout au plus, mollement contenus par un cordon de forces de l'ordre. Les uns portaient le bonnet rouge, symbole des opposants bretons aux réformes fiscales depuis le XVIIe siècle. D'autres trimballaient des croix. La plupart étaient en civil. La petite foule était bruyante et arborait de nombreuses oriflammes et banderoles. *La Bretagne libre, La famille avant tout, Marre de se faire tondre, La France aux Français et La Bretagne aux Bretons...* Des dessins de croix fichées dans des cœurs, des drapeaux bretons. On était loin des foules impressionnantes défilant dans les rues de l'hiver précédent à Quimper et Carhaix, mais l'ensemble présentait tout de même un avant-goût inquiétant.

Mermoz, attiré par la clameur, n'avait pas hésité longtemps. Tant pis pour la correspondance, il y aurait d'autres trains. De toute façon, il ne se voyait pas déranger l'avocat à 11 heures du soir pour lui demander le gîte ou le couvert. Il se trouverait bien un hôtel, que ce soit à Rennes ou à Saint-Malo. Il récupérerait Ghriba et essaierait de savoir plus tard ce que Ben Ouassil avait bien pu fabriquer pour se mettre les flics à dos. À la vue des manifestants, il plongea la main dans le sac de courses et en sortit le Leica. Il se mit à mitrailler. Ça ferait de chouettes photos : les manifestants s'étaient regroupés sur le parvis de la gare, autour d'une statue qui ressemblait à un menhir taillé de façon à lui donner une apparence humaine. Le tout sous l'éclairage des lampadaires de la place. L'ensemble avait un petit air de veillée d'armes, d'échauffourée préparatoire. Mermoz ignorait la raison d'un tel rassemblement à une heure aussi tardive. Il commença à mitrailler en contournant le groupe. Il n'avait aucune idée de ce qu'il ferait des photos. Ça lui faisait du bien d'en prendre, d'autant plus qu'il n'avait repéré aucun autre reporter. Il pourrait peut-être les vendre...

— T'es journaliste ?

La voix venait de derrière lui. Il n'était pas sûr d'avoir compris, ni si la question lui était adressée. Il se retourna. Un homme à la stature puissante, une capuche sur la tête, le regardait fixement. Il avait la réponse à la deuxième partie de sa question. C'est bien à lui qu'il avait parlé. Il lui sembla d'ailleurs avoir déjà vu le type. Peut-être parce qu'il avait un petit air de famille avec la monumentale statue en bronze de la place. Il répéta :

— T'es journaliste ?

— Pas vraiment… Enfin oui. Pourquoi ?

— Tu veux un scoop ?

— Non… Enfin, si… Qu'est-ce que…

— Suis-moi.

Le type n'attendit pas de réponse et fit demi-tour, en direction de la gare. Mermoz hésita un moment, puis se dit qu'il n'avait rien à perdre. Il n'avait d'ailleurs rien à faire non plus d'un scoop mais l'idée de se laisser porter par les événements ne lui était pas désagréable. Il rattrapa l'inconnu et se porta à sa hauteur.

— On va où ?

— À l'intérieur, répondit l'homme tout en accélérant. Y a quelqu'un du gouvernement, le chef de cabinet du ministre de l'Intérieur qui se planque dans un wagon. Il va être exfiltré, faut grouiller.

— C'est un beau scoop, ça… Pourquoi moi ?

L'homme s'arrêta net et le fixa à nouveau, un quart de seconde, avant de balancer :

— T'es le seul avec un appareil-photo dans cette putain de gare. Tu préfères que je les prenne moi ?

L'explication était pour le moins vaseuse. Ce type ignorait que tout le monde pouvait mitrailler avec son portable ? Il ne fallait peut-être pas trop chercher. Du menton, Ludovic fit signe de reprendre la marche. Les deux hommes s'engouffrèrent dans la salle des pas perdus. Une fois à l'intérieur, sans doute pour ne pas attirer l'attention, son guide abaissa la capuche. C'est à ce moment que Ludovic comprit où il l'avait déjà vu : s'il avait bien quelque chose de la statue du parvis de la gare, c'est en chair et en os qu'il l'avait déjà côtoyé… C'est lui qui conduisait le taxi entre la maison du Pilat et la gare de Saint-Étienne !

Ludovic stoppa à nouveau, décidé à tirer les choses au clair. Mais le chauffeur eut un geste inattendu qui sidéra Mermoz :

d'un bras puissant, il le saisit par les épaules, mimant une accolade. Dans le même geste, il s'inclina en soufflant :

— Un geste et je te brise les cervicales.

Ludovic n'eut pas le temps de réagir, ni d'engager la négociation. Il ne savait pas si son agresseur tenterait sa prise fatale, mais il en avait assurément la force et probablement l'opportunité. La salle était pratiquement déserte et les rares voyageurs avaient le regard tourné sur le parvis, captivés par l'agitation qui y régnait. Mermoz, déjà presque asphyxié, sentit le sol fuir sous ses pieds. Un escalier roulant. Ils descendaient dans les entrailles de la gare.

21 août

Shanghai

De l'ACC, Audit and Consulting Company, il était diffficile de trouver traces : pas de cartes de visite, d'adresse, de téléphone ni de mail. Pas d'inscription au Registre du commerce et encore moins de déclaration fiscale sur le territoire national. Elle avait pourtant une existance légale, avec un siège social, au Luxembourg. L'adresse correspondait à la salle des coffres de la Deroots and brothers Bank.

Pas de locaux, bien entendu. Lorsqu'*ils* bossaient pour une boîte, ils se retrouvaient dans les bâtiments de celle-ci. Le grand patron, connu par l'ensemble de ses collaborateurs sous son prénom, René, avait seul le pouvoir de convoquer son équipe.

Pour l'heure, une fois de plus, c'est le Groupe Gosier, multinationale polycéphale, qui les accueillait dans l'une de ses innombrables agences. Le choix s'était porté sur celle de Shanghai. Le concept, c'était de changer de pays lors de chacune de ces réunions, non par goût des voyages mais par souci d'intraçabilité.

Le Groupe Gosier n'avait besoin ni d'audit, ni de *consulting*. Les affaires marchaient bien et ils disposaient de tous les services nécessaires pour gérer les petits tracas de la haute finance mondialisée dans laquelle ils tiraient fort bien leur épingle du jeu. Non, Gosier et quelques autres parmi ceux qui comptaient dans les milieux financiers avaient besoin de l'ACC. Pour que le terrain de jeu reste en l'état le plus longtemps possible. Et ce, même en France. En clair, le renouvellement politique que d'aucuns pressentaient n'était pas du goût de la finance. Ni extrême-droite ni gauche dure ne pouvaient leur garantir l'intégralité des avantages acquis au cours des siècles de capitalisme... L'ACC devait faire en sorte de trouver la voie médiane. Mais les apparatchiks se partageant le pouvoir depuis l'après Seconde Guerre mondiale étaient allés trop loin aux yeux de leurs électeurs. Trop loin dans la corruption, le vol, le mensonge, le copinage et les passe-droits. La tentative française, dite de « troisième voie », ne plaisait pas non plus aux véritables décideurs du monde : trop aléatoire. Russie, Chine et États-Unis étant déjà imprévisibles, il ne fallait pas que la gangrène s'étende.

René avait réfléchi longuement, avec ses conseillers, et avait proposé son plan : la création de toutes pièces d'une nouvelle élite et l'opérationnalisation de son arrivée au pouvoir, en France, en Allemagne et au Royaume-Uni. Les premières phases avaient été lancées et tout fonctionnait parfaitement. Sauf pour le dossier français. Parce qu'un maudit plongeur avait eu la mauvaise idée de se faire briser les cervicales sur une plage à proximité de Saint-Malo.

La cellule de crise convoquée par René se composait de huit personnes, six hommes et deux femmes. Comme convenu, ils étaient arrivés un par un dans le building déserté par les derniers employés de la société de nettoyage. Tous pris en charge par « Le chauffeur », en différents points de la ville, hôtels ou aéroport. Le rite était immuable : ils ne devaient pas se croiser en dehors des temps de réunion. Sans que Le chauffeur ait eu à le demander, ils lui avaient remis bagages, téléphones et ordinateurs portables, carnets, stylos, jusqu'aux mouchoirs en papier :

ils ne devaient rien porter sur eux qui aurait pu servir à conserver la moindre trace de ce qui se dirait ou verrait. Ils s'étaient ensuite pliés à la dernière phase du protocole : la portière de la voiture par laquelle ils devaient monter était conçue comme un portique de détection…

La réunion allait se dérouler dans un bureau, choisi quelques heures avant l'arrivée des invités. Le chauffeur avait alors purgé les lieux de tout système de connexion téléphonique et Internet. Celui-ci était visiblement occupé par un ou une secrétaire sans grande envergure. Un assemblage de trois baldaquins pour lit à deux places enveloppait maintenant la pièce. Pas n'importe quel baldaquin, ce n'était pas pour l'ambiance et aucune partie de jambes en l'air n'était prévue. Le tissu était un composite de tulle et d'argent. Un véritable blindage, qu'aucune fréquence de téléphonie ne pouvait traverser. L'ensemble était relié à la terre, pour plus de sécurité : les basses fréquences électriques restaient également piégées à l'extérieur. Le matériel, assemblé à la mesure du bureau avait été conçu et testé dans les labos de l'université des forces allemandes de Munich. René avait pris place dans un fauteuil plutôt vétuste, mais confortable. Huit autres fauteuils étaient disposés face à lui, en arc de cercle. Le chauffeur, après avoir minutieusement refermé la housse, se positionna derrière l'arc de cercle. Il prit position, debout, bras croisés et jambes légèrement écartées.

Le premier des membres de l'assemblée, premier en partant de la gauche de René, était un petit Asiatique, spécialiste du contact presse, capable de faire passer n'importe quelle info par les plus grandes agences du monde. Les trois autres étaient de type caucasien, comme pourrait l'écrire à plus ou moins long terme le légiste chargé de leur dernier toilettage. Ils avaient tous la confiance, relative, de René. Il les avait connus à différents moments de sa riche et atypique carrière, qui l'avait vu débuter dans la diplomatie. Juste avant de disparaître des écrans radars des ambassades officielles, pendant presque trente ans. Il avait alors excellé dans le commerce des armes lourdes. À l'instar de l'Asiatique, tous avaient un domaine d'excellence et un réseau performant dans un domaine précis. Police, justice, politique, finance…

René grommela quelques mots indiquant que la réunion allait débuter. Il entra dans le vif du sujet sans attendre :

— Je vous ai fait venir ici car on a un gros problème sur l'opération Lézard Titan. Un très gros problème.

— Ça coince sur quelle phase ? s'inquiéta un homme rougeaud, presque totalement dégarni que l'on aurait presque pu prendre pour un inoffensif représentant en matériel agricole. Presque. Le regard de prédateur et le costard sur mesure à au moins 2000 balles indiquaient qu'il jouait dans une tout autre catégorie.

— Fin de la troisième, on allait lancer la quatrième. Les deux premières se sont passées comme prévu. On a recruté la future élite dirigeante, que l'on tient par les couilles. On a réactivé la colère du contribuable moyen, surtout en Bretagne, notre cœur de cible. Les manifs se multiplient, il commence à y avoir de la casse. Notre nouvelle équipe tente de récupérer le mouvement, même si le discours ultra-catho qu'on leur a écrit ne passe pas très bien pour le moment. Et on a déposé le « lézard » sur la côte de Saint-Malo. Ça a fait un peu de buzz mais sans plus. Il faut que l'on lance la quatrième et la cinquième phase.

— Et tu peux nous dire ce qui nous en empêche ?

Cette fois, le type qui était intervenu avait la gueule de l'emploi. Le regard et le costume aussi.

— Notre homme a été témoin d'un crime sur la plage au moment où il déposait le « lézard ». Il a remballé les ossements, les a remis par la suite.

— Un crime… Pas de bol ou coïncidence arrangée ?

— On ne sait pas encore. Il y a des éléments troublants. C'est pour ça qu'on a bloqué le bazar et que je voulais vous rencontrer. Tu expliques ?

René s'adressait maintenant à l'une des deux femmes

présentes. Look différent. Jean, blouson de cuir et rangers. Très léger maquillage. Une petite quarantaine d'années. Elle prit la parole sans hésitation ni toussotement d'usage. Elle parlait avec un léger accent anglais, américain peut-être. Elle semblait pourtant proche du terrain, sur place, en Bretagne.

— Notre homme chargé de déposer le « lézard » a donc, selon lui, été témoin d'un crime. Il a remballé le cadeau et l'a ramené le lendemain matin. On a été obligé de faire vite, à cause de la période de marée. Il y a eu un peu de presse pour parler de la découv…

— On sait tout ça, on suit les infos, coupa le rougeaud. C'est ce qui se passe maintenant qui nous…

— De la découverte, donc, reprit la femme ignorant l'intervention. La phase suivante devait être l'intervention de notre spécialiste en paléontologie… avant de passer à la grande offensive. Le problème, c'est ce fameux crime. Les gendarmes ont retrouvé un corps le lendemain dans le camion d'un marginal.

— Et alors ?

Le rougeaud, vexé, revenait à la charge. Il parla très vite et fort, pour ne pas être interrompu cette fois.

— Qu'est-ce qu'on en a à foutre, de ce crime et de ce marginal ? Au contraire, c'est du pain béni pour nous ! L'insécurité, pour une fois qu'on n'a pas à l'organiser nous-mêmes…

— Ça gêne parce que le marginal en question n'est certainement pas l'auteur du crime. Parce qu'il est journaliste et que le patron de son journal a essayé de le rejoindre à Saint-Malo.

— Essayé ?

— Oui. Il s'est volatilisé en gare de Rennes. On s'est renseignés sur ces journalistes. Des Pieds Nickelés du Massif central doublés de « fouille-merde » comme vous dites chez vous. Ils ont déjà levé quelques scoops par le passé.

— Quoi ? s'étrangla le rougeaud qui ne tenait pas en place sur son siège. On va se laisser emmerder par une petite équipe de branleurs ? Ils dérangent nos plans, on s'en débarrasse, ce ne serait pas la première fois ! René…

— On ne va pas se lancer dans l'impro, Phil, répondit René. Le parti que l'on vient de monter de toutes pièces est à moins de 2 % des intentions de vote et il faut qu'il soit en tête aux élections dans huit mois. Il va falloir jouer fin. Très fin. Je ne donnerai pas le feu vert pour la phase quatre tant que ce bordel de macchabée et de journaleux ne sera pas réglé. D'une manière ou d'une autre. Mais vite. Maintenant, j'aimerais bien que Lindsay puisse finir de vous présenter l'état des lieux.

Le rougeaud se renfonça sur son siège en se mordillant l'intérieur des joues. Message reçu.

— Le dinosaure, on le laisse donc de côté pour l'instant. Il a été photographié et filmé par la presse et les télés régionales, les quelques bouts d'os récupérés juste avant le passage de la marée sont partis pour l'université de Poitiers qui est sous notre contrôle. Le seul hic qui pourrait se produire est qu'un évangéliste quelconque s'empare de la découverte… avant nous. Nous avons identifié les groupes qui pourraient le faire.

— Ils sont infiltrés par des hommes à nous, leurs messageries et téléphones surveillés. La découverte n'a pas fait assez de bruit pour éveiller leur attention pour l'instant, lança sèchement un homme d'une soixantaine d'années, visage sec, cheveux courts, blouson de cuir. Le style ancien flic ou militaire.

Personne ne rebondit. Ce qui faisait réagir les membres de l'assemblée était que quelque chose ne soit *pas* sous contrôle… La jeune femme poursuivit :

— On a deux hypothèses. La première, c'est le concours de circonstances. Un type se fait vraiment buter au mauvais moment et au mauvais endroit. L'assassin planque le corps dans la fourgonnette, le proprio se fait arrêter. Son pote journaleux vient sur place et pour une raison ou une autre disparaît sans laisser de traces. Il pouvait se sentir suivi et a réussi à se planquer.

— Et il nous a échappé à nous aussi ? Qui était en charge de sa surveillance ? demanda un homme qui n'avait pas encore pris la parole et qui semblait particulièrement perplexe.

— On ne l'a pas considéré comme une cible prioritaire, on s'est contentés de tracer son téléphone. On a retrouvé ledit téléphone dans une poubelle de la gare. Il a donc pu s'en débarrasser lui-même… Si c'est ça, il réapparaîtra, devrait réussir à faire libérer son pote sans problème et les deux affaires pourront continuer à se dérouler sans interférences entre elles.

— Excusez-moi, reprit celui qui semblait le moins convaincu par les certitudes de la jeune femme. Excusez-moi mais… qu'est-ce qui vous rend si sûre de l'innocence de celui que vous appelez vous-même « le marginal » ?

Quelques signes d'agitation gagnèrent l'assistance. Si la jeune femme l'affirmait, et elle parlait au nom de René, c'est qu'elle était sûre d'elle. La première interruption était passée sans encombre mais là… René reprit les choses en main en personne.

— Messieurs, je vous en prie… ne nous attardons pas sur ce genre de détails… Lindsay, poursuivit-il en désignant la jeune femme du regard, Lindsay connaît son travail. Vous devez lui faire confiance. Il n'est pas question d'éluder ta question, Richard, mais on ne s'est pas réunis ici pour vous raconter ce qui a été fait. Seulement pour décider de ce que l'on va faire. Maintenant, j'aimerais que l'on n'interrompe plus Lindsay. Nous avons du travail… Je vous remercie par avance.

L'homme aux questions importunes, Richard, ne semblait pas convaincu mais, d'un petit signe de la main, il laissa entendre que le message était reçu. Lindsay put continuer à dérouler sa présentation.

— Deuxième hypothèse. Notre homme chargé de déposer les ossements se fait surprendre. Il panique et supprime le témoin. La victime est morte sur le coup. Rupture des cervicales. L'agent sur le terrain ce soir-là a toutes les facultés, pour ne pas dire une certaine pratique pour ce genre de délicatesse. Il nous ment, essaie d'arranger les choses à sa façon. Et là, ce n'est plus du tout dans ses cordes. Il se peut qu'il se soit fait dépasser par les événements, qu'il soit derrière tout ce qui arrive maintenant, mais avec un temps de retard. Ce qui nous fait pencher pour cette version… c'est qu'il a disparu lui aussi. Aucune trace.

— C'est dans ses cordes, ça ? coupa quelqu'un, ignorant le souhait de René.

— Oui. Le combat, la survie, l'isolement, il sait faire. Il faut qu'on le retrouve et que l'on détermine ce qui a pu se passer. Ce n'est pas lui le problème, mais le journaliste. Ludovic Mermoz. Il faut absolument l'empêcher de mettre son nez là-dedans…

— Et comment comptez-vous vous y prendre ?

— Ce n'est pas la bonne question à poser, Phil, coupa à nouveau René sur le ton du reproche.

Il se leva et s'approcha du rougeaud. Il le jaugea un instant, comme l'aurait fait un maquignon se demandant si une bête valait encore le coup. Phil se rencogna dans son siège. Pas impressionné mais vexé de s'être laissé aller à la réflexion de trop. René hocha la tête et posa la main sur l'épaule de l'homme. La bête servirait encore. Peut-être. Mais il vaudrait mieux pour elle qu'elle ne s'écarte plus trop du chemin fixé par l'ACC. René reprit, glacial :

— La question est : qu'allons-nous faire maintenant ? Pourquoi croyez-vous que je vous ai fait venir ? Pour que Lindsay vienne vous raconter nos petits soucis ?

René s'interrompit à nouveau. Il laissa passer quelques raclements de chaise et toussotements divers avant de regagner son fauteuil. Il en malaxa le dossier tout en observant l'assistance. Ceux qui avaient pris la parole, excepté Lindsay, regardaient maintenant leurs pieds. Les autres attendaient, le visage sans expression.

— Nous ne sommes pas ici dans un club de discussion. Vous êtes ici pour écouter ce que j'ai à vous dire. Et ce que je vais vous dire, c'est ce que vous allez faire dès que vous aurez franchi cette porte. L'objectif est simple. Si Mermoz réapparaît de lui-même, il va falloir que l'on règle cette histoire dans les formes. On doit faire innocenter son ami pour qu'ils dégagent tous les deux plus vite. On leur préparera un bon scoop dans leur trou s'il le faut. Deng, Lindsay, Richard et Tony, c'est à vous d'anticiper sur cette possibilité. Il faudra être réactif. Mais je ne vous cache pas que cet aspect des choses n'a pas notre préférence : ça risque d'être long, trop long. Notre préférence, c'est que nous retrouvions nous-mêmes Mermoz et qu'on n'en entende jamais plus parler. Après il sera temps d'éliminer Ben Ouassil, qu'il soit enchristé ou libéré. Pour notre homme, celui qui est peut-être à l'origine de tout ça, on doit malheureusement s'en débarrasser également.

René distribua les derniers rôles, précisant que Le chauffeur remettrait à chacun les documents, informations et feuille de route nécessaires à la réalisation de sa mission. Puis il marqua la fin de l'entretien sans y mettre la moindre forme, quittant brusquement le baldaquin. La cérémonie inverse à celle de l'arrivée débuta. Le chauffeur vint récupérer chaque membre de l'assemblée, un par un, pour les disperser aux quatre coins de Shanghai. Chacun reçut une petite serviette anonyme contenant les documents annoncés. Quelques heures plus tard, tous voyageaient, dans des avions privés différents, en direction de l'Europe. Tous, sauf un.

Philippe Clayman, ancien responsable d'une antenne du SAC, fut retrouvé deux semaines plus tard dans les égouts à ciel ouvert du sud de Shanghai. Malgré l'état de décomposition avancé du corps, la police locale détermina que la mort avait probablement été causée par une chute dans ces mêmes égouts.

Maison d'arrêt Saint-Malo, 14 h 15

— Monsieur Ben Ouassil, bonjour. Les nouvelles ne sont pas terribles…

L'homme, assis face à Yvon, séparé de lui par la vitre blindée d'usage, semblait inquiet, fatigué. Yvon Ben Ouassil n'avait aucune confiance en cet avocat commis d'office. Pas sur sa capacité à le sortir de ce traquenard. Par contre, pour la mission qu'il lui avait confiée, il espérait qu'il avait fait le nécessaire. Il n'avait jamais pu compter sur le moindre cravateux dans la vie. Il esquiva la suite du discours de l'homme de loi, le point sur la procédure et tout le toutim. Sa liberté, il en faisait son affaire à lui et à lui seul. Gibran, son auteur fétiche, n'avait-il pas écrit : « Et ainsi votre liberté, lorsqu'elle perd ses entraves devient elle-même l'entrave d'une plus grande liberté » ? Ben Ouassil n'était pas un béni-oui-oui confiant sa destinée aux pensées d'un autre. Mais il aimait s'approprier toutes sortes de paraboles et maximes de toutes origines, pour en retirer quelques leçons, valables pour un temps.

Il se contenta donc de répondre à l'avocat :

— Et mon chien ?

L'homme fit mine de se concentrer, comme si la réponse à apporter méritait réflexion. Le Djerbien sentait le malaise s'installer. Il relança :

— Alors ?

— Là aussi, les nouvelles sont mauvaises, finit par lâcher l'avocat.

— Quoi ? Ludo n'a pas voulu se déplacer ?

— Si si. Votre ami a pris le train à Saint-Étienne, mais il n'était pas là.

— Comment ça, il n'était pas là ? Je n'y comprends rien, à ton histoire !

L'homme tiqua. Ce mis en examen commençait à lui courir sur le haricot. Son obsession pour son clébard alors qu'il était soupçonné de crime et qu'il était parti pour croupir pas mal de temps en cabane… Et le voilà qui se mettait à le tutoyer. Il avait l'habitude, mais il n'aimait pas ça.

— Ce que je veux dire c'est que *votre* ami devait arriver par le Rennes- Saint-Malo de … hier soir. Je suis allé l'attendre, sur le quai. Et il n'était pas là.

— Tu as essayé de le rappeler ?

— Vous me prenez pour qui ? Bien sûr que j'ai essayé. Même si je ne suis pas payé pour m'occuper des chiens et des amis de mes clients. J'ai laissé plusieurs messages. Monsieur Mermoz n'a pas cherché à me rappeler.

— Tu es sûr qu'il a pris le train ?

— Il m'a appelé alors qu'il était dans le Paris-Rennes

Ben Ouassil frappa la vitre, violemment. Elle tremblait encore quand un maton fit irruption. Il s'enquit de ce qui se passait. D'un geste, le pouce relevé, l'avocat signifia que tout allait bien. Le calme revenu, il tenta de reprendre la main, dans cette affaire où rien ne se passait comme prévu.

— Monsieur Ben Ouassil, tout ceci est bien ennuyeux, certes. Mais beaucoup moins que ce qui vous attend si vous ne coopérez pas à votre défense. Vous ne m'avez pas encore parlé, donné vos explications. Pour commencer, que faisiez-vous sur ce site ?

— J'en parlerai devant le juge, tu attendras, je n'aime pas répéter les choses.

— Il le faudra, pourtant, je dois préparer votre défense. Il me faut une longueur d'avance sur le…

Mais Yvon se remit à cogner la vitre, plusieurs fois, avec force. L'avocat recula, faisant tomber sa chaise dans la manœuvre. Le maton entra à nouveau en gueulant que ça suffisait. Fin du parloir.

— On rentre en cage, mon ami, lança le maton en tournant la clé dans la serrure de la cellule 87 qui accueillait le Franco-Tunisien depuis le matin, après son transfert de la gendarmerie où il avait passé une première nuit.

Coup de bol, il était seul en cellule.

Le maton avait une quarantaine d'années, l'allure sportive. Ça devait faire un moment qu'il bossait là. Chacun de ses gestes tendait à le montrer, une assurance, une habitude. Il était à l'aise. Comme à la maison, se dit Yvon. C'est ce qu'il lui fallait. Et c'était le bon moment. Depuis la sortie du parloir, il ne s'était plus fait remarquer.

— Y a un problème dans la cellule, marmonna-t-il.

— Rien à foutre, entre.

— Viens voir, merde, la chasse d'eau..

— Je signalerai.

Mais comme Yvon s'y attendait, la simple évocation d'un chiotte plein de merde avait produit l'effet escompté. L'imperceptible mouvement de recul. Imperceptible mais suffisant. Yvon avait la moitié du corps engagé dans son réduit et l'autre ne l'avait plus sous contrôle.

***

Le coup avait dû être rude. Mermoz avait du mal à rassembler ses idées. Il se souvenait de ce colosse qui l'avait conduit manu militari dans les travées de la gare. Il s'en souvenait et s'en voulait d'autant plus de n'avoir rien tenté à ce moment-là. Il y avait eu le coup derrière la tête, le goût du sang dans la bouche et puis plus rien. Et maintenant... Maintenant, il avait mal partout. Il était solidement entravé, couché sur une surface dure, dans une obscurité quasi totale. Ça puait. Un mélange d'essence et de graisse, comme dans un garage. Était-il dans un garage ? Depuis combien de temps était-il là ? Pas moyen de savoir. Il avait faim et surtout soif mais ça ne signifiait rien. Il n'avait pas mangé depuis son départ de Saint-Étienne, et pouvait donc être ici depuis peu de temps. Ou plusieurs jours.

Il tenta de se redresser. Pas moyen. Les liens, la douleur, l'en empêchaient. Il avait les mains et les pieds attachés et reliés entre eux dans le dos. Le moindre mouvement de torsion pour chercher une position moins inconfortable lui arrachait des larmes. Les quelques millimètres qu'il put faire suffirent à lui faire prendre conscience qu'il s'était uriné dessus. Par contre, il s'habituait peu à peu à la pénombre, aidé en cela par quelques traits lumineux traversant les interstices des parois. Rassemblant les informations éparses dont il disposait maintenant, il pensa se trouver dans un container. Ou plus probablement, en raison du lieu de l'agression, dans un wagon de marchandise. Autant qu'il pouvait en juger, hormis lui, il n'y avait rien d'autre dans sa prison. Faisant jouer tous les sens dont il disposait, il lui sembla entendre des bruits de trains passant à petite vitesse. Il devait effectivement se trouver dans un wagon, à proximité d'une gare. De celle de Rennes ? Peut-être.

Ludovic se mit en demeure de reconstituer le fil des événements. Ils se remettaient peu à peu en place. Il y avait du rassurant, mais beaucoup plus d'inquiétant. Le bon côté, c'est qu'il se souvenait maintenant de ce qu'il était venu faire. Il était attendu par Yvon et surtout par l'avocat de ce dernier. Sa disparition serait signalée. Forcément. Par contre, que penser de la froide détermination de son agresseur, de l'ignorance totale des raisons de son acte et du fait qu'il se trouve ainsi saucissonné et abandonné comme un déchet dans sa poubelle ? Le côté déterminé et prémédité depuis son départ de Latourbière avait également quelque chose de glaçant. Y avait-il un lien avec l'affaire d'Yvon ?

Maintenant, il butait sur cette question et ne parvenait pas à la dépasser. Il lui sembla alterner moments de veille et d'inconscience. Il avait mal. Il puait. Il avait froid, puis chaud. Il ne savait pas ce qu'il faisait ici, à la merci de son agresseur. Il ne savait même pas ce qu'il souhaitait : son retour, avec un minimum d'explications mais également n'importe quelle exaction possible ou son abandon définitif ? Dans ce deuxième cas, son sort n'était guère plus enviable. Si personne n'avait la bonne idée de venir fouiner dans ce coin... il ne lui resterait plus qu'à crever. De faim ou de soif.

Gendarmerie de Saint-Malo, 15 h 13

— Jo… On n'a rien contre ce type, reconnais-le. Rien par rapport à la mort du plongeur, je m'entends. Parce que pour le reste… Lis ça si tu as du temps devant toi !

— Qu'est-ce que c'est ? bougonna le major.

— Le rapport du labo suite à l'analyse de sa camionnette.

Jo se saisit de la liasse que lui tendait Alain Marmou, son capitaine. Bientôt quinze ans qu'ils bossaient ensemble. Ils s'appréciaient, sans être amis et formaient une équipe plutôt efficace. Il parcourut le document avant d'émettre un long sifflement.

— Eh bien dis donc…

— En même temps… il a la tête de l'emploi, non ?

Le rapport était un catalogue à montrer dans les écoles de police et de gendarmerie.

« Batte type base-ball présentant des traces d'ADN humain d'origines diverses », lisait le major à voix haute. « traces de cannabis un peu partout, narguilé prêt à l'emploi fixé au siège central, etc. »

— Il fume la chicha en conduisant ? Jamais vu ça, commenta-t-il. Les traces sur la batte, pas besoin de faire un dessin pour expliquer d'où elles viennent… Ils en ont identifié quelques-unes ?

— Rien, nada. Et aucun ADN correspondant au plongeur, ni dans le camion, ni sur lui, ni sur ses vêtements…

— Et il ne veut toujours pas parler ?

— Oh que si, il est bavard maintenant, intervint un jeune gendarme qui s'était chargé d'une nouvelle tentative d'audition.

— Tu ne pouvais pas le dire plus tôt, Doucet ? tonna le major.

— C'est que… il a parlé, mais je n'ai pas tout compris. Attendez, j'ai noté : « Celui qui porte sa moralité comme son plus beau vêtement serait mieux tout nu. » J'ai tapé ça sur le Net, c'est de Khalid Gibran et ça veut dire…

— Mais on s'en fout de ce que ça veut dire ! Il est toujours à la maison d'arrêt ?

— Ben oui. Enfin, sûrement, répondit le gendarme vexé et surtout surpris par la réaction de Jo. Il avait rendez-vous avec son avocat cet après-midi et…

— Putain, mais personne ici ne comprend ? Allez, bougez-vous le cul. Doucet, tu appelles la maison d'arrêt. Avec un peu de bol, il y est encore. Alain, chope une voiture, la moins pourrie. Il va falloir foncer.

Les gendarmes connaissaient leur supérieur et ses déductions. Il ne se trompait pas souvent et ils obtempérèrent sans discuter. Les explications viendraient en temps voulu. Ils étaient curieux mais surtout ennuyés. Qu'avaient-ils loupé comme information. Quel détail avait pu mettre le chef dans cet état ?

— Chef…

— Quoi encore ?

Marmou tenait le téléphone les bras ballants. Le directeur de la maison d'arrêt…

— Ah super, passe-le-moi, vite, qu'est-ce que tu attends ?

— Il n'est pas disponible. Ils viennent d'avoir une évasion. Avec prise d'otage…

Saint-Malo, 16 heures

Wilhem Kerlean se savait, sinon sous surveillance étroite, du moins comme ayant éveillé quelques soupçons. Il avait eu la baraka jusqu'à présent, mais pour combien de temps encore ? Il avait agi sans plan, réagissant aux événements qui s'enchaînaient : le plongeur sur la plage, la dissimulation de son corps dans la fourgonnette de celui que les flics suspectaient désormais. L'interception de Mermoz, le journaleux, sa séquestration…

La redépose du squelette le 20 au soir. Il avait préféré ne pas rentrer chez lui depuis. Il avait plusieurs bases arrière comme celle où il se planquait pour l'instant, dans divers squats à Rennes et à Saint-Malo. Il s'envoya une belle lampée de 1664 bien fraîche, s'imprégna longuement de son amertume. Il posa la bouteille à moitié vide sur le rebord de la fenêtre et se força à regarder en bas.

C'était pas la joie dans le quartier. Il en avait observé l'évolution. Il avait grandi ici. Dix-huit années à glander. Il avait vite compris que la mer, les poissons et le tourisme, ce n'était pas son truc. Et à part ça, à Saint-Malo, quand on ne fout rien à l'école… Il s'était engagé dans l'armée. Il avait passé les dix années suivantes entre les zones de combat où il était de bon ton de voir flotter le drapeau français et les courtes permissions, toujours ici, dans son quartier.

Les commerces de bouche avaient fermé les premiers, remplacés par des marchands d'assurances et de téléphones, deux débloqueurs de mobiles et un toiletteur pour chiens. Les débloqueurs avaient vite fini en cabane en récompense des trafics qu'ils ne dissimulaient même pas, le toiletteur avait pu se barrer juste avant la descente de flics visant à lui faire passer le goût de l'organisation de combats de chiens. Dans le quartier, personne n'ayant les moyens de s'offrir une assurance ni le besoin de payer son téléphone au prix officiel, les autres boutiques avaient également mis la clé sous la porte.

Toutes avaient été remplacées, on ne pouvait pas dire que le quartier ne se battait pas. « Tout à 0,99 euros », kébabs, dépôt-vente. En attendant la prochaine vague.

Ou les bulldozers.

C'était pas la joie mais c'était son quartier. Il aimait s'y planquer quelque temps, quand l'occasion se présentait… Il porta la bouteille de 1664 au niveau de l'œil droit. Le quartier reverdit pour un temps. Il lampa le reste de la bouteille. C'est en se rendant au frigo pour se réapprovisionner qu'il prit sa décision : il y avait eu trop de bordel pour qu'on puisse l'accuser d'avoir tout organisé lui-même. Il aurait le bénéfice du doute. Et puis

« l'Organisation » ne pouvait se passer aussi facilement d'un homme capable de *tout* faire comme lui.

Il ne retournerait pas à la gare. Game over. Tant pis pour le journaleux, il crèverait tout seul dans son coin. Chacun pour sa peau.

Prison de Saint-Malo, 17 h 20

Ben Ouassil n'avait pas fait dans la dentelle, c'était sa marque de fabrique. Yvon savait que tout ce que la région comptait en fliquerie serait vite sur ses talons. Le maton était son assurance-vie pour un temps mais également son boulet. Pour Ben Ouassil, cette évasion de taule était une première et d'une certaine manière, il savourait l'instant. Il s'était lancé sans plan préconçu.

Canicule et surpopulation carcérale jouaient pour lui, mais il n'aurait pas imaginé que toutes les portes s'ouvriraient aussi facilement devant lui… Il continuait à avancer, vite, maintenant « son » maton d'un bras ferme passé autour des épaules. De sa main libre il lui maintenait une pointe de cinq centimètres dans l'oreille. Celle-ci commençait à saignotter.

Belle initiative que d'avoir pensé à planquer cette arme discrète et redoutable. Le clou devait servir de goupille permettant de maintenir la tringlerie du capot de la fourgonnette. Il l'avait machinalement gardé à la main en partant chercher de l'eau et avait eu la bonne idée de se le fourrer dans la bouche lorsqu'il avait compris que les flics allaient l'embarquer. Autre avantage, il avait dû jouer au mutique et cela lui avait certainement servi à ne pas s'enfoncer plus. Il l'avait gardé bien au chaud jusqu'à ce que les fouilles soient terminées. Les examens buccaux avaient été succincts, heureusement. Une fois en cellule, il n'avait eu qu'à enfoncer la pointe dans le plâtre près de la porte. Le moment de l'en extraire n'avait pas tardé.

Le maton avait supplié lors de chaque contrôle :

— Déconnez pas, les mecs, laissez-le passer…

Un long filet de sang suintait, partant de l'oreille cloutée et dégoulinant sur l'épaule, appuyant sa requête. Portes et sas de sécurité s'étaient ouverts comme par enchantement. Jusqu'à la dernière. L'ultime obstacle vers la liberté, une lourde porte au sommet arrondi, débouchait dans une rue séparant la prison d'un quartier résidentiel. Une chance. Mieux valait cet entrelacs de maisonnettes, de courettes, de haies, de clôtures, de portails et de portillons qu'un *no man's land* plus propice à la chasse à l'homme.

Avisant une R4 camionnette garée à une centaine de mètres à gauche de la sortie, contre le mur d'enceinte de la maison d'arrêt, Ben Ouassil arrêta son plan. Il suffisait de faire croire à ce que tout évadé normalement constitué essaie de faire : se tirer le plus loin possible en se planquant. Tout en traversant la rue, il souffla à son otage, espérant qu'il ne soit pas déjà sourd :

— Si tu veux sauver ton cul, on doit faire fissa. Reste bien collé à moi : ils n'oseront pas tirer. Tu essaies d'entrer dans les propriétés. Dès qu'un portail s'ouvre, on fonce.

Le maton s'exécuta. La chance était encore du côté du Franco-Tunisien : le second portail n'était pas verrouillé. Ils s'engagèrent dans une allée goudronnée qui conduisait à une villa des années 70, entourée d'un petit parc arboré. Ils quittèrent l'allée à une dizaine de mètres de la maison et s'engouffrèrent dans la partie la plus boisée du jardin, au fond de la propriété. Yvon leva la tête et fut soulagé de voir qu'ils étaient à couvert. Un hélico ne pourrait remarquer ce qu'il avait prévu de faire. Le parc se terminait par un muret surmonté d'un grillage. Derrière, la haie des voisins, des thuyas apparemment. L'ensemble mesurait à peine un mètre soixante-dix, une broutille pour Ben Ouassil qui dépassait le tout d'une bonne tête.

Son otage le gênait maintenant, l'empêchant notamment d'analyser la topographie de ce qui l'attendait de l'autre côté. Il souffla à l'oreille indemne du surveillant :

— Je n'ai rien contre toi mais je ne peux pas te garder davantage, j'ai pas mal à faire pour traverser tous ces jardins.

Et sans un mot supplémentaire il se pencha vers son prisonnier de façon à pouvoir lui entourer le cou du bras droit. Il serra en entamant une légère rotation de l'avant-bras afin de comprimer la carotide de sa victime. Presque instantanément, l'homme lui glissa entre les bras. Yvon l'accompagna dans sa chute jusqu'à l'allonger sur le gazon fraîchement coupé.

Il grimpa sur le muret, empoigna quelques branches de thuya pour s'aider à se hisser sur le grillage, qu'il piétina sans ménagement. De sa position, il brisa quelques branches pour simuler son passage. Puis il redescendit du même côté en se faisant le plus léger possible afin de ne pas laisser de traces. Prenant soin de rester à couvert, il repartit en direction de l'entrée de la propriété. Avisant un tas de bois en vrac, attendant d'être rangé, il s'y dirigea et le contourna. Il se dissimula à l'arrière, allant même jusqu'à se recouvrir d'écorces. Il ne restait plus qu'à attendre la charge de la cavalerie en espérant qu'elle tomberait, au moins pour un temps, dans le panneau.

L'hélico arriva en premier et se mit à survoler d'assez haut le lotissement. Il signala probablement la position du gardien car quelques minutes plus tard, une escouade harnachée et casquée fit son apparition et gagna immédiatement le lieu où le maton continuait sa petite sieste. Après quelques gestes de secourisme pratiqués par l'un des hommes – ou femme, d'ailleurs, ils étaient inidentifiables sous leur barda – , il sortit de sa torpeur. Pas sûr qu'il ait apprécié cette version pour adultes du jeu du foulard, mais, comme le souhaitait le Franco-Tunisien, il désigna le grillage. Yvon avait bien fait de lui « confier » son intention de déguerpir par là. C'était d'ailleurs tellement logique que celui, ou celle, qui semblait diriger la manœuvre baragouina dans un talkie, ce qui eut pour effet immédiat un redéploiement du groupe. Trois d'entre eux se répartirent le long du muret et se préparèrent à l'enjamber. Un resta aux côtés du maton tout en lui parlant. Les autres quittèrent la propriété par le portillon, probablement pour s'en aller visiter le jardin suivant, boucler les issues, etc.

L'hélico descendit d'une vingtaine de mètres. Le brassage des pales commença à se faire sentir mais c'était encore supportable. Les écorces recouvrant Ben Ouassil voltigèrent toutefois. Heureusement, l'hélico filait lui aussi dans la mauvaise direction. Le bourdonnement de l'engin était assourdissant mais cela pouvait servir les plans de l'évadé.

Yvon estima son temps d'action à une poignée de secondes, deux ou trois minutes au maximum. Il s'imposa deux longues respirations. Il fallait aller vite tout en ayant l'air parfaitement tranquille, normal. Il quitta son tas de bois et se dirigea vers le portillon qu'il atteignit sans encombre. C'était le moment critique où la moindre rencontre importune coûterait très cher. Les hommes dans le jardin regardaient tous dans la direction opposée, celle par où tout le monde le croyait parti. Il traversa la rue, passa devant la porte de la prison. Des voitures de police le dépassèrent sans que personne ne s'intéresse à lui. Elles disparurent toutes en tournant à droite au bout de la rue, en direction du leurre. Ben Ouassil marcha jusqu'à la Renault 4 camionnette remarquée un peu plus tôt. Un coup d'œil circulaire lui fit comprendre qu'il avait encore un peu de répit. Il ressortit sa pointe, la fit jouer dans la serrure de la porte arrière qui céda en un rien de temps. Heureusement qu'il y a des types pour continuer à rouler dans de vieilles bagnoles !

Il s'engouffra à l'intérieur et referma la porte sur lui. C'était un véhicule d'artisan, de plombier probablement au vu de l'équipement qui s'y trouvait. Le chalumeau et ses deux bonbonnes de gaz étaient particulièrement intéressants et pourraient servir de bombe ou de lance-flamme en cas de besoin. Yvon se mit en position, prêt pour le combat, tout en espérant que les hostilités s'arrêteraient là pour aujourd'hui. Il avait un chien à récupérer avant que son avocat ne bavasse trop avec les flics.

Saint-Malo, rue Émile Brindjonc, 22 h 40

Après le temps de l'action était venu celui de la réflexion. Tout d'abord, Yvon avait prévu d'attendre que les choses se calment avant de quitter son refuge et de tailler la route. Mais le repos forcé lui avait permis d'envisager les choses sous un autre angle et de revoir sa stratégie. Deux raisons majeures l'imposaient.

Pour commencer, depuis son entrée en prison, il n'avait plus rien sur lui. Papiers, fric, rien. Le contenu de la 4L était désormais sa seule assurance-vie. Mais partir au volant du véhicule, même maintenant que la nuit était tombée et que l'agitation avait cessé dans le quartier, n'était pas la solution. Et c'était là la seconde raison qui poussait Ben Ouassil à retarder son départ : les abords de la prison étaient plus que probablement truffés de caméras. Si cela n'avait eu aucune importance au moment de l'évasion qui ne nécessitait aucune discrétion, bien au contraire, maintenant, il aurait été idiot de se faire coincer. C'était déjà bien beau qu'il ne se soit pas fait repérer en direct alors qu'il revenait sur ses pas. En direct, car il ne faisait aucun doute qu'un fonctionnaire aurait à se taper les enregistrements sous peu. Ben Ouassil ne pouvait donc bouger dans l'instant mais il ne fallait pas s'éterniser non plus.

Il fallait que le proprio vienne lui-même déplacer sa bagnole, mais, dans le meilleur des cas, l'affaire ne se produirait pas avant le lendemain matin. C'était un utilitaire, pas une tire pour les virées nocturnes en ville.

Yvon n'était pas réputé pour sa patience. Pour tromper l'ennui et chasser le stress, il entreprit de fouiller la camionnette. Il vida une sacoche de son contenu, de la paperasse principalement, et l'emplit de ce qu'il pouvait récupérer et qui pourrait être utile pour la cavale à venir. Un briquet, des tournevis, des marteaux et d'autres outils aux fonctions multiples pour qui avait un minimum d'imagination vinrent ainsi garnir sa besace. À la lumière du briquet, il fit l'inventaire des papiers qu'il avait posés dans coin. Et là, une fois de plus, bingo ! Un jeu de cartes de visite indiquait qu'il se trouvait dans la voiture de l'entreprise « Kélian Plomberie Urgences » le siège de ladite entreprise se trouvant au n°34 de la rue Émile Brindjonc, soit pile là où était garée la 4L. Le chauffeur avait dû penser avoir de la chance en trouvant une aussi bonne place. Et il ignorait à quel point !

Yvon entrouvrit la porte arrière. Le risque de se faire toper était tout de même minime. Il eut une pensée pour le législateur ayant rendu obligatoire la pose des compteurs d'eau en limite de propriété. Celui du dénommé Kélian était à moins d'un mètre cinquante. Yvon comprit qu'il n'aurait même pas à descendre de voiture pour exploser le compteur…

Ce fut fait en moins d'une minute. Après quelques coups de marteau sur un tuyau de cuivre transformé en burin géant, le capot céda. Utilisant le même mode opératoire – après avoir encastré une aile du robinet d'arrêt dans le tuyau – le Djerbien déclencha un petit geyser. Il ne restait plus qu'à espérer que quelqu'un se rendrait compte rapidement qu'il n'y avait plus d'eau à l'intérieur du pavillon. Les occupants n'étaient pas couchés, comme en témoignaient les trois fenêtres donnant sur la rue, toutes ouvrant sur des pièces éclairées. Un homme entre vingt-cinq et trente ans, le fameux plombier espéra Ben Ouassil, se rua hors de la maison et vint constater les dégâts. Il lâcha un juron et repartit chez lui. Il en revint avec les clés de la 4L, pour s'emparer des outils s'y trouvant. La suite ne fut plus qu'un enchaînement logique. Le pauvre Kélian n'eut pas le temps de comprendre ce qui lui arrivait. Lorsqu'il ouvrit la porte arrière, il fut accueilli par un jet d'acétylène en plein visage. Très utile, un chalumeau…

Quelques minutes encore et la fourgonnette, le Djerbien au volant et le plombier ligoté à l'arrière quittaient la rue Émile Brindjonc et s'éloignaient de la maison d'arrêt de Saint-Malo.

Saint-Malo, 23 heures

Le major Jo en voulait à ses hommes, mais encore plus à lui-même. L'évasion de Ben Ouassil, il l'avait en travers de la gorge. Tellement prévisible... Un type qui ne moufte pas pendant toute la première partie de son incarcération et qui se met tout à coup à citer du Gibran sans savoir ni pourquoi ni comment... ça cache forcément quelque chose. En l'occurrence, il devait planquer dans sa bouche la pointe ayant servi à perforer le tympan du pauvre type chargé de le ramener du parloir. Il y aurait enquête, bien sûr, on avait déjà dû interroger celui qui avait procédé à la fouille. Une complicité n'était pas à exclure, Jo se renseignerait.

C'était rageant... et encourageant. Malgré tous les moyens mis en œuvre, Ben Ouassil n'avait toujours pas été retrouvé, mais il pouvait commettre une seconde erreur. Il ne faudrait pas se louper cette fois-ci. Jo referma le dossier transmis par ses collègues de la brigade de Saint-Genest-Malifaux, chef-lieu de canton d'un bout de massif du Pilat aux confins du Massif central et terrain de jeu habituel du Djerbien. Car c'est comme ça qu'on l'appelait là-bas. Le type présentait un réel caractère de dangerosité, il n'y avait aucun doute là-dessus. Et c'était un malin. Il avait été coincé bon nombre de fois pour diverses exactions somme toute mineures, même si elles lui avaient valu quelques mois de cabane si on cumulait l'ensemble de son œuvre. Par contre, s'il était régulièrement soupçonné de crimes plus consistants, certains se soldant par quelques homicides, rien n'avait jamais pu être prouvé. Ce qui était surprenant, c'est que l'évasion du jour était une première à ajouter à son pedigree... Toutes les autres fois, il s'était fort bien accommodé de la détention, occasion pour lui de dévorer les bouquins mis à la disposition des détenus.

Jo se jura que si ce Djerbien avait bien occis le malheureux plongeur, il saurait en apporter la preuve. Il jeta quelques notes sur tout ce qu'il faudrait faire dès le lendemain pour réorienter l'enquête. Mais pour l'heure, il fallait remettre l'oiseau en cage. L'heure... il leva la tête en direction de l'horloge de son bureau. Près de 23 heures. Par acquit de conscience, il appela le commandement chargé de centraliser l'opération de recherche du fugitif. Comme il s'y attendait, tout le monde avait fait chou blanc. Les barrages étaient maintenus sur toutes les voies permettant de quitter la ville et des équipes patrouillaient au port et sur mer. Mais avec la nuit, les opérations étaient rendues compliquées. Le major raccrocha, pas plus inquiet que ça. Pour lui, il était toujours dans le coin. Toute cette opération de quadrillage n'était certes pas inutile mais il était certain que si le type s'était barré, c'est qu'il avait quelque chose de bien précis à faire. Il ne craignait pas la prison. Pour l'heure, soit il se terrait en attendant que ça se tasse, soit il fonçait tête baissée pour faire ce qu'il avait décidé de faire. D'après la lecture du dossier, Jo penchait très nettement pour la seconde option.

Il composa un nouveau numéro. Celui du portable de Brochand, l'avocat qui avait été attribué au Djerbien. Jo le connaissait bien, pour avoir déjà eu affaire à lui par le passé. Un type qui aurait pu et dû faire une belle carrière mais qui avait eu du mal lors de son affectation à Saint-Malo à faire la part des choses entre boulot et vie privée. Ça avait été son premier poste après l'École supérieure de la magistrature. Premier poste et première occasion de se barrer de chez ses vieux, notaires ou quelque chose comme ça, qui l'avaient couvé pour en faire quelqu'un de bien, un bourgeois comme il faut, probablement à leur image. Mais les rades du port, les putes, les mauvais garçons et la bibine avaient nettement altéré sa vision de la justice. Quand il était à jeun cependant, il parvenait encore à sauver les apparences et sa radiation du barreau n'était qu'une éventualité à géométrie variable.

Brochand décrocha après la troisième sonnerie. Jo sourit. Le bruit de fond, mélange de braillements et de musique celtique laissait penser que le fruit était à maturité ou sur le point de l›être. Il joua sur les vertus de la douche écossaise et attaqua fraîchement, histoire de mettre l›homme mal à l›aise :

— Maître... Ici le major Jo...

— Un instant...

Bruit de chaise. La compagnie de l'avocat ne devait pas apprécier la bleusaille... Voix empâtée à souhait, gênée.

— Allo, major, excusez-moi... Qu'est-ce qui me vaut...

— Un petit tuyau de rien du tout... votre client, Ben Ouassil...

— Mais... pour qui me prenez-vous ?

— Ne vous méprenez pas, maître, j'ai juste besoin de votre sentiment, de manière officieuse. Je vous offre un verre, je quitte mon service, où peut-on se retrouver ?

Brochand lui avait donné rendez-vous au Select. La manœuvre n'abusa pas le major Joseph Digoin, Jo pour son équipe. L'avocat ne lui avait pas proposé de le rejoindre dans le rade où le coup de fil l'avait surpris. Trop crade ou, plus sûrement, en trop mauvaise compagnie. *Le Select* était plus présentable tout en restant discret. Un bon choix pour ce que les deux hommes avaient à se dire.

Brochand l'attendait au bar, un demi à peine entamé posé devant lui. Il semblait encore maître de ses gestes et de ses dires, mais n'était pas loin de plonger dans le monde plus flouté des limbes alcoolisés.

— Asseyez-vous, major, prenez un verre, que puis-je pour vous ?

Le flot était rapide, un tout petit peu trop. Jo sentit son homme à point avant même que l'entretien ne débute. Se contentant d'un sourire et d'une ferme poignée de main en guise de réponse aux salutations, il commanda un demi lui aussi.

— Alors, c'est mon client qui vous intéresse ? Yvon Ben Ouassil… Je suis au courant de son évasion. Sale affaire… Je me demande quelle mouche l'a piqué…

— Vous ne vous y attendiez pas ?

— Pas le moins du monde. Un type taiseux, spécial… Vous l'avez entendu dans vos locaux, vous savez ce que je veux dire…

— Exactement. Et c'est bien pour cela que je tenais à vous rencontrer de manière aussi… informelle. Pour partager nos points de vue sur la personnalité de monsieur Ben Ouassil. Absolument pas, vous l'imaginez bien, pour vous tirer les vers du nez !

— Ah ça, je ne me laisserai pas faire !

— Moi non plus, donc, cette évasion me surprend. Ce type n'est pas idiot et a une certaine pratique des milieux policiers. Il sait qu'étant soupçonné de crime…

— Je vous remercie, « soupçonné » comme vous dites, et par conséquent présumé innocent…

— Je vous en prie maître, pas de ça entre nous… Étant soupçonné de crime, il sait que toutes les forces de police sont d'ores et déjà à sa recherche. Il y a des barrages partout, le plan Épervier est déclenché… Il n'a aucune chance…

— Et pourtant…

— Et pourtant quoi ?

— Et pourtant, vous êtes ici, major… en train de boire un coup tranquillement, mine de rien, alors que, comme vous le dites, tout le monde est sur le pont. On vous a déchargé de l'enquête ? Ou, finalement, espérez-vous me les tirer, ces vers du nez ?

— Pas du tout…

Jo commençait à avoir les boules. Ce satané avocat de mes deux n'était pas assez mûr pour se laisser aller aux confidences. Il fallait s'y prendre autrement pour lui faire cracher le début de commencement d'un bout de piste.

— Écoutez Brochand, vous n'avez pas tort. Pas tout à fait. Ce Ben Ouassil, on l'aura. Tôt ou tard, grâce à vous ou sans vous. Mais un type capable de crever le tympan d'un surveillant et de se tirer de taule comme il l'a fait, un type comme ça, je ne sais pas ce que vous en pensez, mais c'est un réel danger pour la société. Alors, croyez-moi, si vous avez la moindre petite idée de l'endroit où il peut être, dites-le-moi. C'est dans l'intérêt de tout le monde, y compris le sien. Et donc, le vôtre.

— Je préfère ça, major. Je n'aime pas qu'on me prenne pour un imbécile… Je sais que je traîne des gamelles et je vous sais gré de ne pas me les brandir sous le nez. Même si je me doute bien que c'était l'argument à venir. Je me trompe ?

Jo fit un signe évasif et but une longue lampée de bière. La prochaine fois, il le laisserait plus longtemps traîner dans les bars…

— Je n'ai pas la moindre idée de l'endroit où se trouve mon client, reprit Brochand. Mais je veux bien vous donner un coup de main. À charge de revanche, n'est-ce pas ?

Nouveau geste évasif. Nouvelle lampée. Jo était furieux, intérieurement. Le type allait lui balancer quelque chose, probablement. Mais il menait la danse. Et ça, Jo n'aimait pas, mais pas du tout. Il relança donc, mettant une signification bien à lui dans sa réponse.

— Oui, c'est ça, maître, à charge de revanche. Maintenant, pour les raisons que vous connaissez, le temps presse. Je n'ai pas envie de retrouver Saint-Malo à feu et à sang demain matin. Déjà que la situation n'est pas brillante avec ces manifestations qui se multiplient…

— Je ne sais pas si ça peut vous aider… Je n'ai jamais vu un client aussi peu désireux de se défendre de ce dont on l'accuse. Surtout en matière de meurtre. Notamment lorsque je lui ai annoncé que son ami venu récupérer son chien n'était pas à la gare de Saint-Malo à 23 heures comme nous l'avions convenu. C'est là que j'ai compris que…

— Oui ?

— Je me demande si ce type n'est pas prêt à tout pour… récupérer son chien.

— Putain, vous croyez ?

— Si je vous dis ça…

— Vous me donnerez les détails plus tard, maître. Merci, merci.

Jo balança un billet de dix euros sur le bar et se propulsa à l'extérieur, le téléphone à la main. Il lui fallait une voiture et une équipe au plus vite.

Libreville, République gabonaise

Les nouvelles n'arrivaient pas vite mais cela n'inquiétait pas René outre-mesure. Cette malheureuse histoire de plongeur trucidé n'était qu'un contre-temps qui permettait de régler quelques autres affaires en suspens et de peaufiner l'opération

Lézard Titan. Le parti créé de toutes pièces enchaînait les réunions publiques et l'actualité jouait en sa faveur. Les intégristes islamistes semaient la terreur au Moyen-Orient et favorisaient le repli identitaire judéo-chrétien occidental. Les adhésions se multipliaient et une première télé était prévue dans la semaine. Il ne restait plus qu'à localiser le journaliste disparu, Ludovic Mermoz, ainsi que Wilhem Kerlean, l'homme chargé de la mise en place du squelette de dinosaure. Pour ça, des moyens exceptionnels étaient mis en œuvre avec Lindsay dans le rôle du chef d'orchestre. René avait une confiance absolue en cette dernière et les résultats ne tarderaient plus.

Il était près de minuit en Bretagne et 2 heures du matin à Libreville où il venait d'atterrir. Quelques dossiers de concession en bois exotique, manganèse et pétrole à finaliser avec le gouvernement gabonais l'attendaient pour la fin de matinée.

C'est alors que Le chauffeur s'apprêtait à le déposer devant la réception de L'Intercontinental que le téléphone sonna. Lindsay avait du nouveau, sinon elle ne le dérangerait pas à cette heure-ci. René demanda au chauffeur de poursuivre, au grand dam d'un groom en livrée qui se précipitait déjà. La voiture s'engagea à nouveau sur le parking et rejoignit le boulevard triomphal Omar Bongo qui reliait l'aéroport du même nom à la présidence, en longeant l'océan.

René décrocha. Lindsay prononça la série de huit chiffres prouvant son identification. Une opération mathématique complexe donnerait la suite à annoncer lors de la prochaine communication. René répondit par la phrase de Condorcet correspondant. La prochaine fois, ce serait la huitième phrase suivant celle-ci, extraite de *De la nature des pouvoirs politiques dans une nation libre.* Il y avait un code pour chacun de ses contacts et bien entendu, René était le seul à tous les connaître. Il n'avait pas besoin de noter, tout était ancré dans sa mémoire. Le réseau ne lui survivrait pas et c'était ainsi qu'il en avait décidé. Quelques membres se sentant suffisamment proches avaient parfois tenté de gagner ses faveurs et de se placer sur la liste des héritiers. Mal leur en avait pris et Le chauffeur avait dû éliminer ces prétendants peu inspirés.

— Je tiens notre homme, il est bien responsable de tout le patacaisse et m'a indiqué où trouver le journaliste. Mais le travail était déjà commencé, il a déjà parlé à quelqu'un, de toute évidence.

— Ah... Essaie d'en savoir plus. Puis nettoyage partiel. Tu m'envoies ensuite les coordonnées du journaliste, on s'en occupera. Toi, tu te mets en retrait.

— OK, bonne nuit.

Nettoyage partiel. Cela signifiait que la cible devait être éliminée mais laissée sur place. Lindsay comprenait pourquoi. Il fallait laisser croire que l'homme avait été abattu par celui ou celle qui l'avait précédée dans « l'interrogatoire » de Wilhem Kerlean. Elle l'avait retrouvé suite à une toute bête visite de routine sur son lieu de travail. Kerlean bossait comme veilleur de nuit à temps partiel à la SPA de Saint-Malo, un job trouvé pour lui par l'ACC… histoire de lui donner une couverture honorable. Par contre Lindsay se demandait qui avait bien pu la précéder. Dès son arrivée sur place, elle avait compris que quelque chose ne tournait pas rond. Les cris des animaux pour commencer. Mais, surtout, tout ce qui servait à fermer, cadenasser les différents accès au refuge était détruits. Pas forcés, détruits. *Liquéfiés* …

L'ancienne militante de l'IRA regarda le condamné. Il gisait dans une mare de sang, le visage méconnaissable sous les boursoufflures. Il lui avait suffi d'y apposer le bout incandescent d'une cigarette pour lui faire avouer ses actes. Il ne bougeait plus maintenant mais n'était pas encore mort. Elle s'accroupit et l'observa. Il était inconscient. Elle n'avait pas le temps de le ranimer pour le faire parler à nouveau, elle trouverait un autre moyen pour savoir qui l'avait mis dans cet état. Il lui fallut moins de deux minutes pour visser le silencieux, tirer, démonter et ranger l'arme dans son petit sac à dos. Une minute supplémentaire et elle quittait les locaux de la SPA de Saint-Malo puis remontait dans la Clio rouge. Elle nota mentalement qu'il fallait se débarrasser au plus vite de ce véhicule qui risquait d'être repéré. De plus, des phares balayaient le bout de la rue. Elle démarra aussitôt et partit à la rencontre du véhicule. Comme elle le pressentait, c'était une voiture de gendarmerie. Trois hommes et une femme à bord. Elle ne ralentit pas. Les flics non plus.

***

René avait posé le téléphone sur le siège, à sa droite. La limousine climatisée fendait la moiteur de la nuit équatoriale, croisant quelques utilitaires Renault aux plaques frappées d'un petit drapeau français. Les militaires basés dans les locaux du 6e RIMA partaient dans les bordels de quartier. Dès le lendemain, certains seraient aux commandes des Rafales survolant le Tchad en surveillance des troupes de Boko Haram et autres groupes fanatiques contrecarrant les intérêts nationaux sur le secteur. Le vibreur annonça un message. «48,10-10,67». La localisation de Mermoz. René transféra à Son Sen pour identification du lieu et étude des possibilités d'exfiltration. Il était maintenant temps de regagner l'hôtel, de boire un verre, de prendre une douche et, enfin, d'aligner quelques heures de sommeil.

***

— Putain, c'est quoi ce massacre ?

Le major Jo ne prit pas la peine de répondre à Marmou, son capitaine. Il se fit juste la réflexion que le terme de « caractère réel de dangerosité » était le minimum que l'on pouvait accorder à Ben Ouassil. Tout ça pour récupérer un chien... À moins que la jeune femme qu'ils avaient croisée au volant d'une Clio rouge... Peu probable, mais il avait tout de même noté la plaque d'immatriculation par réflexe professionnel.

— Bon, vous connaissez la musique, lança-t-il. On ne touche à rien, on sécurise les lieux. Je préviens le parquet, le légiste, la scientifique et tout le tralala. On n'est pas prêts de se coucher, les gars... Toi, Pauline, tu te souviens de la gueule du clebs de ce dingue ? Tu vérifies s'il est encore là, mais ça m'étonnerait.

Jo s'écarta du reste du groupe pour passer ses coups de fil. Il en passa un supplémentaire à la brigade pour qu'on lui transmette les coordonnées du propriétaire de la Clio. Puis, comme les autres, il enfila ses gants et commença à dérouler la traditionnelle rubalise.

22 août

1h35, gare de Rennes

Il commençait à trouver un plaisir certain à jouer du chalumeau. L'expertise venait vite. Il n'en était pas encore au point de souder mais il parvenait maintenant sans peine à régler l'ouverture des gaz pour que la flamme jaillisse à la première tentative. Ensuite, il suffisait de jouer sur les robinets pour donner l'intensité souhaitée. L'opération qui se présentait maintenant était la même qu'à la SPA. Une chaîne cadenassée à faire sauter. Celle-ci interdisait l'ouverture d'un wagon qui semblait laissé à l'abandon sur une voie à l'écart des autres. L'activité de la gare était plus que réduite à cette heure avancée de la nuit. Une chance. Mais Ben Ouassil n'était pas seul. Quelques employés s'activaient déjà à redonner une allure proprette aux quais. D'autres s'employaient sur les voies. Une motrice roulait à faible allure, aucun wagon dans son sillage. Yvon n'avait pas la tenue *ad hoc* mais personne ne semblait se soucier de ce grand type, suivi d'un chien-loup et trimballant son chalumeau. Il le tirait d'une main et portait une caisse à outils de l'autre pour coller davantage à son nouveau rôle artisanal. La SNCF devait faire intervenir des sociétés privées.

Le type de la SPA avait été précis – il n'avait pas eu trop le choix –. Il y avait bien un wagon, tagué comme il se doit, au bout du quai indiqué. Un de ces quais à l'écart des autres où se déroulent des ballets incompréhensibles pour les voyageurs lambda. Des histoires de fret ou de maintenance probablement.

Le cadenas rougeoya en un rien de temps et la chaîne pendouilla, dérisoire. Yvon manœuvra la porte qui coulissa en grinçant. Une odeur pestilentielle se dégagea du wagon plongé dans l'obscurité. Après le premier mouvement de recul instinctif, il alluma le briquet et s'engouffra à l'intérieur. Sans surprise, il aperçut une forme qu'il devina être le corps gisant de son pote. Il siffla Ghriba qui sauta à l'intérieur, puis il hissa le chalumeau et la caisse à outils. Il ne fallait pas attirer l'attention outre mesure et trop tirer sur la corde de la chance.

Dire que Ludovic Mermoz était mal en point était un terme mal approprié. Mais c'est celui qui sembla le plus adapté, selon le Djerbien.

— Eh mec, t'es plutôt dans un sale état !

Ne constatant aucune réaction de la part de Mermoz, Ben Ouassil s'accroupit à ses côtés et, à la lueur du briquet, il constata les dégâts. Ludo était inconscient et s'était fait dessus. Mais son cœur battait, il respirait et semblait ne pas porter de blessure apparente. L'enfoiré qui l'avait enfermé ici ne pouvait pas en dire autant… Mais ces constatations restaient sommaires car le problème de l'éclairage au briquet, c'est qu'on ne voit pas grand-chose et que ça brûle vite les doigts. Ben Ouassil tenta ce qu'il connaissait comme gestes de survie dans un tel cas. Il asséna deux calottes du plat de la main et si Mermoz ne se réveilla pas, son visage sembla gagner quelques tonalités dans les rouges. Ben Ouassil, pour la première fois depuis son évasion, se demanda quelle pouvait être la meilleure conduite à tenir. Il semblait bien risqué de repartir avec son pote sur les épaules sans attirer, cette fois-ci, l'attention des employés. Attendre dans le wagon sans rien faire n'était pas non plus la solution. Les heures de Ludo étant peut-être comptées, il fallait faire quelque chose. Et puis, sans qu'il se l'avouât, il n'était pas envisageable de rester dans ce cloaque malodorant plus longtemps.

Il entrouvrit la portière pour respirer un peu. Il commençait à monter un début de scenario. Il lui suffirait peut-être de descendre, de gueuler qu'il y avait un macchabée dans le wagon sur lequel il était chargé d'intervenir et de se tirer sans demander son reste. Il aurait préféré pouvoir causer un peu avec Ludo pour tenter de comprendre comment ils étaient tombés dans cette histoire de fous mais l'urgence était bien de sauver la peau de son pote. Il se préparait donc à s'expulser du wagon lorsqu'un bruit de motrice s'amplifia soudainement. Il retint son geste afin de ne pas sauter et se faire écrabouiller. Mais l'intensité du bruit diminua tout en semblant bizarrement de plus en plus proche. La loco venait dans leur direction, en ralentissant. Un choc ébranla le wagon. Ben Ouassil tomba à la renverse, Ghriba grogna sourdement. Il entendit quelques voix s'apostropher à proximité et referma la porte en faisant le moins de bruit possible. Suivirent alors quelques cliquettements non identifiés et d'autres éclats de voix. Puis ce fut à nouveau le bruit de la motrice qui prit l'ascendant sur le reste. Et le wagon se mit en mouvement…

Région parisienne, 2 h 42

Son Sen lança un nouveau téléphone dans la Seine et laissa parler les cent quatre-vingt-quinze chevaux de la Suzuki sur la D 181, déserte à cette heure avancée de la nuit. « Bien arrivé, tout va bien chez Balzac, signé 357 » Le fric serait là le lendemain et pour sûr, il y en aurait un beau paquet. Il y avait du taf en ce moment, les choses s'accéléraient et se complexifiaient. Il n'avait pas fallu forcer les fichiers d'une université cette fois, ça avait été une toute autre paire de manches. Et les ordres étaient des plus clairs « Tout doit être bouclé en moins d'une heure. »

Son Sen avait pu entrer sur le site ultra protégé de la SNCF, d'où il avait pu s'emparer des codes donnant accès au réseau des caméras de surveillance de la gare de Saint-Malo. Grâce à ces dernières, il avait repéré le wagon indiqué : voie J, avec une signature géante taguée en jaune, grossièrement. Puis retour sur le site de la SNCF. Il avait été plus compliqué de donner l'ordre d'enlèvement du wagon. Surtout parce qu'il fallait faire vite. Mais il avait trouvé l'astuce et comme il lui restait près d'un quart d'heure avant l'expiration du délai imparti, il avait poussé encore plus loin. À l'aide d'un site tout public de visualisation aérienne, il avait dégotté une gare dans le sud qui semblait désaffectée. Au vu d'autres wagons laissés çà et là sur des voies de garage, l'endroit lui parut idéal pour ne pas éveiller les soupçons trop vite. « Le wagon contient un colis encombrant à évacuer momentanément » lui avait-on écrit…

Tout cela, Yvon Ben Ouassil l'ignorait. Il savait qu'il était embarqué à faible allure, lui, son chien, son chalumeau et son pote inconscient. Ils roulaient porte ouverte et l'odeur était à peu près supportable. Il avait passé la nuit à veiller Mermoz, le stimulant par le verbe et le geste. Ludovic parlait par moment, sans se réveiller. Des mots incompréhensibles mais aux accents de terreur évidents.

Lorsque le train stoppa au petit matin, le Djerbien se mit dans sa nouvelle attitude défensive, à savoir derrière la porte qu'il avait pris soin de refermer, le chalumeau posé au sol et braqué vers l'ouverture. La main droite posée sur les robinets de gaz, la gauche maintenant le briquet en position d'ouverture de feu. Ghriba, qui avait lui aussi l'habitude de ces moments de tension extrême était en position de combat. Mais seuls des cliquetis métalliques, des éclats de voix et le grondement de la motrice se firent entendre. Puis plus rien. Ben Ouassil attendit quelques minutes et ouvrit prudemment la porte. Il faisait jour. Ils étaient au milieu de nulle part. Il descendit et contourna prudemment le wagon. Ils étaient dans une petite gare délabrée, oubliée des dieux et des hommes. Il ne put en lire le nom : le peu qui n'avait pas été effacé par le temps était recouvert de graffitis. Il y avait deux quais autrefois réservés aux voyageurs, ainsi qu'une demi-douzaine de voies. Ils se trouvaient sur la plus éloignée du bâtiment. D'autres wagons, tagués jusqu'au moindre millimètre carré, étaient garés sur d'autres voies. Deux d'entre elles seulement étaient libres et entretenues, les plus proches de la gare. Un TGV passa à vive allure, laissant le soleil sur sa gauche. Il filait plein sud.

La vitesse du train laissait penser qu'il n'y avait pas d'habitations à proximité. Pour Ben Ouassil, Mermoz étant intransportable, il fallait se rabattre sur la gare, en espérant qu'il y trouverait un minimum de confort pour secourir son ami. Il descendit du wagon avant d'en extirper le chalumeau. Il fit signe à Ghriba de tenir compagnie à Mermoz. Le chien s'exécuta, marquant toutefois sa déception de ne pouvoir accompagner son maître par un long gémissement.

Le soleil, pourtant encore assez bas chauffait déjà les lieux avec ardeur. Le Djerbien traversa les voies, le chalumeau monté sur roulettes à sa suite. Des gouttes de transpiration perlaient à son front lorsqu'il eut terminé l'examen extérieur du bâtiment. Tags, portes murées, vitres cassées remplacées par des planches indiquaient que l'activité ferroviaire avait laissé place à d'autres jeux. Mais les stigmates étaient anciens. La végétation indiquait qu'on se trouvait dans le Sud – les cigales manquant au décor, Ben Ouassil pencha sur un début de Sud, type Drôme ou Ardèche – et investissait désormais les lieux. Ben Ouassil aurait été mieux équipé s'il avait été en possession d'une masse. En quelques minutes, il aurait pu désobstruer l'un des accès murés à l'aide de moellons. Il continua son tour du « propriétaire » et dénicha une porte métallique que personne n'avait jugée susceptible d'être forcée… donc d'être murée. Le chalumeau joua à nouveau son office et les gonds fondirent en un rien de temps.

La petite gare pouvait enfin respirer. Le premier voyageur de sa nouvelle vie ne s'attarda pas sur les charmes du style industriel fin XIXe. À proximité de l'ouverture, seul lieu approximativement éclairé, il entassa quelques cartons abandonnés par les routards de passage puis repartit chercher Mermoz. Ce dernier n'était toujours pas très vaillant. Le Djerbien l'empoigna sous les épaules et le traîna jusqu'à sa nouvelle chambre. Tout en le rassurant, comme on le fait avec un enfant qui émerge d'un cauchemar, Yvon installa Ludovic dans sa suite en cartons.

— Tout va bien, ne t'en fais pas. Je reviens.

Mermoz à l'abri n'était pas sauvé pour autant. Semi-comateux, fortement déshydraté, il fallait maintenant trouver de l'eau. Il avait besoin d'une petite toilette également.

À la flamme du briquet, Ben Ouassil inspecta sommairement les lieux. Comme il s'y attendait, aucun des points d'eau ne fonctionnait. Il fallait repartir. Il confia Yvon à son chien, lui faisant promettre par quelques gestes connus d'eux seuls de ne pas le quitter des yeux. Ghriba signifia son accord en s'allongeant de tout son long, la truffe posée sur une cuisse de Ludovic. Son maître s'extirpa du bâtiment. Avant de quitter les lieux, il coinça un bout de grillage dans une branche fendue et fit sa première tentative pour utiliser normalement le chalumeau. Le fil de fer servirait de baguette de soudure. Il avait vu des mécanos opérer de la sorte dans les quartiers de Djerba. Il parvint à resceller de manière succinte la porte d'entrée et planqua l'accès en y appuyant une palette explosée. Il hésita pour le chalumeau. Le planquer ou le prendre avec lui. Au vu des services rendus récemment par l'appareil, il décida de le prendre et fila.

Il traversa un parking défoncé. Les vestiges de bitume fondaient sous le soleil qui avait réalisé une belle ascension depuis le début de l'opération. La végétation tentait de reprendre le dessus sur le goudron et y parvenait pas trop mal. Mais on sentait bien qu'un peu de pluie ne serait pas de refus.

Yvon allongea le pas, ignorant la souffrance végétale et la chaleur. Il s'engagea sur la seule route partant du parking, qui présentait un état similaire à ce dernier. Il lui fallut une demi-heure environ pour arriver à un premier tènement de bâtiments. Il s'agissait d'une ferme, pas encore en ruine, mais presque.

L'endroit était habité, un roquet souffrant de pelade avancée, entortillé dans une chaîne, donnant un style post-apocalyptique à la scène, en interdisait l'accès en gueulant à tue-tête. Le Djerbien aimait trop les chiens pour vouloir du mal à celui-ci, et pourtant, il fallait franchir l'obstacle. Il se passa une main dans les cheveux et réfléchit un peu à la situation. Il constata que premièrement, lui aussi aurait besoin d'une bonne douche. Deuxièmement, l'endroit ne pouvait abriter que trois types d'individus : des routards, ceux délogés de l'ancienne gare par exemple, des « punks à chiens » locaux ou des paysans ayant perdu la main depuis... longtemps. La troisième catégorie lui sembla la plus probable. Les autres n'auraient pas pris la peine d'attacher le clébard. De plus, si les bâtiments n'étaient pas entretenus, un semblant de culture se maintenait vaille que vaille aux environs. Quelques ceps de vigne alignés émergeaient des ronces, signe que le coin était encore débroussaillé de temps à autre. Une « beuglée » vint soudain stopper les aboiements :

— Ta gueule Massu !

Outre le fait qu'il trouva étrange le patronyme retenu pour le chien, l'accent et le ton finirent par convaincre le Djerbien que son hypothèse était la bonne. L'apparition dans l'encadrement de la porte de celui qui avait réussi à rendre son calme bucolique à l'endroit confirma définitivement la chose. Mais l'homme - car c'était un homme dont la tignasse transgenre était trahie par une barbe de taliban - se remit à gueuler en apercevant Ben Ouassil :

— Oh putain !

Il fit demi-tour, disparaissant à l'intérieur mais laissant tout ouvert. Le Djerbien pressentit que l'accueil manquerait de chaleur, choisit de prendre les devants et fonça droit devant lui. Le chien hésitant sur la conduite à tenir opta pour un entre-deux : il ne bougea pas mais se remit à japper à qui mieux mieux. Ben Ouassil grimpa sur le rebord de fenêtre jouxtant la porte et se recroquevilla, prêt à bondir. Les volets étant fermés, il savait que sa manœuvre ne serait pas découverte trop tôt. Il entendait le type qui revenait en marmonnant.

De son poste d'observation, le Djerbien vit le paysan ressortir, précédé par le canon d'un fusil de chasse.

— Pas de fellagha chez moi, bordel de merde ! Putain, où il est passé c't'apôtre ?

Le type fit quelques pas, dirigeant le flingue en tous sens. Bien entendu, il ne fallait pas être malin pour découvrir la planque de Ben Ouassil : il suffisait de voir le clebs tirant sur sa chaîne à s'en rompre le cou en direction de l'envahisseur, identifié comme Sarrasin. Mais au moment où le tirailleur agricole se retourna il reçut une baffe de première catégorie qui lui fit lâcher son arme. Yvon s'en empara et le chasseur devint gibier. Il leva les mains, montrant une fréquentation certaine, soit avec les films policiers, soit avec des situations *in vivo* plutôt conflictuelles. Une chose était sûre, le fusil était chargé.

— Ça va, on se calme. La guerre est finie, mec ! Je cherche juste un peu de flotte…

— T'as de quoi la payer ?

— Quoi ? Payer un bidon de flotte ?

— Je veux oui ! Déjà qu'on nous interdit d'irriguer… L'eau ici, c'est plutôt une denrée rare. Et puis, je te parie qu'une fois que tu te seras cassé de chez moi, quand j'aurai appelé les flics pour leur dire que je me suis fait braquer par un type sorti de nulle part, ils vont…

— Ça va, ça va, te casse pas la tête : je te laisse mon chalumeau en échange, ça marche ?

Ce fut au tour du paysan de se gratter la tête. Si l'idée d'un brin de toilette ne lui effleura probablement pas l'esprit, il estima rapidement l'avantage qu'il avait à retirer de la transaction.

— Y te faut combien ?

— Un bon bidon. Dix, vingt litres si tu as ça en réserve. Plus cette barre à mine qui te sert à rien, là dans les herbes.

— Qu'est-ce qui me dit que tu vas pas t'en servir pour m'estourbir une fois que t'auras ta flotte ? J'ai payé pour les connaître, là-bas dans les Aurès, moi, les…

— Les fellaghas, ça va, j'ai compris. Si je voulais de dézinguer, je le ferai maintenant. Et je te prendrai autre chose que de l'eau, je te le dis, moi… Je te rappelle que j'ai ton flingue…

— Suis-moi, j'ai l'eau qu'à l'étable. Mais tu me rends le fusil d'abord.

— Je te le rends, pas de soucis. Mais tu m'excuses, mec : j'enlève les cartouches avant.

— C'est correct, d'accord.

Une heure plus tard, Yvon était de retour à la gare. En quelques coups de barre à mine, il fit sauter les points de soudure de la porte métallique. Ludo avait l'air d'aller un peu mieux. Il était assis et caressait Ghriba qui n'avait pas bougé d'une oreille. Yvon posa les deux seaux qu'il avait rapportés sur une épaule, se servant de la barre comme d'une palanche.

— Allez, vas-y, c'est open bar. Profites-en, je ne sais pas où on va crécher ce soir… Tu prendras le deuxième pour te débarbouiller et rincer tes fringues…

Ludovic se désaltéra avidement, buvant à même le seau. Ghriba eut la délicatesse de ne se servir qu'en deuxième.

Cette première étape franchie, Ludovic Mermoz n'était certes pas en grande forme, mais prêt à reprendre le combat.

— Dès que je me serai mis quelque chose sous la dent… vont me le payer, les salauds…

— Sûr, on n'a pas dit notre dernier mot, approuva Ben Ouassil. Mais pour l'heure, il faut se tirer d'ici. Tu te sens d'attaque pour marcher ? L'avantage, c'est qu'on voyage léger : il ne nous reste rien !

— Tu es sûr qu'on ne peut pas rester un moment ici ?

— Moi, je suis un « criminel » échappé de taule. Toi, on sait que tu as quelqu'un qui ne te veut pas que du bien. J'en ai calmé un hier soir, mais pas sûr qu'il ait agi seul. Je te parie même qu'il y a une équipe derrière tout ça… Quant au péquenot qui m'a filé la flotte, malgré ses promesses, l'envie de prévenir les flics risque de le reprendre. Surtout si ma trombine passe dans le journal.

— Bon… On fait comment ?

— Pas question de reprendre la route et de passer devant la ferme. Moins ce type en saura sur nous, mieux ce sera.

— Alors ? À travers champs ?

— Non, ça m'a l'air broussailleux, le secteur. On suit la voie ferrée, on se planque à chaque passage de train. On finira par se repérer et trouver quelque chose à notre goût !

— On est dans le Sud, là ? questionna Mermoz en commençant à marcher.

— D'après la végétation, je dirais début du Sud. Région de Valence, ce qui m'arrangerait bien : j'ai quelques potes, là-bas.

Université de Poitiers, 10 heures

Il se racla la gorge avant de s'envoyer une goulée de l'eau minérale bon marché posée sur la table. Il tapota machinalement l'étiquette le présentant aux membres de la presse invités à la conférence donnée dans l'amphi d'honneur de l'université. « Philippe de Saintonge, directeur du laboratoire de paléontologie » La majorité des sièges était occupée et le doyen ne boudait pas son plaisir. La dernière fois que son établissement avait été ainsi sous les feux de la rampe, c'était pour une remise de prix décernée à un obscur chercheur en sciences de l'économie, dans les années soixante-dix. À l'époque il n'y avait pas un chat, à l'exception de chroniqueurs de la presse régionale. Là, la com avait fait son effet et la salle était comble. La « quotidienne régionale » avec les têtes connues de la *Nouvelle République*, des radios et télés locales, mais aussi les grandes chaînes et journaux nationaux s'ajoutaient aux revues spécialisées dans la paléontologie.

Le doyen ouvrit les débats en remerciant les journalistes pour leur présence et leur laissa entendre qu'ils n'auraient pas à le regretter. Il enchaîna avec un bel hommage à l'endroit d'Edwin Moutardon, le précédent directeur du laboratoire, trop tôt et récemment disparu. Il poursuivit par une présentation de son successeur, détenteur d'une thèse mondialement remarquée et, « sans transition », lui laissa le micro.

— Mesdames, messieurs, à mon tour de vous remercier. Notre doyen vous l'a annoncé dans son préambule, l'information que nous avons à vous communiquer est de la plus haute importance. Elle concerne les ossements découverts sur la plage de Saint-Malo il y a quelques jours. Nous avons analysé les quelques restes que les grandes marées ont eu la délicatesse de ne pas prélever à notre place. La technique d'analyse nous a permis de conclure de la manière suivante…

De Saintonge ajusta ses lunettes et jeta à nouveau un œil sur ses notes, comme pour faire durer le plaisir. Puis il se lança :

— Les ossements analysés, une partie de mâchoire et quelques phalanges, ainsi que l'observation des photographies prises par des vacanciers avant que la grande marée n'engloutisse tout nous permettent avec certitude de conclure qu'il s'agit bien des restes d'un titanosaure ayant vécu dans la région durant la période dite du Crétacé supérieur, soit il y a 75 millions d'années. Ce titanosaure, ou « lézard titan » était un herbivore d'une douzaine de mètres. Jusqu'à présent, quatre espèces de ce type de dinosaure étaient connues dans le monde. Mesdames et messieurs, j'ai le plaisir de vous annoncer que notre lézard titan appartient à une cinquième espèce et que c'est, bien entendu, le seul exemplaire actuellement à la disposition de la science. Les meilleurs spécialistes mondiaux sont actuellement en route pour Poitiers et nous espérons que ces quelques restes permettront d'expliquer encore un peu mieux… nos propres origines. Mesdames, messieurs, je ne peux pas vous en dire beaucoup plus en ce jour et le travail, vous l'imaginez bien, ne manque pas. Mais je reste à votre disposition pour quelques instants si vous avez des questions…

Une bonne vingtaine de doigts se leva alors, dans un même

élan et dans un brouhaha surprenant. Le micro revint à un jeune homme transpirant dans une chemisette à carreaux qui se présenta :

— Gilbert Lejeune, de la revue *Géographis*. Vous n'ignorez pas que ce que vous nous annoncez est tout simplement… impossible !

Acquiescements d'une grosse partie du public. Certains commençaient à parler de canular, voire d'imposture.

— Vous savez très bien qu'il est impossible de découvrir des restes du Crétacé supérieur à Saint-Malo, dont tout le bassin est postérieur à un million d'années ! Et là, vous nous parlez de restes datant de 75 millions d'années. Mais c'est du grand n'importe quoi !

Nouveaux bruissements réprobateurs de la part de la foule de scientifiques.

— Comme vous le dites monsieur, coupa De Saintonge, nous ne l'ignorons pas. Et c'est bien en cela que cette découverte est doublement importante : outre le fait que cette espèce soit inconnue jusqu'à présent, la datation des roches dans lesquelles elle a été retrouvée remet totalement en cause tout ce que nous savions sur les dinosaures jusqu'à présent. Il est trop tôt pour conclure quoi que ce soit… Je vous le répète, les chercheurs en géologie et en paléontologie du monde entier convergent actuellement ici, dans notre laboratoire, ainsi que sur la zone de découverte du lézard, à Saint-Malo. Je comprends que tout ceci puisse déstabiliser les éminents spécialistes que vous êtes, mais un scientifique se doit d'analyser les faits et non pas de les interpréter en fonction de ce qu'il sait. Ou croit savoir. Si ce que je vous dis est vérifié, nous pourrons même convenir que l'être humain a été contemporain des dinosaures, chose impensable jusqu'à présent !

Une grande partie du public quitta la salle à ce moment-là, jurant ses grands dieux qu'on ne l'y reprendrait pas. Les expressions mettant en doute le sérieux de l'annonce fusaient maintenant à voix haute. Le doyen tentait de retenir les mécontents en tendant les bras vers le buffet préparé pour l'occasion.

Étrangement calme, De Saintonge tapota sur son micro et proposa de donner la parole à un journaliste resté sur place, et qui levait la main. Ce fut un certain Jean-Michel, dont le nom de famille s'englua dans la rumeur ambiante, qui la posa. Il s'agissait d'un homme travaillant pour la presse quotidienne régionale :

— Jean-Michel Gouin, *Nouvelle République*. Pour en avoir déjà discuté avec monsieur Moutardon, votre malheureux prédécesseur, il semblait qu'une espèce comparable à ce lézard titan ait été également récemment retrouvée du côté d'Aix-en-Provence. Qu'en est-il exactement ?

— C'est effectivement ce que l'on a cru un instant... Mais les analyses du spécimen d'Aix ont finalement montré qu'il s'agissait d'une espèce fort ressemblante mais déjà connue...

— Drôle de coïncidence, non ?

Mais le doyen, qui commençait à en avoir assez de ces controverses décida de clore la conversation qui s'écartait du sujet et invita l'assemblée à se saisir du fameux dossier de presse et à boire le traditionnel verre de l'amitié. De Saintonge s'excusa auprès de son supérieur et s'éclipsa discrètement. Le travail ne manquait pas...

Quelque part dans le sud de la France, 17 h 40

Le soleil commençait à décliner, les deux hommes et le chien marchaient depuis des heures. Ils avaient quitté la voie ferrée dès que la végétation s'était faite moins hostile. Ils suivaient des sentiers relativement bien entretenus. La région était boisée et probablement fréquentée par les randonneurs, les chasseurs, les exploitants forestiers. À chaque bifurcation, ils avaient opté pour le nord, sans plan précis mais sachant qu'il fallait retourner en Bretagne. L'exercice et quelques poignées de mûres glanées sur leur passage avaient rendu un peu d'allant à Mermoz. Ben Ouassil avait transvasé ce qui restait d'eau dans des bouteilles vides abandonnées dans l'ancienne gare; les deux hommes et le chien maintenaient un rythme plutôt soutenu. Ils ne manquaient pratiquement de rien.

Il devait être 17 ou 18 heures, d'après le soleil, lorsqu'au sortir d'un bosquet ils débouchèrent sur une longue courbe à découvert. Quelques centaines de mètres plus loin, on voyait le chemin enjamber une vallée grâce à un viaduc datant probablement du XIXe siècle. Au fond de la vallée, un cours d'eau, large mais pratiquement à sec, qui ressemblait à la Drôme, serpentait tranquillement. Et, au rythme de la rivière, une file de canoës dessinait un petit sillage blanc.

— Ça, c'est bon pour nous, marmonna le Djerbien. À cette heure-ci, ils regagnent leur base, elle ne doit pas être bien loin. Regarde, Ludo, il y a un sentier qui suit la rivière…

Il leur fallut une bonne heure au minimum pour rejoindre le fond de la vallée, au prix de nombreuses chutes et écorchures. Par miracle, ils parvinrent à conserver leur maigre patrimoine, composé de deux bouteilles, d'une barre à mine, et de la caisse à outils du plombier, tout au long de la descente. Yvon, qui marchait en tête, stoppa soudainement et fit signe à ses deux collègues, l'homme et le chien, de ne pas sortir tout de suite du maquis. On entendait des cris et des rires à portée de fusil. Lorsque le calme revint, le trio franchit les derniers obstacles et se laissa glisser le long d'un ultime talus, pour se retrouver enfin sur le chemin aperçu d'en haut.

— Bon, on fait quoi, maintenant, chef ? s'enquit Mermoz en se massant un poignet.

— Maintenant, on remplit les bouteilles, on se planque à l'ombre, et on attend le soir. Après, on descend la rivière à notre tour, jusqu'au prochain bled ou à la base de canoë.

— Tu comptes monter en Bretagne en suivant les rivières ? Ça risque de prendre du temps…

— Et toi, tu as envie de te refaire enfermer sans rien à boire ni à bouffer ?

— OK, OK. On fait comme tu as dit. Pour l'instant.

— Oui. Et puis, il faut qu'on cause un peu, tous les deux, non ? Et pas seulement de notre situation. Tu as des nouvelles de Lola ?

— Allez, on remplit les bouteilles, on se pose, et on cause ensuite. Après tout, on n'est pas mal ici !

— Ouais. C'est un bon coin pour crever les abcès…

Plus que les abcès, Mermoz crevait la dalle. Et malgré le brin de toilette administré par le Djerbien dans la gare désaffectée, il ressentit le besoin d'entrer dans l'eau claire. Le froid lui fit du bien. Le lit, couvert de galets, menait vers le large en pente douce. Il avança jusqu'à avoir de l'eau sous les bras, lentement, pour profiter au maximum de la sensation d'hygiène aussi bien physique que mentale. Puis il s'accroupit, passant la tête sous l'eau en bloquant la respiration. Il s'inclina afin de lutter contre le faible courant sans avoir à résister, se massa par-dessus les vêtements pour ôter le maximum de scories et toute trace de cette séquestration inexpliquée. Il battit probablement son record d'apnée avant d'émerger en s'ébrouant, à la limite de l'asphyxie. Il marcha encore, fléchissant parfois les genoux pour mettre le visage au niveau de l'eau, bouche ouverte. Il but ainsi, à volonté, se remplissant un estomac que les crampes nouaient depuis son réveil. Il regagna la berge en quelques brasses et rejoignit son compagnon .

Ce dernier avait profité de l'instant pour faire une toilette plus classique et remplir les bouteilles, comme annoncé. Assis sur une souche, il laissait aller son regard entre le chien qui jouait dans l'eau, Mermoz qui arrivait et les alentours.

— Yvon, on le crache, ce venin ? proposa Mermoz en s'ébrouant sur la rive.

— Quel venin ? Perso, je n'en ai pas. Il faut que l'on parle une bonne fois pour toutes de ce qui est arrivé à Lola, c'est tout.

— C'est tout ? Avec Lucile, vous vous êtes barrés tout de suite après qu'elle…

— Après sa TS[1], oui. Et ça n'a rien à voir avec toi, si tu veux savoir. On n'avait pas fait le même choix, ce qui ne veut pas dire que tu avais tort. Par contre, on ne se voyait pas continuer à rester ensemble avec cette différence de point de vue. Après, que fallait-il faire ? Bien malin celui qui sait... Tu l'as laissé prendre ses responsabilités, nous on aurait étouffé le truc. Voilà, c'est tout. Maintenant, c'est fini...

— Non, ce n'est pas fini, Yvon : elle s'est loupée, si on peut dire. Elle est dans le coma, au CHU. Les toubibs ne se prononcent pas...

— Ah bon ? Je ne sais pas si c'est mieux... même si tu sais comme je tiens à cette nénette. Eh bien... *Inchallah*... On ne peut rien pour elle pour l'instant. Et on sera tous là si elle a besoin de nous.

— Mais si on veut être là, comme tu dis...

— Faut se tirer d'ici et se sortir de ce merdier. Tu sais Ludo, cette histoire de culpabilité te bouffe trop. Faut réagir, mec !

— Comment sais-tu que... Enfin, pourquoi tu dis ça ?

— Parce que tu ne m'as pas encore demandé comment j'ai fait pour te loger dans ton wagon à bestiaux ! Et ça, c'est pas ton style, t'es journaliste, merde, réveille-toi !

— Putain, c'est vrai... Et j'ai oublié autre chose : merci, Yvon. J'aurais crevé dans ma merde, sans toi.

Le Djerbien sourit, gratta le cou de Ghriba et lui lança son ballon dans l'eau. Puis il expliqua ses mésaventures, de la panne du bus jusqu'à l'évasion de prison. Pour finir, il fouina dans la caisse à outils qu'il trimballait depuis la SPA. Il en sortit une petite sacoche qu'il lança à Mermoz.

— Pour la suite, tu peux lui dire merci à lui aussi ! Et à Ghriba, tant que tu y es. C'est pour le récupérer que la première chose que j'ai faite une fois libre a été de foncer à la SPA.

1. Tentative de suicide.

Mermoz n'avait pas eu besoin d'ouvrir la sacoche pour savoir ce qu'elle contenait.

— Mon Leica ! Où l'as-tu retrouvé ?

— C'est le type de la SPA qui l'avait avec lui. Je l'ai aperçu une fois le chien récupéré. Je l'avais déjà bien amoché pour qu'il me dise où était Ghriba. Puis j'ai reconnu ton matos. Il était dans un sac de sport, ouvert sur la table de son bureau. J'ai eu l'impression qu'il était en train de remplir son sac au moment où je suis arrivé. Il avait dû tout planquer sur son lieu de travail. Il a essayé de me le balancer dans les guibolles au moment où je repartais. Je te passe les détails, les bobards qu'il m'a sortis au début. Puis il m'a expliqué où te retrouver, en gare de Rennes. J'ai foncé et je suis arrivé… à temps, je crois bien !

— Mais… il t'a dit pourquoi ?

— D'une, j'avais pas vraiment le temps de faire la causette. Et de deux, le mec était tombé dans les pommes… Bon, il fait presque nuit maintenant. On descend la rivière, histoire de la trouver, cette base de kayak ?

Les deux hommes se relevèrent et se chargèrent de leurs bagages. Caisse à outils et barre à mine pour Ben Ouassil, appareil photo pour Mermoz, le ballon, toujours mystérieusement à moitié gonflé et à moitié crevé, pour Ghriba. Le jour avait fini par s'estomper, remplacé par une lune suffisamment généreuse pour ne pas faire courir de risques, ne pas faire de faux-pas. Les trois marcheurs s'activaient sur la berge, en file indienne et le ventre creux. Pour deux d'entre eux au moins, les questions ne manquaient pas et la marche silencieuse, parfois entrecoupée de claques destinées à des moustiques invisibles mais virulents, n'était pas vraiment source d'inspiration. Chacun se repassait en boucle les derniers événements sans parvenir à trouver le moindre début de logique.

Trois quarts d'heure plus tard, alors que le chemin se terminait dans un pré, le graal leur apparut, se découpant dans la clarté nocturne : un ensemble de baraquements de bois et de tôles, des tables de pique-nique. L'une des baraques, ouverte sur tout un flanc, laissait voir des empilements de canoës et de kayaks, enchaînés les uns aux autres. La base semblait déserte. Par prudence, Yvon signifia au chien, d'un claquement de langue, de partir en éclaireur. Ghriba s'acquitta de sa tâche et en profita pour se restaurer de quelques reliefs de repas, arrachés à un sac poubelle suspendu à une branche d'arbre.

L'endroit semblait désert. Alors que Mermoz se dirigeait vers le bâtiment principal, Ben Ouassil suspendit sa marche en lui posant la main sur l'épaule.

— Qu'y a-t-il, chuchota Mermoz, tu crains un piège ? Ghriba n'a rien senti…

— Ce n'est pas ça. Je crois que j'ai une idée pour qu'on se tire d'ici en embrouillant un peu nos poursuivants. Mais il ne faut pas faire n'importe quoi.

— Je t'écoute.

— C'est par rapport aux empreintes qu'on pourrait laisser ici. Je ne sais pas encore ce qui est le mieux : être discret ou, au contraire, signaler notre passage.

— Tu parles de discrétion… le wagon en est plein, de nos empreintes. Tu lâches deux trois chiens et ils auront vite fait de remonter jusqu'ici…

— C'est bien ce qui m'étonne, qu'ils ne nous aient pas encore retrouvés. J'ai laissé la bagnole du plombier au parking de la gare. À partir de là, ils ont bien dû regarder les destinations des trains partis de Rennes dans la nuit : il ne doit pas y en avoir eu tant que ça.

— Tu disais que tu avais une idée pour embrouiller les flics…

— Les flics, et aussi ceux qui te suivent. Même si je doute fort que le type de la SPA soit en état de te suivre. Mais peut-être n'est-il pas seul…

— Et quoi qu'il en soit, une fois le wagon retrouvé, ils comprendront vite que j'étais avec toi. J'ai dû témoigner dans tellement d'affaires depuis qu'on a ouvert le journal, que je suis fiché un peu partout, à mon avis. Ton idée, alors ?

— Mon idée, du coup, c'est qu'on a intérêt à leur laisser le max de traces ici ! Et même mieux : s'ils n'ont pas retrouvé le wagon, il faut qu'ils sachent qu'on était là. Commençons par ça, c'est parti !

Dubitatif, Mermoz suivit son ami. Usant de la barre à mine comme d'un levier, il fit sauter la fragile serrure de la porte d'entrée. Mermoz désigna un interrupteur en regardant Ben Ouassil, l'air interrogatif. D'un signe de tête, celui-ci indiqua qu'on pouvait éclairer : aucune lumière ne filtrait des environs, il y avait peu de chances qu'ils attirent l'attention.

Une fois éclairée, la cabane livra ses secrets en un seul coup d'œil. Il s'agissait d'une pièce unique, au sol en béton brut. Une table recouverte de papiers et de prospectus, deux chaises, des portants remplis de gilets de sauvetage, des bidons étanches pour que les kayakistes puissent garder leurs affaires au sec, posés à même le sol. Sur l'un des murs était punaisée une carte topographique, avec des itinéraires repassés aux feutres de couleurs différentes. Malgré l'urgence qu'il y avait à se repérer, ce ne fut pas vers cette dernière que se précipitèrent les deux compères. Dans un recoin, se signalant par un ronflement irrégulier, un antique réfrigérateur fit naître en eux un espoir encore plus grand. Les estomacs, remplis de flotte et de baies sauvages, s'étaient comme déconnectés du cerveau, et avaient pris le contrôle de leurs corps. Voyant une occasion de faire cesser ces borborygmes, Yvon et Ludovic foncèrent comme des gamins lors d'une chasse au trésor. Ils se rembrunirent un peu, un peu seulement, une fois la porte de la caverne d'Ali Baba ouverte : pas de saucisson, de fromage, ou d'autre casse-croûte envisagé. Par contre deux packs de bières bien fraîches leur tendaient les capsules. Ils en prirent chacun un et, sans se concerter, ressortirent s'installer sur la table de pique-nique. Tant pis pour les gargouillis !

Une fois les packs sacrifiés, ce qui prit fort peu de temps, ils se dirigèrent à nouveau vers le cabanon. Riant, parlant fort, éructant et titubant, ils firent une pause avant d'entrer, pour uriner contre le mur, chacun d'un côté de la porte.

— Pour faciliter votre enquête, mesdames et messieurs de la maréchaussée ! lança Ben Ouassil, rigolard.

La carte leur apprit qu'ils étaient bien dans la Drôme, dans le Diois plus précisément. Ils localisèrent la voie ferrée où ils avaient atterri. La ligne Valence-Gap.

— Si on continue à descendre la rivière, on retourne en direction de Crest. Pas mal, non, ça nous rapproche de chez nous ? proposa Mermoz. Il suffit de prendre un kayak…

— On va bien prendre un kayak, confirma Ben Ouassil. Mais, et c'est ça mon idée de tout à l'heure, on ne va pas descendre la rivière.

— Hein ? T'es malade ou quoi ?

— T'inquiète, tu ne vas pas profiter de l'occase pour te faire un corps d'athlète. Là où tu as raison, c'est qu'il faut qu'on repasse à Latourbière, ne serait-ce que pour récupérer un peu de tune, des clopes, de la bouffe et tout le reste. On mettra le plan au point en route. Mais pour l'instant, suis-moi, je vais t'expliquer.

Il leur fallut conjuguer leurs efforts pour faire sauter la chaîne retenant les bateaux. Ils l'entortillèrent autour de la barre à mine et firent tourner cette dernière jusqu'à ce que, dans un claquement sec, les bateaux soient libérés.

— J'espère qu'il n'y aura pas des cons pour venir voler les autres dans la nuit… lança ben Ouassil.

Ils s'emparèrent d'un canoë à deux places qu'ils tirèrent sur l'herbe. Puis ils se munirent de deux pagaies, de deux gilets et d'un bidon à l'intérieur. Alors que Mermoz commençait à s'équiper, Ben Ouassil éclata de rire.

— Laisse tomber ça, on va tout mettre dans le canoë, on n'en aura pas besoin !

— Bon, quand tu auras fini de jouer aux devinettes…

Yvon repartit dans un rire autant dû à la situation qu'il jugeait drôle qu'au taux d'alcool qu'il avait dans le sang. Son plan était fort simple, inspiré par les histoires d'Indiens tentant de tromper les envahisseurs européens.

Les deux hommes se saisirent chacun d'une extrémité du canoë et commencèrent à remonter la rivière, prenant en sens inverse le chemin par lequel ils étaient arrivés. Au bout d'une vingtaine de minutes de déambulation maladroite, ponctuée de jurons à chaque glissade, ils bifurquèrent sur la droite, pour emprunter un départ de sentier. Après s'être enfoncés dans un enchevêtrement de plantes piquantes et odorantes dont ils ignoraient tout, – la nuit et le début d'ébriété les protégeaient de la douleur des piqûres comme de la mobilisation de leurs rares connaissances botaniques, – ils posèrent leur fardeau. Ils soufflèrent un instant, regrettant de ne pas avoir conservé une ou deux binouzes pour se remettre de l'effort. Puis le travail reprit : ramassage de branches et débris de végétaux divers, qu'ils accumulèrent sur l'embarcation. Satisfaits de ce qu'ils pouvaient percevoir du résultat, ils se remirent en route pour rejoindre le cabanon. Le silence de la nuit n'était troublé que par quelques sauts de poissons, le shpouik-shpouik du ballon de Ghriba et les froissements furtifs que provoquaient les bestioles nocturnes fuyant dans les broussailles.

Après une seconde pause pour soulager leurs vessies, ils pénétrèrent à nouveau dans la base de kayak. Chacun se saisit d'une chaise et s'y posa.

— On n'a pas tout à fait le même combat à mener, maintenant... commença le Djerbien.

— Ouais… toi, tu dois prouver ton innocence et moi je dois comprendre pourquoi ce type de la SPA m'a enfermé dans ce wagon. Au fait, Yvon, je t'avais dit qu'il était venu me chercher à Latourbière ? Il conduisait le taxi qui m'a emmené à la gare.

— Tu m'avais pas dit, non… et au fait pourquoi tu n'es pas monté en bagnole ?

— En panne…

— Comme moi… Bizarre, non ?

— Ça fait beaucoup de coïncidences… Je me demande si nos deux histoires ne sont pas liées… Ne serait-ce que parce qu'il voulait probablement m'empêcher de venir mettre mon nez dans leurs affaires.

— On aurait quoi, alors ? Un type que je ne connais ni d'Ève ni d'Adam se fait buter et se retrouve dans ma bagnole. Pourquoi ? Pour le faire disparaître parce que mon bus était là par hasard ? Ou pour me nuire de façon préméditée ? Après, tu pars pour me rejoindre et tu te fais choper au passage. Ça emmerdait quelqu'un que tu montes en Bretagne. Un type de Saint-Malo prend la peine de monter tout un patacaisse pour te déposer au train… pour te récupérer à l'arrêt du même train huit cents kilomètres plus loin. Pourquoi ne pas t'avoir mis à l'ombre à Latourbière, directement ?

— Je ne sais pas… c'était improvisé ? Il n'a pas eu le temps ? Je me souviens que le voisin nous matait quand je suis monté dans son taxi… Il n'a peut-être pas voulu prendre de risques et préféré se retrouver en terrain connu pour passer à l'attaque.

— Ouais, peut-être… L'assassinat du mec, Laenëc ou un nom comme ça, a forcément un rapport avec ta séquestration. Faut que je remonte à Saint-Malo tirer ça au clair. Je vais retrouver ce gars de la SPA, à mon avis, il est dans un hôpital de la région. Ça doit pas être bien compliqué de le loger.

— Et pas plus compliqué pour les flics de te recoincer… Non, il faut être un peu plus malin.

— Merci chef ! J'écoute vos ordres…

— Tu es à la merci des flics, je suis à la merci d'une machination.

— Sauf si le gars de la SPA a agi seul : si c'est le cas, le problème est réglé pour toi, non ?

— Y a qu'un moyen de le savoir : leur laisser une chance de me retrouver…

— Ça, ça ne sera pas compliqué : tu remontes à la maison et tu attends qu'ils se manifestent.

— Je le sens pas comme ça : c'est risqué. Pour m'attirer, le type m'avait dit que je pourrais trouver un ministre ou je ne sais plus qui, planqué dans son wagon pour échapper aux manifestants qui l'attendaient devant la gare. Il faudra vérifier, mais si c'est vrai, il dispose d'un bon réseau pour être au courant de ça… Faut pas les prendre à la légère.

— Bon, dans l'immédiat, on se sort les doigts pour se tirer d'ici. On a un temps d'avance sur la bleusaille et tes agresseurs. Demain matin, le proprio de la base nautique va appeler les gendarmes et je te parie qu'ils vont se déployer en aval de la rivière pour nous y retrouver. Ça nous laisse le reste de la nuit et au moins la matinée d'avance sur eux.

Mermoz, qui trifouillait depuis un moment dans les prospectus éparpillés sur la table lança :

— Je crois que j'ai une idée ! Tu parles breton ?

— Hein ? C'est quoi, encore, ces conneries ? Quelques mots seulement. Mais pourquoi ?

— À mon tour de faire le mystérieux, souffla Mermoz d'une voix gutturale. « *Dispac'h* », qu'est-ce que ça veut dire ?

— Heu, « révolution », je crois. Mais tu vas…

— Tu ne tireras rien de moi ! Si j'ai bien compris, reprit Mermoz en se dirigeant vers la carte et en désignant un point du doigt, on est ici ?

— Oui, je crois. C'est sûr, même : « Drôme Kayak », c'est ce qui est marqué sur tous les prospectus qui traînent ici.

— Donc, si on va à Die, on est bien dans la direction inverse de celle que sont censés suivre nos poursuivants s'ils tombent dans ton piège de Sioux.

— Oui.

— Allez, on file à Die, alors. Il paraît que c'est une petite ville sympa. Et on n'est pas loin, d'après la carte. Je ne pense pas qu'il y ait des patrouilles de flics ou de la société secrète qui m'a pris pour cible, en pleine nuit sur les routes de campagne.

— S'il y en a, on a de quoi les embrocher ! lança Ben Ouassil en brandissant la barre à mine.

— Heu, tu ne crois pas qu'on devrait s'en débarrasser maintenant. Je nous vois mal débarquer en ville armé jusqu'aux dents…

— Ouaip… Je la garde quand même : on n'a que ça pour se tenir propre, mec. La caisse à outils, OK. Je prends juste le strict nécessaire, poursuivit-il en fourrant un tournevis dans une poche de son pantalon de treillis. Et la barre, promis, je la balance dans un fossé avant d'arriver en ville.

— D'ac. C'est parti. Révise ton breton en marchant !

Moins d'une heure plus tard et sans la moindre mauvaise rencontre, ils se trouvèrent sous l'antique porte d'entrée sud de la capitale du Diois. Il était plus de minuit d'après l'horloge de l'église et malgré ça, la ville était en effervescence. Des banderoles, un peu partout, annonçaient un été de feu : fête de la transhumance, fête de ceci et de cela, festival interceltique dans les rues, etc. Le trio continua son avancée. Mermoz, toujours aussi décidé, se dirigeait maintenant sur une placette d'où provenaient les sons d'une harpe et d'une cornemuse. Une foule nombreuse reprenait le fameux *Tri Martolod.*

— Oh putain, mec ! Tu ne comptes pas me faire participer à un radio-crochet en breton ? En tous les cas, on ne gagnera pas de quoi se payer le retour sur Latourbière avec ça !

Mermoz s'arrêta et se retourna vers son collègue.

— Mais c'est que t'es un grand timide, toi… Tu caches bien ton jeu ! Non, laisse-moi faire !

Mermoz s'adressa à un jeune chevelu qui ne chantait pas. Il se roulait un joint, tranquille, appuyé sur un recoin de mur.

— Salut, ils sont passés, les « Dispac'h » ?

— Non, ils passent les derniers, après ce groupe.

— Tu sais où on peut les trouver, y a des loges, quelque chose comme ça ?

— Des loges ? pouffa le jeune type. Y doivent traîner au *Lait Die Die*, le bistrot de l'autre côté de la place.

— Merci, bonne soirée !

Le gars, son pétard roulé et allumé, se contenta de lever le pouce en leur direction.

— Putain, c'est cool, ici, constata Ben Ouassil…

— Ouais, c'est ce que je crois savoir du bled : des gens du cru, des bobos venus se réfugier, des gars qui montent des communautés. Une espèce de Larzac réactualisé. Une ZAD sans rien à défendre parce que pour l'instant personne n'est venu les emmerder…

Le *Lait Die Die* était plein à craquer. Des futs de bière, vides, formaient un bel empilement sur le trottoir qui servait également de terrasse. On circulait avec peine entre les clients éméchés et les serveurs aux quatre cents coups. Mermoz en coinça un qui venait de déposer une girafe de bière sur une table occupée par trois types et deux nénettes avachis mais souriant aux anges, et reformula sa requête. Le serveur se contenta de lui désigner le bar.

Trois types y étaient vautrés, pas du tout le genre « groupe de musique celte » comme se l'imagine le commun des mortels. Enfin, celui qui ne va pas à ce genre de concert. Les gars étaient fringués, coiffés et tatoués comme des punks. Costauds, boules à zéro à part la crête, on les aurait plus vus rouler pour les « Bérus » qu›avec Alan Stivell... Pour l'heure, ils éclusaient des bières et semblaient s'engueuler, se désintéressant de ce qui se passait autour d'eux.

Mermoz sentit l'euphorie provoquée par sa propre absorption houblonnée l'abandonner. Mais Ben Ouassil le regardait d'un air toujours aussi circonspect et il n'était pas question de se dégonfler... Il se dirigea vers le bar, prit une grande inspiration et s'immisça dans la conversation :

— Putain, les « Dispac'h », enfin ! Pardon les gars, vous êtes passés, déjà ? On est des fans absolus, mon pote et moi et...

— Écoute, euh… non, on n'est pas encore passés, beugla l'un des musiciens.

— Et c'est pas sûr qu'on passe, d'ailleurs, enchaîna un autre avec une puissance comparable.

Mermoz était doublement surpris. D'abord, parce que si les types avaient hurlé, c'était pour se faire entendre dans le bordel ambiant. Rien dans leur attitude n'était agressif. Mais, surtout, le fait qu'ils ne soient pas sûrs de monter sur scène pouvait jouer en sa faveur. S'ils rencontraient un problème et si Ben Ouassil, le chien ou lui pouvait leur donner un coup de main... Il servit quand même la soupe qu'il avait préparée à leur intention, après avoir bien étudié le prospectus présentant le festival et les groupes qui s'y produisaient. Il savait que les « Dispac'h » proposaient un spectacle « revisitant les chants révolutionnaires à la mode celtique » et qu'ils passaient en fin de spectacle. C'était pour cette dernière raison qu'il avait jeté leur dévolu sur eux, craignant d'arriver trop tard pour les autres.

— On vous suit sur votre tournée, en stop, et on s'est fait dépouiller aujourd'hui : on est à poil, mais on a tenu à venir quand même vous voir !

Ben Ouassil, comprenant la manœuvre, s'approcha à son tour et se mêla à la conversation. Coupant l'un des membres du groupe qui commençait à remercier gentiment, mais qui visiblement n'en avait rien à battre des tribulations des fans, il hurla à son tour :

— C'est trop con, qu'est-ce qui vous arrive, les mecs ?

— On n'a pas trop le temps de causer de tout ça, faut qu'on prenne vite une décision… Bon, en gros, notre batteur s'est pété des côtes ou quelque chose comme ça en se cassant la gueule du camion.

— Ouais, et sans lui… on est dans la merde, quoi. Surtout que la boîte à rythme est HS. Elle aussi.

— Y a pas un autre musicos, d'un autre groupe, qui pourrait… commença Mermoz.

— Si vous voulez, le coupa Ben Ouassil, moi, je sais me servir d'une batterie...

— T'es batteur ?

Mermoz s'était joint aux musiciens pour poser la question. Heureusement, personne ne le remarqua, sinon, la cohérence du duo de fans aurait pu sembler suspecte.

— Montrez-moi, le matos, vous risquez quoi ?

Regardant son pote se barrer avec les « Dispac'h » et son chien, Mermoz se demanda dans quelle galère ils s'étaient fourrés. Les spectateurs, bien que complètement bourrés pour la plupart, allaient leur balancer ce qui leur tomberait sous la main. Son début de plan vaseux, à savoir se tirer d'ici avec les punks bretons tombait complètement à l›eau. Encore une histoire qui allait se conclure en baston générale... Il courut pour les rattraper.

On rejoignait l'arrière-scène en traversant une courette où se trouvaient les toilettes du bistrot. Ça puait la bière et le vomi mais Ben Ouassil, qui n'était pas un grand délicat, n'en avait cure. Il était en grande conversation avec celui des trois qui n'avait encore rien dit. S'approchant d'eux, Mermoz n'en crut pas ses oreilles : son pote parlait de caisse claire, de tempo et de pulsation. Et le plus fort, c'est que l'autre semblait le prendre au sérieux !

Encore heureux, se dit Mermoz, que ce ne soit pas un violoniste ou un joueur de cornemuse qui se soit fait porter pâle ! Il n'y connaissait absolument rien en musique mais, dans son esprit, un batteur pouvait peut-être faire illusion. Au moins un moment. Pour le cas où ça tournerait mal, Yvon avait son tournevis et son chien pour se défendre. Pendant un instant, il hésita sur la conduite à adopter. Suivre les musiciens derrière la scène ou rester sur la place, parmi les spectateurs ? Il opta pour la seconde solution. Si Ben Ouassil devait quitter les punks gaéliques en urgence, il le ferait sans doute du côté du public. Dans l'autre sens, il lui faudrait repasser par la courette, puis le bar et enfin la terrasse. Trop compliqué.

Le groupe précédent salua après son deuxième rappel, sous les applaudissements d'une foule chaud bouillante. Il se passa une bonne dizaine de minutes de flou artistique, pendant lesquels le *Lait Die Die* se remplit de clients, se vida de quelques nouveaux futs et vit se déverser nombre de vessies en surchauffe. Puis la placette s'emplit à nouveau et les spectateurs manifestèrent leur impatience par des trépignements de plus en plus rapides, en hurlant sur le même rythme, poing gauche levé, le nom du groupe. Ils n'allaient pas être déçus… Lorsque les « Dispac'h » se pointèrent enfin, ce fut une ovation impressionnante. Ben Ouassil s'installa tranquillement derrière la batterie, jouant le jeu jusqu'au bout… Ils étaient cinq sur scène, une fille qui n'était pas au bar s'était ajoutée au trio initial. Elle s'empara du micro, qu'elle commença à tapoter en jetant un regard circulaire à la foule, pendant qu'un musicien attaquait une mélodie sur une espèce de bignou. Mermoz venait de reconnaître l'air de *La complainte de Mandrin* quand Ben Ouassil commença à balancer des coups de baguettes, immédiatement suivi par les deux autres. Une guitare électrique et un accordéon. Ils jouèrent l'ensemble du morceau, pendant que la nénette continuait à taper son micro. Ça n'avait rien de punk mais ça faisait très musique celtique. Mermoz appréciait, oubliant même que c'était son pote aux manettes ! Puis tous s'arrêtèrent un instant. La chanteuse poussa alors un cri rauque tout en se mettant à sauter sur place. Là, tous reprirent le morceau, mais un peu comme s'ils venaient de passer du trente-trois au quarante-cinq tours : beaucoup plus vite. Et la complainte fut réexpédiée, c'était le mot, chantée dans une langue incompréhensible par la fille et reprise par une bonne partie du public. Ça avait de la gueule ! Quelque chose comme « *Ir oeudèm in ugain neu deg ar ugain o brigand meun gang* 1», début de *La complainte de Mandrin*[2]. Et Ben Ouassil ne dépareillait pas du tout. Impassible à la manière d'un Charlie Watts[3], transpirant à grosses gouttes, il frappait,

2. En gallois, « Yr oeddem yn ugain neu ddeg ar hugain o Brigands mewn gang. »

3. Batteur des Stones.

frappait, frappait. Personne parmi les spectateurs ne semblait perturbé par ce nouveau batteur.

Petit à petit, Mermoz se détendait. L'ambiance était chaleureuse. Entre deux morceaux il discutait, à gauche et à droite. Les joints tournaient et même s'il était plutôt contre, il accepta plus d'une fois de tirer quelques taffes au passage. Il aurait préféré des tournées de jambon-beurre-cornichon, mais la clope lui manquant tout autant que la bouffe, faute de grives... Petit à petit, tout le monde connaissait son histoire d'auto-stoppeur lâchement détroussé, qu'il peaufinait à chaque nouvelle rencontre.

Tout le répertoire des chants de lutte y passait, de *L'Internationale* à *La Semaine sanglante* en passant par *Bella ciao* et *Le Temps des cerises*. La solidarité entre adeptes de musique celte, de musique révolutionnaire ou de musique tout court, routards et autres abonnés des festivals estivaux jouant à plein, il croula vite sous les propositions diverses et variées.

— Viens avec nous, on a une communauté au pied du Vercors.

— On va te trouver une bécane, on fait Paris-Pékin à vélo.

— Viens boire une binouze, c'est ma tournée.

Etc.

Il refusait tout, poliment, attendant la fin du concert, pour aviser avec le nouveau batteur des « Dispac'h ». Il y avait fort à parier qu'ils ne laisseraient pas filer dans la nature cet homme providentiel. Et maintenant que Ludovic Mermoz n'ignorait plus rien de la vie du groupe, notamment des étapes à venir dans leur tournée, il avait très envie de leur tenir compagnie encore quelque temps. Il avait eu le nez creux en tombant sur ce prospectus.

Le concert s'acheva dans une grande beuglante généralisée, toujours dans une ambiance bon enfant, même si les mouvements de foule commençaient à générer quelques gestes de mauvaise humeur de la part des plus compressés. Dès que les musiciens se furent présentés, avec une mention spéciale à « Gino » – Ben Ouassil avait dû penser qu'un patronyme italien pourrait passer avec l'obscurité – le batteur remplaçant au pied levé et cadencé, et une fois qu'ils eurent disparu aux yeux du public, quelqu'un de l'organisation vint remercier les artistes, le public, la municipalité et le conseil départemental, dans l'indifférence générale. Le public essaima calmement dans les petites rues de la ville, en braillant encore quelques bouts de chanson et en se délestant dans les bacs à fleurs de quelques litres de fluides non identifiés aux effluves de bière et de vin rosé. Le tout sous les regards sévères de gendarmes qui devaient se dire que la réinstauration du service militaire ne ferait pas de mal à cette bande de petits cons. Alors qu'il regardait ses nouveaux amis s'éloigner, – tous semblaient avoir oublié les promesses alléchantes qu'ils lui avaient prodiguées, – il se sentit tiré en arrière par une main lui maintenant fermement l'épaule droite. Mermoz se retourna aussi vite que le cannabis le lui permettait, c'est-à-dire qu'il aurait eu le temps de se prendre une bonne rouée de coups si la main avait prolongé le bras d'un ennemi.

— Ne traîne pas ici, c'est mal fréquenté, lui souffla Ben Ouassil en désignant les flics du regard. On est invités à bouffer au *Lait Die Die*. Viens.

Mermoz s'engouffra à sa suite. Le type qui avait tenu le crachoir en fin de concert distribuait des plateaux repas, en s'inquiétant un peu : les deux convives supplémentaires n'étaient pas prévus.

— On s'en fout, on partage, on leur doit bien ça, lança le guitariste. Et au fait, bravo, Gino, où est-ce que t'as appris à jouer comme ça ?

— À Dinan, au conservatoire. Ça fait un bail que j'avais pas secoué les baguettes, merci à vous. C'était un bon trip, vraiment !

— Pour les deux convives supplémentaires, ne vous compliquez pas la vie. Je n'ai pas ramené Dédé et j'ai croisé Soizic : elle est partie se coucher, lança un nouvel arrivant que tous saluèrent en l'appelant Bertrand.

C'était visiblement une sorte de régisseur pour le groupe.

— J'arrive de Valence, reprit-il. Ils préfèrent garder Dédé pour des examens complémentaires : rien au niveau des côtes, mais ils craignent une rupture de la coiffe des rotateurs. Si c'est ça, on n'est pas dans la merde : ça peut aller jusqu'à l'opération, avec six semaines d'attelle, écharpe et tout le bordel. Mais bon, il passe une écho demain matin… enfin, tout à l'heure, précisa-t-il en regardant l'horloge qui surplombait le bar.

Ludo en était resté au début de l'échange, en essayant de se concentrer. Il n'en revenait pas : le Djerbien au conservatoire ! Il avait du mal à imaginer… Ils n'avaient jamais abordé le sujet de leurs enfances respectives, mais il le voyait plus en sale gosse provocateur qu'en élève bien sage se rendant à ses cours de musique… Il chassa vite l'idée pour tenter de recoller à la conversation. Tout lui prenait du temps : porter la fourchette d'épinards à la bouche comme passer d'une idée à une autre. Il prit le parti de ne rien dire pour l'instant, quitte à passer pour un crétin. Les « Dispac'h » étaient en train de proposer à Ben Ouassil de faire encore quelques piges le temps que leur batteur retrouve ses moyens.

— J'sais pas, on n'a pas tout l'été devant nous… deux trois trucs à régler. Hein ?

Yvon s'adressait à Mermoz. C'est lui qui avait eu l'idée de venir parler aux membres du groupe, il avait quelque chose derrière la tête… Mais Mermoz se contentait de la hocher, la tête, en admiration devant le petit récipient de sauce accompagnant les épinards.

— Hein, qu'on a deux trois trucs à régler ! cria le Djerbien.

— Eh oui, on pourra rester… euh… jusqu'à… jusqu'au concert des « Roches Celtiques ».

— Voilà, c'est ça, acquiesça Ben Ouassil. Jusqu'aux « Roches Celtiques » C'est quand, déjà ?

— Dans une semaine, pile, précisa Bertrand. Si Fred n'est pas rétabli, ça nous laisse le temps de trouver quelqu'un d'autre. Gino, tu peux nous assurer Briançon et les Roches, alors ?

— Impec, mec, pas de soucis !

— Par contre, pour te payer… T'es pas intermittent du spectacle, par hasard ?

— En quelque sorte, si… Mais t'inquiète pas pour ça ! Comme vous a dit mon pote… mon pote « Bernard », tout à l'heure, on s'est fait dépouiller en faisant du stop. Alors si vous nous transportez et nous nourrissez jusque-là, c'est déjà pas mal. Bien sûr, on est à sec. Mais on se démerdera pour remonter en Bretagne après. Hein, Bernard ? Mais Bernard-Ludovic avait viré du côté des songes. Les deux mains lui soutenant le visage, à quelques centimètres du plateau-repas qu'il avait à peine commencé, il dormait.

— Et si vous pouvez nous dépanner de deux trois fringues… ce serait cool !

— Pour les fringues, pas de soucis, et, puis, quand même… j'y tiens, répondit Bertrand en fouillant au fond d'une sacoche kaki qui avait connu des jours meilleurs.

23 août

Bordeaux, 4 heures

Les nuits d'insomnie se succédaient. Martin Léonard se leva pour prendre un verre d'eau. Cette putain de canicule qui ne faisait que s'amplifier lui pourrissait le sommeil. Les nuits étaient presque aussi chaudes que les journées. Il avait tout pour être heureux, mais il ne dormait plus. Et à bien y réfléchir, ça avait commencé bien avant l'été. Après « l'entrevue » au siège du Groupe Gosier, les choses n'avaient pas traîné. Dès le lendemain, Martin avait reçu tous les documents lui permettant de rendre sa carte du parti, de démissionner du conseil municipal, ainsi que son acte d'adhésion au tout nouveau PSLC : Parti social, libéral et chrétien. C'était le pari de ceux qui tenaient les ficelles de sa nouvelle destinée. Social et libéral, ça lui convenait. Son ancienne appartenance revendiquait plus ou moins officiellement ces valeurs. Mais chrétien… Il avait suivi le cursus imposé par la famille durant ses jeunes années, avait fréquenté l'aumônerie du collège avec plus ou moins d'assiduité, avant de tout laisser tomber au lycée. Qu'à cela ne tienne. Le dossier était accompagné d'un fascicule permettant de se rafraîchir la mémoire. Il y avait également un magazine en vogue. Et dans ce magazine, bien entendu, en une et sur une double page intérieure, sous les titres « Le PSLC, une nouvelle chance pour la France ? » étaient développés la genèse du parti, ses moyens, ses ambitions et… le nom des cadres principaux. Martin Léonard apprit ainsi qu'il était le secrétaire général pour la région Sud-Ouest.

D'autres « points de détail » avaient été réglés dans la foulée : relooking et séances de shooting pour lui et son épouse. Mise en gérance de la parapharmacie pour une somme quatre fois supérieure à ce qu'elle valait réellement. Mise à disposition d'une secrétaire et d'un appartement parisien. Il pouvait désormais se consacrer à plein temps à ses nouvelles fonctions.

Et le planning était chargé. Réunions publiques, interviews dans la presse locale, invitations diverses et variées dans des séminaires, des colloques et des émissions télé s'enchaînaient…

Les sondages pour les élections à venir, les municipales, qui auraient valeur de test pour le nouveau gouvernement en place, déjà vilipendé par l'opinion, n'étaient pas fameux. Aucune ville majeure ne figurerait au palmarès du PSLC selon les instituts. Mais le nombre d'adhérents croissait de manière exponentielle.

Martin s'en sortait plutôt bien lors de ses diverses interventions, selon sa secrétaire qui ne le quittait pas d'une semelle sitôt qu'il sortait du champ privé. La secrétaire, il le savait, c'était l'œil de Moscou. Façon de parler. Ça ne le gênait pas le moins du monde : il pouvait enfin vivre son rêve, même s'il ne parvenait pas vraiment à s'imaginer en futur maire de Bordeaux. Et, surtout, sa sœur pouvait compter sur un approvisionnement régulier et sans qu'il ait désormais à se salir les mains, en cannabis thérapeutique et autres substances plus efficaces…

Le point sur lequel il était le moins à l'aise restait le « C » de « PSLC » Notamment parce que les journalistes et l'opposition se gaussaient de ce positionnement. Mais dans la charte qu'il avait approuvée, paraphée et signée, il lui était expressément demandé de faire systématiquement référence aux valeurs de l'Église catholique. Pour ne pas oublier, et se donner du courage avant d'aborder le sujet, il avait appris par cœur cette recommandation : « Ne pas oublier de mentionner expressément le caractère créationniste de notre parti. Pour l'argumentation, deux points : la France est l'un des rares pays laïcs au monde, les États-Unis, pour ne citer qu'eux, ne sont pas éloignés de ce positionnement. Puis, au-delà de vos contradicteurs, adressez-vous directement à nos futurs électeurs, invitez-les à relire la Genèse qui nous dit que Dieu a créé toute chose : la Terre, les étoiles, le Soleil, la Lune, les plantes, les animaux et les deux premiers êtres humains. La généalogie d'Ève et d'Adam est retracée dans l'Ancien Testament jusqu'à la naissance du Christ (Genèse 5, 10 et 11; Matthieu 1). »

La phrase qui suivait était plus énigmatique : « Si vous n'êtes pas convaincu, à titre personnel, d'un tel type de discours, n'en laissez rien paraître : nous nous chargeons d'apporter la preuve, en temps voulu, des thèses créationnistes. Nous serons alors le seul parti crédible en Europe à nous être positionné sur ce créneau. »

Il décida de finir la nuit sur le transat du balcon donnant sur le grand salon. Il n'y avait pas encore de circulation. Peut-être trouverait-il le sommeil…

Gendarmerie de Saint-Malo, 6 h 30

Le major, après une courte nuit, avait conçu un plan de réorganisation du personnel de la brigade en fonction des événements récents. Il s'était entouré d'une équipe restreinte, constituée de militaires de terrain expérimentés, à même de gérer des situations de crise. Yvon Ben Ouassil n'était pas un client facile. Il n'avait pas le choix : la majorité du personnel se devait d'être affectée aux missions habituelles, missions en tous genres ne manquant pas dans une station balnéaire en pleine saison estivale.

Heureusement – façon de parler – des forces supplémentaires avaient été octroyées à la brigade dans le cadre de l'opération « Sentinelle » visant à sécuriser les lieux publics en période de forts risques d'attentat. Tous les gendarmes en patrouille avaient été briefés sur l'évasion de la veille. Tous avaient sa photo sous la main et devaient prévenir le PC central, s'ils identifiaient le fugitif.

Après les salutations d'usage, Jo commença à faire le point :

— Nous ne serons que quatre à nous concentrer exclusivement sur l'affaire dite « Affaire de l'homme grenouille ». Depuis hier matin, les événements se sont enchaînés et je vais tenter de vous présenter, principalement pour le capitaine Kader Mansaoui qui nous rejoint, la succession des faits constatés. N'hésitez pas, posez vos questions au fur et à mesure si besoin. Premièrement, hier matin, soit le 22 août à 9 heures, un dénommé Rachid Ben Lakhloui, un Maloin habitué des lieux, nous signale la présence inhabituelle à cette heure-ci du véhicule de la victime, garée sur le bas-côté d'un chemin à Saint-Coulomb, pratiquement en face du Fort du Guesclin. Ce monsieur Ben Lakhloui sort son chien matin et soir dans le secteur, et il a l'habitude de voir la victime, Étienne Lanaët se garer sur cet emplacement. Il dit ne pas le connaître personnellement mais ils ont déjà parlé de choses et d'autres. Il sait donc que M. Lanaët vient régulièrement pratiquer un peu de plongée dans la baie à la tombée de la nuit. Par contre, à l'heure de sa promenade matinale, jamais il n'avait vu la voiture ni rencontré le plongeur. C'est pourquoi il nous a prévenus, suspectant un accident. On a identifié le propriétaire dudit véhicule grâce à sa plaque et une patrouille s'est rendue à son domicile. Il n'y avait bien entendu personne. Aucun voisin ne l'avait vu depuis la veille au soir Le procureur a été saisi et un protocole de recherche dans le cadre d'une disparition inquiétante a été mis en place sous l'autorité du préfet.

— On connaît ses heures habituelles de plongée ? demanda Pauline, la jeune gendarme qui s'était occupée du chien de Ben Ouassil et qui, avec le capitaine Marnou, complétait le quatuor

— Non, on n'a que les informations données par M. Ben Lakhloui : quand il le voit, c'est aux environs de 21 heures. Mais ça peut varier, à une demi-heure près. J'enchaîne avec le deuxième point. Alors qu'une équipe est en prospection aux environs immédiats du véhicule du plongeur, le dénommé Ben Ouassil est appréhendé au moment où il tentait d'ouvrir la voiture. D'après lui, il voulait prendre un bidon de liquide de refroidissement destiné à son minibus, stoppé quelques mètres plus loin en raison d'une surchauffe signalée par le voyant. Ce point a été vérifié par « la scientifique », qui continue par ailleurs ses investigations sur les deux véhicules. Leur rapport définitif ne devrait plus trop tarder. Troisièmement, le suspect est conduit jusqu'à nos locaux. L'équipe ayant procédé à l'interpellation fait un détour à la SPA pour y déposer le chien du suspect.

— Quel gendarme a déposé le chien ? intervint Mansaoui.

— Moi, répondit Pauline Chardelet.

— Ah…

Au ton, on comprenait que l'homme n'était pas un fanatique de la féminisation du métier. Il poursuivit cependant :

— Était-ce la victime de cette nuit qui l'a réceptionné ?

— Il faudra que je vérifie, capitaine Mansaoui : la victime que j'ai vue hier aux aurores ne ressemblait plus à grand-chose…

Jo prit note avant de poursuivre sa présentation :

— Quatrièmement, durant l'interrogatoire du suspect qui ne desserre pas les dents, et pour cause, il devait planquer la pointe qui lui a servi pour s'évader dans la bouche, le cadavre de Lanaët est découvert dans son minibus. Cinquièmement, vous êtes, je pense, tous au courant. Ben Ouassil passe une nuit au poste avant d'être écroué à la maison d'arrêt de Saint-Malo, il s'échappe, réussit à s'emparer du véhicule d'un artisan plombier. La déclaration du plombier est ici, poursuivit Jo en distribuant un feuillet à chaque membre de l'équipe. Et en six, une fois que j'ai su que Ben Ouassil semblait n'avoir qu'une chose en tête, à savoir récupérer son chien, je me suis rendu, accompagné du capitaine Marnou et du gendarme Pauline Chardelet au chenil. Nous y sommes arrivés à 5 heures et des brouettes mais il était trop tard : le gardien, Wilhem Kerlean gisait, très… très abîmé comme nous l'a dit Pauline, dans son sang. Mort. Là encore, les scientifiques et le légiste sont au travail. Nous devrions recevoir leurs premières conclusions sous peu.

— Vous avez déjà réfléchi à quelques hypothèses ? demanda Mansaoui, s'adressant ostensiblement aux deux autres mâles de l'équipe.

— Nous viendrons plus tard aux hypothèses, capitaine, répondit Jo, sèchement. Car nous n'avons pas que ça. Jusqu'à ce sixième point, nous avons systématiquement eu un temps de retard. Mais durant toute la journée d'hier, nous avons pu, de manière assez désorganisée je vous l'accorde, mener quelques investigations. À partir du moment où nous quitterons ce bureau nous serons les quatre fonctionnaires au courant de l'ensemble du dossier. On peut y ajouter le procureur Gassin que je rencontre à 10 heures pour l'informer de l'avancement de l'enquête. À cause du peu de personnel disponible hier, nous avons confié les enquêtes de voisinage concernant Laenët et Kerlean à Pauline et Alain. Je me suis chargé du visionnage des bandes de vidéosurveillance des abords et de l'intérieur de la gare de Rennes.

— Ah bon ? Pourquoi la gare de Rennes ? s'enquit Mansaoui.

— Je n'en ai pas encore parlé ? Désolé, capitaine, la nuit a été courte… Deux faits nous ramènent à cette gare. Tout d'abord, un ami du suspect numéro 1 avait rendez-vous avec l'avocat de ce dernier en gare de Saint-Malo le 20 août à 23 heures. Il a pu s'arrêter à Rennes…

— Ou avant…

— Bien sûr. Mais on a une deuxième raison pour fouiner de ce côté, plus justifiée, capitaine Mansaoui : à 4 heures ce matin, une patrouille a repéré l'utilitaire volé par Ben Ouassil pour quitter le secteur de la prison, garé sur le parking de la gare. Une zone autour du véhicule a immédiatement été sécurisée. On a fait évacuer le parking… Bref, on a perdu des heures précieuses :

le préfet craignait la présence d'un engin explosif à l'intérieur. Le temps que les services de déminage interviennent puis que l'on rapatrie le véhicule au garage pour analyse… analyse qui ne débutera que dans la journée car les gars sont débordés par la surcharge de bagnoles qui leur arrivent en ce moment. Bon, on a récupéré les bandes vidéo et je suis dessus depuis des heures… sans rien trouver pour l'instant. Je dois recouper les prises de vue de plusieurs caméras en provenance de la police municipale et de la SNCF. Mais il y aura forcément quelque chose qui va en sortir… Voilà pour l'essentiel. Si vous le voulez, on peut passer aux hypothèses… Sachant que la « classique » est que Ben Ouassil est un fou furieux qui a tué deux hommes et qui se planque quelque part.

— Et ce n'est pas ton avis, je parie, intervint Marnou.

— Disons qu'il y a deux trois trucs qui clocheraient : le pedigree de Ben Ouassil, pour commencer. Qu'il soit fou furieux, ça ne fait pas de doutes. Mais un tueur en série… ce serait nouveau.

— Mais pas impossible, intervint Pauline. Il y a aussi l'histoire de son pote qui n'est pas au train de 23 heures… On sait qui c'est ?

— Brochand, l'avocat, devait le réceptionner… Il y a aussi qu'aucune trace ADN n'a été trouvée, ni sur le corps de Lanaët ni dans le van de Ben Ouassil.

— Et alors ? coupa Mansaoui.

— Et alors, d'une part, ce n'est pas le style de Ben Ouassil de prendre des gants. Et l'assassin a forcément pris beaucoup de précautions pour rendre son crime intraçable. Alors, le laisser dans le coffre d'un véhicule même pas fermé à clé pour aller chercher de l'eau… ça ne colle pas.

— OK, peut-être… Mais pour Kerlean, le pauvre gars de la SPA… le style colle plus au personnage, non ? D'autant plus qu'on a un mobile : le type veut récupérer son clebs, Kerlean refuse. Ben Ouassil le chauffe au chalumeau pour le faire parler et on connaît la suite.

— Jo, tu as une autre idée ? reprit Marnou.

— Non, pas vraiment… Pour la SPA, il y a autre chose de bizarre : je ne sais pas si vous vous souvenez, Pauline et Alain, on a croisé une Clio rouge conduite par une jeune femme. J'ai noté la plaque et fait vérifier. Le numéro ne correspond à aucun véhicule enregistré. Fausse plaque… Mais on va recevoir une foule de rapports dans la journée et de notre côté, on poursuit les investigations. On y verra plus clair ce soir. Voilà comment je vois les choses. Pauline, tu te centres sur la SPA et sur la victime qui y était employée, Wilhem Kerlean. Tu sors tout ce qu'on a sur lui, tu vas fouiner dans son quartier, tu retournes à la SPA. Tu remues ciel et terre, quoi.

— Vous pensez que la victime n'a pas été exécutée au hasard ? Il semble tout de même clair que c'est uniquement pour récupérer son chien que…

— Pauline, je ne pense rien de spécial… mais je me dis que si j'avais été ce Kerlean, je n'aurais pas attendu d'être cramé pour dire où était le chien. C'est l'acharnement qui m'interpelle. Mais, surtout, je veux que l'on arrête de tâtonner : prenons les choses dans l'ordre en essayant de ne rien omettre. Il vaut mieux pécher par excès de zèle… OK Pauline ?

— OK, major.

— Alain et Kader, vous, vous allez sur Rennes : je vous ai pris rendez-vous avec le gars en charge du trafic pendant la nuit du 21 au 22, soit la nuit durant laquelle la camionnette du plombier a atterri sur leur parking. C'est prévu pour 11 heures, ça vous laisse le temps d'arriver sur place et de fouiner dans les alentours : rien ne nous dit que Ben Ouassil, si c'était Ben Ouassil au volant, rien ne nous dit qu'il a pris un train cette nuit-là. Ce gars est un malin, il a pu vouloir nous mettre sur une fausse piste.

— Les collègues de la ferroviaire et les agents SNCF ont été informés que ce type pouvait être dans un train ?

— Le dispositif Épervier a été déclenché dès l'évasion signalée. La photo du fugitif a été envoyée dans tous les commissariats, les gendarmeries, les gares, les quais d'embarquement, etc. D'ailleurs, voilà une photo de Ben Ouassil pour chacun d'entre vous, ainsi que les rapports dont je vous parlais. Essayez de les lire quand vous aurez le temps. Moi, de mon côté, je centralise tout : je reste ici en continuant de visionner les bandes vidéo et je serai sur place quand le rapport du légiste concernant Kerlean et les premiers résultats de l'analyse de la bagnole du plombier arriveront. Le plombier, justement, doit venir déposer plainte dans la matinée, je pourrai entendre sa version des faits. Il a dû passer une sacrée soirée… Je dois aussi rencontrer le proc à 10 heures. On fait le point à midi.

Die (26), 9 h 30

Ludo poussa un hurlement. Le cauchemar recommençait : un espace clos, noir, une furieuse envie de pisser, une odeur de fauve. Il s'assit précipitamment et se rendit compte en effectuant ce simple geste, qu'il n'était pas entravé. Par contre, un mal de crâne carabiné lui fit se presser les tempes de toutes les forces dont il disposait. Peu à peu, ses yeux s'habituèrent à la pénombre, mais rien de ce qu'il devinait ne trouvait d'explication raisonnable. Devant lui, un empilement de volumes de tailles différentes occupait l'espace d'un mur. L'endroit était bas de plafond. Un peu plus de deux mètres, mais guère plus. Le sol était dur mais pas froid. Du bois, lui sembla-t-il en le frottant des ongles. Il commençait à tenter de se relever pour bénéficier d'une vision à 360 degrés lorsqu'un bruit, un simple petit bruit, le poussa, dans un réflexe, à se recroqueviller dans la position du fœtus.

Puis, suivant un cheminement que les meilleurs chercheurs en neurosciences auraient bien du mal à cartographier, l'information auditive déclencha un relâchement musculaire et même un grand sourire. Ce sentiment ne dura pas plus que quelques fractions de secondes. Le corps reprenant ses droits, la migraine, l'envie d'uriner, l'inconfort, l'inquiétude voulaient maintenant reprendre le contrôle de la situation. Le bruit s'amplifia, jusqu'à sembler provenir de l'intérieur du conduit auditif gauche de Mermoz. Une deuxième information sensorielle siffla la fin du duel : un truc mou et humide lui pressait maintenant l'oreille.

— Que t'es con, Ghriba ! souffla Mermoz en s'emparant du ballon fétiche du chien.

— « Nul ne peut atteindre l'aube sans passer par le chemin de la nuit. », s'entendit-il souffler dans l'autre oreille.

La formule sembla reconnecter les neurones de Mermoz qui parvint à se resituer dans le temps et presque dans l'espace.

— Oh non, même Khalil Gibran est là ! Salut Yvon, j'aurais dû dire : Que *vous* êtes cons !

— Allez, viens on sort d'ici. On s'organisera mieux pour la nuit prochaine. Ils nous ont dégotté ce petit coin dans leur camion de matos, c'est déjà pas mal.

Ils descendirent du camion, un vieux Trafic couvert de tags aux intentions plutôt incompréhensibles.

— On est derrière leur hôtel, on doit les retrouver pour le petit dej, expliqua le Djerbien. Mais je vais te laisser y aller seul : hier, dans l'obscurité et derrière la batterie, je ne risquais pas grand-chose. Mais là, en plein jour…

— C'est pareil pour moi, non ?

— Toi, ce ne sont pas les flics qui te recherchent. J'ai du mal à imaginer que ta tronche fasse la une des journaux ! À ce sujet, si tu pouvais récupérer quelques canards des derniers jours… Et puis, j'ai bien cogité cette nuit. À ton sujet…

— Comment ça ?

— Le gars de la SPA voulait absolument t'empêcher d'arriver à Saint-Malo. Probablement pour que tu ne viennes pas mettre ton nez dans ses affaires. Et ses affaires, c'est forcément en lien avec moi.

— Donc avec le macchabée dans ta caisse…

— Exactement. Il a pu savoir que tu allais venir grâce à Brochand, mon avocat. Peut-être même que Brochand est complice. À un ou deux, ils ont pu buter le type, le planquer, aller à Latourbière, flinguer ta bagnole, etc. jusqu'à t'enfermer dans ce wagon à Rennes. Tu me suis ?

— Y a rien de nouveau, jusque-là…

— Si tu veux. C'est après que ça se complique : comment expliques-tu que le wagon soit déplacé dans cette gare paumée à huit cents bornes de Rennes ?

— J'en sais rien, moi… Y font peut-être ça, à la SNCF… Déplacer des wagons vides qui les emmerdent…

— À huit cents bornes ? J'y crois pas une seconde.

— Et donc ?

— Et donc ça, le type de la SPA, même avec l'avocat, ne peut pas l'organiser… Ce qui prouve qu'il y a une organisation plutôt costaud, avec un bon réseau, derrière tout ça. Si on ajoute que ton agresseur connaissait peut-être la planquette du ministre dans ton train…

— Ça, c'est à vérifier…

— Ce qui m'étonne, poursuivit le Djerbien sans prendre la remarque en compte, ce qui m'étonne, c'est que l'on n'ait pas eu de comité de réception à l'arrivée du wagon : ils savaient forcément où l'on allait débarquer…

Ça recommençait à s'emballer dans la tête de Mermoz. Trop d'infos à gérer d'un coup. La beu ne l'aidait pas à faire la mise au point. Au contraire, les événements de la veille au soir venaient de refaire leur apparition dans la danse de ses pensées.

— Ce qui m'étonne, moi, lança-t-il, c'est que… c'est que tu as fait le conservatoire !

— Je ne t'en avais pas parlé ? Pour faire rapide, disons que j'ai eu une vie normale jusqu'à l'âge de 16 ans. C'est là que ma mère est… enfin, elle a disparu. Mon père s'est tiré en Tunisie, moi je n'ai pas voulu le suivre. Je me suis barré, quoi. Après, j'ai fait les saisons, les chichis sur la plage du Lavandou, perchman l'hiver au ski...

— Ya des gens qui en achètent, des chichis ? Je me suis toujours demandé...

— J'avais une technique imparable, c'est un vieux vendeur, Papi Miko, qui me l'avait filée : tu passes en braillant pour filer ta came. Tu t'arrêtes de temps en temps et tu bouffes un beignet. Y a toujours quelques personnes à qui ça fait envie, ils achètent. Tu continues comme ça sur toute la longueur de la plage, puis tu refais le parcours en sens inverse.

— Y a rien de bien révolutionnaire dans la tactique de ton Papi Miko !

— L'astuce, c'est sur le retour : les beignets sont tellement gras, sucrés, bourratifs, que tes premiers clients crèvent de soif. Et comme tu te trimballes des boissons à vendre, tu les alpagues une deuxième fois. Plus t'as du monde, plus tu attires du monde. Et c'est la boule de neige. Tu enquilles les allers-retours et tu te fais un max de fric.

— Putain, Yvon : on va leur faire une « Papi Miko » à mes poursuivants. Pour les faire sortir du bois...

— Je t'écoute...

— J'ai un bon contact à l'AFP... Ils ont faim ? On va leur donner à manger. Après... ils auront soif ! Par contre, il faudrait quand même un peu de fric, pour acheter des timbres, du papier, des appareils photo jetables...

— Ça suffira, ça ?

Ben Ouassil tendait une poignée de billets. Deux cents euros et des brouettes.

— Tu sors ça d'où ? Tu ne leur as pas fauché leur...

— T'inquiète, c'est réglo : ils ont décidé de nous filer les bénefs des ventes de CD, de T-shirts et autres babioles réalisés hier soir. Pour solde de tout compte, les deux concerts à assurer sont compris dedans...

— Ouf ! Oui, ça devrait suffire…

— Bon, ben file déjeuner. Tu m'expliqueras après. Et essaie de me rapporter du café et deux trois trucs à bouffer ! Dis que j'ai mal au crâne ce matin.

Alors que Mermoz, dans une chaleur déjà écrasante, s'éloignait en direction de l'hôtel, Ben Ouassil lui lança :

— Demande un cacheton de paracétamol : ça fera plus crédible et ça pourra te servir ! N'oublie pas les journaux…

23 août, 9 h 50, Saint-Malo

— Bon, qu'est-ce qu'on a pour l'instant, major ? J'ai l'impression que notre affaire part dans tous les sens…

Le bureau du procureur Gassin offrait à Jo un havre de repos provisoire : sa taille, sa climatisation, la déco moderne, limite design incitait à la détente. Le maître des lieux lui-même était reposant. Pas le genre à mettre la pression sur les enquêteurs. La hiérarchie, il était notoire qu'il s'en moquait comme de sa première chemise et qu'il préférait clore un dossier une fois l'affaire vraiment résolue. Bref, Jo s'était installé en toute confiance, dans une atmosphère respirable. Ça changeait de la journée passée entre son bureau à lui, qui ne jouissait pas des mêmes conditions climatiques, les quais de la gare de Saint-Malo, surchauffés eux aussi et des allers-retours innombrables entre la salle d'autopsie (là au moins, c'était frais), l'endroit où les gendarmes avaient interpelé Ben Ouassil, le chenil, le garage où l'on continuait à disséquer son bus et où la camionnette du plombier subissait le même sort.

— Cette affaire, monsieur le procureur, voire ces affaires… C'est d'ailleurs l'une des questions que nous devons traiter. Et c'est là que le serpent commence à se mordre la queue…

— Je crois que je ne vous suis pas trop, major, sauf votre respect…

— Nous avons trois histoires qui pourraient n'être reliées d'aucune façon… tout comme elles pourraient l'être : la mort de Bernard Lanaët, le plongeur, l'évasion d'Yvon Ben Ouassil et enfin la disparition ou plutôt la volatilisation, de Ludovic Mermoz, son ami venu récupérer le chien…

— Sur ce dernier point, pourrais-je vous conseiller de le laisser de côté pour l'instant ? Nous n'avons reçu aucune demande le concernant, pas de « disparition inquiétante » ou tout le tralala. Ce type a peut-être tout simplement changé d'avis et n'est pas venu à Saint-Malo pour une raison X ou Y…

— Je ne le pense pas… J'y reviendrai après l'exposé des faits.

Gassin se contenta d'un geste du menton indiquant à Jo qu'il pouvait poursuivre.

— Tout commence le 20 août pour nous, même si le premier événement, à savoir le décès du plongeur, a pu se produire peu avant minuit, soit le 19 août. Selon les dires du légiste. Bref, à 9 heures du matin, le 20 août, donc, un voisin d'Étienne Lanaët signale à la gendarmerie qu'il n'est pas revenu de sa plongée nocturne. L'homme avait l'habitude de ce genre d'expédition, mais rentrait toujours au petit matin. Nous avons craint un accident et avons déclenché les recherches dans la foulée. Trois gendarmes sont restés sur place pour garder sa voiture. Pour le cas où Lanaët serait revenu. À 16 h 10, notre suspect numéro 1, Yvon Ben Ouassil est arrêté, les gendarmes découvrent le corps de Lanaët dans son véhicule. Ben Ouassil explique la raison de sa présence sur place par une panne de son véhicule en surchauffe – panne confirmée par nos services – et par le fait qu'il avait trouvé un bidon vide dans la voiture de Lanaët. Il comptait rapporter de l'eau à l'aide de ce bidon pour se dépanner.

— Ça se tient, comme justification, reconnut Gassin. Ça fait beaucoup de coïncidences, mais si le bus du suspect est vraiment tombé en panne à cet endroit… poursuivit-il en suivant de la pointe d'un stylo le trajet supposé du Djerbien sur une carte dépliée sur son bureau par le major. Ça se tient. À moins qu'il n'ait assassiné Laenët juste avant, près de son véhicule, qu'il soit reparti avec son bus et tombé en panne juste après…

— Impossible : le bus n'aurait pas été en surchauffe juste après et, je vous le rappelle, ça ne colle pas avec l'heure du décès. Son explication tient la route, mais ça ne suffit pas à l'innocenter. D'autant plus que son attitude après l'arrestation ne plaide pas en sa faveur. C'est le moins que l'on puisse dire ! Il est activement recherché, ne serait-que pour l'évasion, l'agression sur un gardien, le vol de la camionnette du plombier, sa séquestration momentanée – il l'a largué, attaché, sur le bord de la route de Rennes – l'agression sur le type du chenil, Wilhem Kerlean.

— L'agression ? Vous voulez dire les actes de barbarie suivis de meurtre. Peut-être sans intention de la donner, mais ça, c'est la suite qui nous le dira…

— Eh bien, c'est-à-dire, monsieur le procureur, là aussi, on a un doute. Le légiste, encore… Les blessures constatées proviennent bien d'un objet lanceur de flammes et, effectivement, le plombier a constaté, une fois que l'on a retrouvé son véhicule, aux abords de la gare de Rennes, qu'il lui manquait une caisse à outils, une boîte d'allumettes et son chalumeau. Donc, ça colle bien pour les actes de torture.

— Mais…

— Mais la mort a été provoquée par une balle tirée derrière la tête, à bout portant. Le plombier jure ses grands dieux qu'il ne cachait pas d'armes dans son véhicule. Je ne vois pas trop, vu le laps de temps écoulé entre le départ supposé de Ben Ouassil et l'heure à laquelle nous sommes arrivés au chenil, comment il aurait pu se procurer cette arme…

— En effet… Il faut tout de même continuer à tracer son itinéraire. La victime pouvait avoir cette arme sur elle… Il faut également se renseigner un peu plus sur le plombier…

— C'est en cours, monsieur le procureur.

— Je n'en doute pas, major, je réfléchissais juste à voix haute… Poursuivez, poursuivez…

Saint-Malo, 10 heures

Pauline Chardelet n'était que gendarme adjointe volontaire et savait très bien que si elle faisait partie de l'équipe resserrée voulue par le major Jo, elle le devait au fait de s'être occupée du chien du suspect numéro 1. L'animal pouvait avoir de l'importance pour la suite des opérations à mener… Elle était ravie de pouvoir être mêlée à une enquête, la première pour laquelle on lui confiait de vraies responsabilités. Elle savourait le moment en redescendant du bureau du major. Cela pouvait même booster son plan de carrière… en cas de réussite. Elle rêvait de devenir OPJ[4] et d'intégrer une brigade de recherche. Pour le court terme, c'était nettement plus intéressant que de se déplacer en ville pour rassurer les uns et verbaliser les autres. Ou faire le chien de garde devant un bout de plage pour empêcher les intrusions de chercheurs de trésor, d'os de dinosaure en l'occurrence.

Elle pénétra dans l'openspace du rez-de-chaussée en saluant les quelques collègues en place. La plupart des gendarmes de la compagnie étaient déjà sur le terrain. Elle s'installa derrière un bureau libre et tenta de rassembler ses idées. Jo l'avait chargée de faire le point sur l'employé de la SPA. Elle décida de procéder dans l'ordre :

– Relire le dossier consacré à l'affaire remis par le major.

– Lancer une recherche par rapport aux antécédents éventuels de la victime.

– Partir sur le terrain : à la SPA pour commencer, puis autour du domicile de la victime pour une enquête de voisinage.

Elle commença par mettre de côté, dans une chemise souple de couleur verte, tous les éléments du dossier qui n'étaient pas directement consacrés à l'attaque nocturne de la SPA. Elle les lirait plus tard à tête reposée. Elle s'empara d'une seconde chemise, saumon, et y déposa le dernier rapport du major. Il avait dû le taper tôt dans la matinée. Elle y ajouterait ceux de

4. Officier de Police Judiciaire.

la gendarmerie scientifique et du légiste quand elle les aurait à disposition. Elle se concentra en entamant sa lecture. Elle s'était rendue sur place avec Jo mais il était toujours intéressant de voir comment un autre regard avait perçu l'événement. Quinze minutes plus tard environ, elle releva le nez. Un crayon à la bouche, le regard fixé sur la fenêtre donnant sur le parking intérieur de la caserne, elle fit le point. Elle aurait rapporté les mêmes faits si elle avait eu à les présenter, à quelques exceptions près. Et ces exceptions lui semblaient maintenant tellement évidentes et possiblement importantes, qu'elle s'en voulait un peu. La phase d'autoflagellation passée, elle se reprit, se disant qu'elle n'avait pas à se comparer avec un vieux routier de la procédure. Bien au contraire. Elle admit qu'elle allait beaucoup apprendre. Et elle savait qu'il fallait apprendre vite : il y avait déjà deux morts, un disparu et une évasion spectaculaire au compteur. Comme elle avait déjà eu tout loisir pour réfléchir à ce qu'elle avait constaté lors de l'intervention à la SPA et qu'elle n'était parvenue à aucune hypothèse, elle se consacra aux deux points qu'elle n'avait pas relevés. Elle les entoura au crayon : « Une nette odeur de poudre se dégage de la pièce dans laquelle a été retrouvée la victime. » Et un peu plus loin : « Deux clés manquent sur le tableau installé à cet effet dans la pièce. Au-dessus des clous supposés recevoir ces clés sont indiqués le chiffre 5 pour l'une et la lettre P pour l'autre. »

Pauline n'en était pas à sa première intervention sur une scène de crime. La Bretagne, comme partout ailleurs, connaissait son lot de drames familiaux, de vengeance, de banditisme. Les chiffres étaient même plutôt à la hausse. Mais, elle s'en était déjà aperçue, elle avait du mal à ne pas se laisser dominer par des impressions qui l'empêchaient de jauger la scène de manière complètement professionnelle. De la nuit précédente à la SPA, elle avait retenu les hurlements des chiens, les traces de brûlure sur les mains et le visage de la victime et le sang. Beaucoup de sang. Dans le local dévolu à l'accueil des visiteurs, Wilhem Kerlean, allongé sur le ventre, baignait dans une flaque rouge et poisseuse. Mais c'était surtout les aboiements, pensait-elle, qui avaient flouté ses capacités d'observation. Les animaux semblaient savoir ce qui s'était passé. Ghriba n'étant plus là, Ben Ouassil et Kerlean, ou un seul d'entre eux, étaient forcément entrés dans le chenil. Il avait dû y avoir du bruit, les deux hommes s'étaient peut-être battus devant les chiens… Lorsqu'elle avait déposé Ghriba, trois jours plus tôt, le lieu était calme. La nuit stressait-elle les animaux ? De nouveaux chiens étaient-ils arrivés ? Elle nota mentalement qu'il faudrait poser ces questions lorsqu'elle se rendrait sur place. Elle nota aussi, pour elle, que cela n'avait sans doute pas grande importance. Ce qui comptait, c'était qu'il manquait deux clés et que ça sentait la poudre... Et ça, c'était important, surtout le dernier point : soit Ben Ouassil avait pu se procurer un flingue, ce qui semblait peu probable, soit Kerlean en possédait un ou en avait un à disposition à la SPA – et l'enquête pourrait alors prendre une tournure différente. Ou d'autres personnes se trouvaient là... La conductrice de la Clio rouge ?

Jo le leur avait bien indiqué : les quatre gendarmes en charge de l'enquête avaient été désignés par le procureur pour pouvoir consulter le TAJ[5] lorsqu'ils le souhaitaient. Pauline pianota un instant sur le clavier, valida son identifiant et se créa un mot de passe. Elle n'avait eu accès au fichier que durant ses études, c'était la première fois qu'elle y allait toute seule, comme une grande. Elle dut batailler un instant et songea même à repasser chez elle, à savoir dans un bâtiment annexe de la gendarmerie, pour récupérer ledit cours. Mais le TAJ finit par dire tout ce qu'il savait. Et il savait beaucoup de choses au sujet de la victime…

Incarcéré plusieurs fois pour ivresse sur la voie publique, avec ou sans bagarres, l'homme avait connu un parcours chaotique. Aîné d'une fratrie de cinq qui n'avait trouvé sa cohérence que dans l'échec scolaire, il avait navigué entre Pôle emploi et les petits boulots. La seule période de stabilité, pendant près de dix ans, correspondait à son enrôlement dans l'armée. Cette période de la vie de Kerlean révélait peu d›informations, aussi, Pauline

5. Fichier de Traitement d'Antécédents Judiciaires

passa un coup de fil au service compétent, celui que les gendarmes utilisaient pour obtenir leur dossier militaire. Le standardiste du Centre des archives du personnel militaire de Pau lui promit d'envoyer le dossier complet dans la journée. Elle nota que depuis son retour de l'armée, l'homme n'avait plus eu la moindre condamnation.

Attendre, encore attendre… Et encore, ça n'était probablement rien au regard de la mission que s'était réservée le major : passer des heures à visionner des images tressaillantes de caméras de surveillance n'était pas une sinécure. Pauline retint que Kerlean était employé à la SPA, dans le cadre d'un emploi aidé, depuis deux mois environ.

Ne voyant pas ce qu'elle pouvait faire de plus en restant au poste, Pauline se leva, s'étira et fit craquer ses doigts. Elle défroissa son uniforme de quelques claquements de mains et quitta l'openspace en lançant à la cantonade :

— Si le major me cherche, je suis à la SPA.

Elle entendit un vague « C'est noté » de la part d'un collègue aux yeux rivés sur un tableau Excel, qui aurait probablement oublié dans la minute ce qu'elle venait de dire. Elle se dirigea vers l'une des fenêtres donnant sur la cour. Jo leur avait précisé qu'ils avaient deux véhicules à leur disposition, un Partner et une Ford Focus banalisée. À tous les coups, Marnou et Mansaoui avaient pris la deuxième : banalisée ou pas, tout le monde ou presque à Saint-Malo connaissait cette voiture. Alors qu'à Rennes, il pouvait être intéressant de ne pas trop se faire remarquer. Après avoir vérifié le bien-fondé de son hypothèse et s'être fait la remarque que c'était plutôt bon signe à l'aube de sa première enquête, elle prit les clés du Partner, en bien meilleur état malgré pas mal d'heures de vol au compteur et sortit en sifflotant.

Il ne lui fallut pas plus de dix minutes pour rejoindre la bien nommée rue des Belettes à la sortie de Saint-Malo, où s'étiraient les nouveaux locaux de la SPA du Pays de Saint-Malo. Elle laissa le véhicule sur un parking ombragé, à côté d'une petite Golf des années 80. À part ces deux voitures, le parking était désert. L'endroit était isolé, entouré d'arbres. Idéal pour garder les chiens et les chats… et trucider son prochain sans déranger les voisins. Pauline venait ici pour la troisième fois en quelques jours. C'était presque une habituée des lieux et elle ne perdit pas de temps entre la dizaine de bâtiments, de maisonnettes et de hangars divers. Elle se dirigea directement là où elle pensait trouver du monde : un hangar rénové qui abritait l'accueil, le stockage de la nourriture, une salle de soin et sans doute d'autres pièces.

Les portes vitrées coulissantes s'effacèrent devant la gendarme. L'accès à la scène de crime avait été sécurisé par des bandes de rubalise et des barrières de police en acier galvanisé. La zone interdite était relativement limitée ; les scientifiques, qui avaient eu la nuit et la journée précédente pour opérer, avaient terminé leur travail de prélèvement. Elle attendit quelques minutes en observant les lieux, sans que personne ne se présente. Elle décida de faire un tour du site pour s'imprégner de l'ambiance hors situation de crise et pour tenter de dénicher un responsable. Quelques aboiements, disparates et plutôt plaintifs, lui indiquèrent les cabanes dédiées à la population canine. Rien à voir avec le concert de hurlements de la nuit du meurtre.

Alors qu'elle déambulait entre les box, ne sachant trop dans quelle direction orienter ses recherches, elle ressentit soudain une drôle d'impression. Celle de ne pas être seule. Elle s'immobilisa et entreprit d'observer les lieux de manière plus fine. L'endroit recelait nombre de recoins pouvant dissimuler un observateur, voire un agresseur potentiel. Pauline hésita : devait-elle se saisir de son arme ? Tout en se concentrant sur l'environnement immédiat, elle se remémorait quelques points de procédure. Elle n'était pas particulièrement peureuse, mais là, en ce moment précis, elle ne se sentait pas très fière. Une idée lui traversa l'esprit : le major n'avait pas précisé si l'ensemble du refuge avait été fouillé et par conséquent, sécurisé… L'assassin de Kerlean aurait très bien pu rester sur place.

Elle sortit le Manurhin de son étui et, sans doute en raison d'un rapport de cause à effet, se dirigea d'un pas ferme vers une porte métallique sur laquelle il était indiqué « Réservé au service ». Elle l'avait ignorée en passant devant l'instant précédent, mais quelque chose avait imprégné une zone de son cerveau sans faire tilt sur le coup. La peur, sans doute, par une sorte de transfert d'adrénaline, lui rendait ce quelque chose évident maintenant.

L'odeur.

Ça puait, comme partout dans les bâtiments, mais pas de la même façon. Ça ne sentait pas l'animal. Maintenant qu'elle était à un moins d'un pas de l'accès, l'évidence s'imposait : transpiration et tabac froid. Elle retint sa respiration avant d'ouvrir la porte en grand tout en braquant le flingue à l'intérieur. Elle ne parvint pas à prononcer la formule d'usage dans ces cas-là, autant par crainte du ridicule que parce qu'aucun son n'aurait pu sortir de sa gorge.

Heureusement pour elle, le gibier n'était guère plus valeureux que le chasseur. Quelle première interpellation, elle s'en souviendrait, de celle-là ! Un pauvre type à la limite du rachitisme, plaqué contre le mur du fond du local exigu, entre un bouquet de balais et une flopée de laisses accrochées à diverses patères, levait les bras, terrorisé. Aucun des deux ne parvenait à prendre l'initiative ; la gendarme, réalisant qu'elle avait la situation en main, finit par lancer, non sans s'être raclé la gorge au préalable :

— Gendarmerie nationale. Pourquoi vous cachez-vous ici ?

— Je ne me cache pas… je travaille ici, répondit l'homme, ou plutôt le gamin qui ne devait pas dépasser la vingtaine d'années.

— Ici ? Dans ce placard à balais ?

— Non, ici, au refuge…

— Baste… Vous deviez connaître l'homme qui a été assassiné l'autre nuit ?

— L'homme qui…

— Wilhem Kerlean. Tué ici, dans ce refuge SPA, la nuit du 21 au 22 août. C'est pas si vieux quand même, on est le 23 !

— Ah oui, on m'a dit. Mais je ne travaillais pas cette nuit-là. Mais on m'a dit.

— Bien, sortons d'ici, lâcha Pauline Chardelet qui avait repris la totalité de ses esprits.

Elle remit l'arme dans son étui, réajusta l'uniforme et nota que le gamin n'était sans doute pas insensible au charme de ce dernier. Elle choisit de le conduire jusque sur la scène de crime pour l'interroger. En chemin, sur quelques dizaines de mètres, il lui expliqua que comme Wilhem, il était là en qualité « d'emploi aidé » embauché par le conseil départemental. Sinon, le refuge fonctionnait grâce à des bénévoles. Le sale boulot, nettoyage des déjections et compagnie, c'était pour les « aidés ».

La gendarme n'apprit pas grand-chose de plus sur la victime, sinon qu'il était là à mi-temps, mi-temps complété par le jeune qu'elle avait interrogé. Par contre, le mystère des deux clés manquantes était maintenant résolu, grâce aux explications du jeune homme : la clé numéro 5 correspondait au casier de rangement personnel de Kerlean. Celle correspondant à la lettre P était celle du box qui avait accueilli le chien de Ben Ouassil. Cette dernière était maintenant remise à sa place, sur son clou. Il n'y avait pas de nouveau locataire au box P. Pauline s'en était assurée et avait demandé à l'employé de le laisser vide pour un temps encore. Le casier de Kerlean était vide également, la clé elle aussi remise à la bonne place.

— Qui a remis les clés en place ? demanda-t-elle.

— Ben… c'est moi. Il ne fallait pas ?

— Il aurait mieux valu ne pas y toucher… Bon, tant pis. Racontez-moi.

— Raconter quoi ?

— Le casier, le box, les clés, comment ça s'est passé.

— Ben… les deux pareil.

— C'est-à dire ?

— Vides. Pas de chien au P, pas d'affaires dans le casier.

— Et les clés ?

— Sur les serrures.

— Les portes, ouvertes ou fermées ?

— Les deux étaient grand ouvertes.

Pauline chercha un instant quelles étaient les conclusions à tirer. Pour le chien, il semblait logique ce soit Ben Ouassil lui-même qui l'ait libéré. Kerlean aurait remis la clé à sa place. Et il avait probablement été passé à la flamme avant de dire où se trouvait le box. Le casier posait problème. Kerlean l'avait-il ouvert avant l'arrivée de Ben Ouassil, avait-il été surpris à ce moment-là ? Sinon, là aussi, il aurait remis la clé à sa place. Et il aurait fermé. Ben Ouassil avait-il lui-même vérifié, voire vidé le casier ? Cherchait-il quelque chose ? Si c'était le cas, c'était important : il n'est pas d'usage, quand on s'échappe de prison, de perdre du temps en route sans raison valable. Pauline nota tout cela dans un coin de son esprit et se fit montrer le box et les casiers. Ces derniers se trouvaient dans une pièce adjacente à celle où le corps avait été retrouvé. Ça pouvait accréditer la thèse selon laquelle Kerlean avait lui-même ouvert le casier avant que Ben Ouassil n'arrive.

Elle mit les deux clés dans un sachet plastique et prit congé de son informateur en lui signifiant que personne ne devait toucher ni aux casiers ni au box de Ghriba.

Une fois de retour à la voiture elle appela le major pour lui faire part de ses découvertes. Elle tomba sur le répondeur et laissa un message, en essayant de gommer l'euphorie de ce premier rapport d'intervention, ne relatant que les faits, le plus sobrement possible. Elle se permit toutefois de proposer de faire revenir les spécialistes de l'Institut de recherche criminelle pour analyser le box et le casier.

Dubaï, 11 h 15

— Je crois que tu vas devoir me retrouver toi-même ces deux lascars, souffla René en levant le nez de son ordinateur portable. La Bourse stagne un peu partout, il faut que l'on rassure nos amis…

Le chauffeur stoppa la tâche qui l'occupait, à savoir le curage d'une dent et se tourna vers son patron, l'air interrogatif.

— Ils se sont plutôt bien débrouillés : élimination de Kerlean, exfiltration de Mermoz que Kerlean séquestrait dans un wagon… Devançant la question du chauffeur qui fronçait les sourcils, René poursuivit : c'est bien Kerlean qui avait dégommé le plongeur sur la plage. Au lieu de nous en parler, il a voulu régler le problème tout seul. Mal lui en a pris… Mais si Ben Ouassil et Mermoz sont bien hors secteur, on a perdu leur trace dans le sud de la France. Et ce sont des bombes à retardement, ces deux mecs. Il faut les éliminer… définitivement. Lindsay est sur place mais pour l'instant, nada. Ils se sont volatilisés.

— L'endroit exact ?

— Drôme provençale.

— L'été, la Drôme provençale, c'est plein de gens de leur espèce, prêts à les planquer. Sans compter sur la nature s'ils ont pris le maquis. Presque comparable à la Corse…

— C'est aussi notre chance : il faut qu'on les retrouve avant les flics. Visiblement, ils n'ont pas encore lancé les recherches sur le secteur mais ça ne va pas tarder. Bref, je t'ai réservé un vol pour Nice. Lindsay t'y récupérera. Tu voyages léger, elle te fournira tout ce qu'il faut sur place.

— Une idée pour démarrer ?

— Inutile de se disperser dans toutes les directions. Comme tu l'as dit, la zone est trop complexe, sans compter qu'ils en sont peut-être déjà partis. On garde un œil sur la police, s'il le faut, tu interviendras dans leurs murs. Sans compter que ce n'est pas le genre à rester sans rien faire. Ils vont forcément se mettre à la faute. À nous d'être plus réactifs que les flics. Et si rien ne se passe d'ici quarante-huit heures, j'ai une carte à abattre qui les fera sortir du bois.

— Le vol est à quelle heure ?

— Maintenant. Ton taxi t'attend en bas.

Gendarmerie de Saint-Malo, 12 h 05

— On est au complet, constata le major lorsque Pauline entra dans la salle, esquissant un petit sourire pour s'excuser du léger retard. Je vous propose de sauter le traditionnel tour de table : vous m'avez tenu informé de vos découvertes et j'ai les différents rapports des scientifiques. J'ai tenté de tout synthétiser. N'hésitez pas à m'interrompre si quelque chose ne va pas ou si vous voulez apporter une précision.

Jo désigna un mur de son bureau qu'il avait soulagé de tous les affichages précédents. En lieu et place, il avait punaisé trois grandes feuilles blanches côte à côte. Sur ce tableau improvisé, une multitude de notes, de photos, de flèches, de dates et d'horaires étaient déjà disposés. À la manière d'un prof, il s'empara d'une règle de section carrée, tachée d'encres d'époques et d'origines diverses, se leva et désigna le premier point à gauche.

— Le 20 août entre 5 et 6 heures du matin selon le légiste, Étienne Lanaët, un habitué des plongées nocturnes, meurt d'une rupture des cervicales. Toujours selon le légiste, il est mort tout de suite après un « effort conséquent ». Bagarre ou immédiatement après avoir nagé. Il n'a pas pu se faire ça tout seul, en tombant par exemple : il ne porte aucune marque liée à un choc. La suite, vous connaissez, je résume. L'arrestation de Ben Ouassil, le placement de son chien à la SPA. Là, petite précision : l'avocat commis pour la défense de Ben Ouassil, à la demande de ce dernier, prévient Ludovic Mermoz et lui indique que son client aimerait qu'il vienne récupérer le chien. Mermoz accepte et Brochand, l'avocat, signale à la SPA que le chien sera récupéré.

— C'est si important, ce point ? coupa Mansaoui.

— Peut-être même essentiel. Vous allez voir… Je continue en suivant la chronologie. Un peu après minuit, on débarque à la SPA, Pauline, Alain et moi, alertés par Brochand qui nous indique que Ben Ouassil ne semble préoccupé que par le sort de son chien. Brochand lui avait appris, juste avant son évasion rocambolesque, que Mermoz n'était pas arrivé en Bretagne. Sur place, pas de Ben Ouassil, mais un cadavre, celui du gardien, Wilhem Kerlean, un emploi aidé. Au passage, on croise une voiture avec de fausses plaques, une jeune femme au volant. La nouvelle victime a été torturée « à la flamme vive » de son vivant – nouveau rapport du légiste arrivé ce matin – et est mort d'une balle dans la tête. Le véhicule qui aurait pu servir à Ben Ouassil pour s'évader, une camionnette de plombier volée devant la prison est retrouvée garée à proximité de la gare de Rennes.

Jo s'interrompit pour répondre au téléphone. Il acquiesça deux ou trois fois, prit des notes sur un bloc déjà empli de griffonnages puis reprit le déroulé des événements.

— Alain et Kad ont fouillé le secteur : personne n'a vu ni entendu parler d'un type avec un chien dans la nuit. À la gare, une patrouille de collègues appuyée par une équipe Vigipirate n'a rien remarqué non plus. Seule chose étrange, ils ont été victimes d'un bug informatique dans la nuit et un wagon de fret en rade sur une voie de garage a été déplacé sans que personne n'en ait donné l'ordre. L'équipe SNCF qui a reçu la consigne sur sa feuille de route informatisée sera entendue par les collègues de la ferroviaire d'un instant à l'autre… le temps de les localiser ! On attend les infos par fax, conclut Jo en désignant l'appareil qui trônait sur un bureau, près d'une fenêtre aux stores descendus.

— Rien ne nous dit que le gus a pris ce wagon-là, remarqua Alain. Mais c'est la seule piste dont on dispose : une chose est sûre et certaine, il n'a pas pris une ligne régulière « normalement ».

— Normalement ? interrogea Pauline.

— En montant par une porte : il y a eu des militaires devant chaque porte d'embarquement pour tous les départs de la nuit. Et le dispositif est toujours en place… Et je le vois mal sauter dans un train en marche avec un chien et peut-être un chalumeau !

— Et même avec une caisse à outils, coupa le major.

— Comment ça, une c…

— Regardez plutôt ce montage. Je n'ai pas encore tout visionné, mais j'ai quelques images de cette nuit à la gare, grâce aux vidéos de surveillance.

Jo lança son montage à partir d'un ordinateur portable, tout en commentant :

— Ça, c'est à deux heures du matin, un recoupement entre diverses caméras du hall d'accueil.

On découvrait Ben Ouassil et Ghriba traversant tranquillement le hall. L'homme traînait le chalumeau sur son chariot d'une main, et portait une caisse à outils de l'autre. On voyait nettement quelques soldats qui marchaient à la queue leu-leu sans s'occuper de lui. Comment se méfier d'un ouvrier se rendant sur son lieu de travail. Surtout un ouvrier qui ne cherchait absolument pas à se cacher des forces de l'ordre…

— Quel culot ! ne put s'empêcher de souffler Marnou.

— Oui, poursuivit le major. Et la suite est du même tonneau. Je n'ai pas encore le montage des bandes, un collègue s'en occupe. Mais on le voit prendre l'escalier conduisant à la voie C. Il marche en bout de quai, jusqu'à ce qu'il n'y ait plus de caméras, en dehors des zones accueillant du public.

— Et donc, peut-être, la où sont garés les fameux wagons de fret… proposa Pauline.

— Peut-être. J'ai continué à regarder. Deux heures après, il n'était toujours pas de retour. Il faudra vérifier si on peut quitter la gare facilement en poursuivant sur la voie. Mais je ne vois pas quel intérêt notre gars aurait eu à entrer en gare, l'un des endroits les plus surveillés de la ville, pour en sortir en suivant la voie ferrée… Dès que le montage est prêt, Alain et Kad, vous retournez à la gare avec une copie pour demander si la direction qu'il prend conduit bien à ce fameux wagon. Je peux aussi vous dire qu'il n'hésite pas une seconde, il sait précisément où il va. Je vous ai épargné les vidéos à l'extérieur de la gare. Mais on le voit bien arriver dans la camionnette, se garer, décharger et foncer sur la gare sans prendre le moindre temps de réflexion… C'est tout ce que j'ai pour l'instant, mais il me reste des heures de bandes à visionner. Je vais continuer tout l'après-midi. Et tant que j'y suis, je me suis fait livrer les bandes des jours précédents pour voir si d'autres sont passés dans la même direction. Sait-on jamais…

— Et le gendarme Chardelet, il a trouvé quelque chose au sujet de la victime ? demanda sèchement Kad Mansaoui.

Pauline commença à ouvrir la bouche mais le major coupa court en répondant à sa place :

— Pauline a peut-être mis le doigt sur un point qui peut éclairer l'enquête. Mais on en parlera après. Auparavant, j'aimerais connaître vos hypothèses sur ce qui a pu se passer depuis la nuit du meurtre du plongeur. Ah, j'allais oublier, reprit-il en consultant son bloc. J'ai les premiers éléments du rapport balistique concernant la balle ayant achevé Kerlean. C'était le coup de fil de tout à l'heure : tir à bout portant derrière la tête. Calibre .455.

— 455 ? Pas courant ça, remarqua Marnou.

Aucun des autres ne semblant mieux informé, Jo précisa.

— Je vous rassure, moi non plus, je ne connaissais pas. Il semble que ce calibre corresponde à un type d'arme bien particulier, fabriqué uniquement en Grande-Bretagne, dans les années 20. 1920, bien sûr.

— Une arme de collection, alors ? s'enquit Mansaoui.

— Oui et non, ça dépend des versions. Il s'agit de la marque Webley. L'armée britannique l'a utilisée jusqu'à la Seconde Guerre mondiale et en a fait larguer sur les côtes normandes, notamment.

— Ah, commenta Marnou, il doit en rester dans pas mal de caves par ici alors…

— L'IRA, l'Armée républicaine irlandaise s'en est pas mal servi aussi, dans les années 90.

— On retrouve sur le marché des armes ayant servi dans tous les conflits du monde, reprit Marnou, ça ne veut pas dire grand-chose. Par contre, ça sent l'exécution, ce mode opératoire…

— Exact, coupa Jo. Bon, Pauline, tu commences ? Tu pourras nous parler de ce que tu as consta…

Le bruit du fax interrompit le major. Fébriles, tous tournèrent la tête en direction de l'appareil. Jo se leva et récupéra un feuillet. Il le lut à voix haute, sans en prendre connaissance avant, afin de partager l'info avec ses équipiers.

— C'est bien la SNCF : « Le wagon BE-411 stoppé en voie C en attente de réparations a été conduit, suite à un ordre informatique non identifié, dans une gare désaffectée, dans la Drôme, à Verchery. Le conducteur a eu pour consigne de poursuivre à vide jusqu'à Aspres-sur-Buëch. Le wagon est toujours sur place, devons-nous le rapatrier ou doit-il rester sur place pour analyse par vos services ? En vous priant, etc. » Bon, j'appelle le proc, il faut que les collègues sur place aillent sécuriser l'endroit et que des gars de l'IRCGN[6] foncent sur place. Si le wagon était occupé, il faut lancer des recherches dans le secteur. Je demande la même chose pour examiner l'emplacement de ce wagon à Rennes. Ça ne servira sans doute à rien, mais on ne peut laisser aucune piste de côté.

Jo s'exécuta. Lorsqu'il eut fini, il engagea Pauline à reprendre la parole.

— Les hypothèses sont nombreuses, hésita-t-elle.

Faisant mine de ne pas remarquer la trogne renfrognée de Mansaoui qui la fixait, elle poursuivit :

— Lanaët est assassiné entre sa sortie de l'eau et sa voiture.

---

6. Institut de recherche criminelle de la Gendarmerie nationale (Val-d'Oise)

Son assassin, Ben Ouassil ou un autre planque le cadavre dans le coffre du camping-car. Ben Ouassil, quelques heures plus tard, tombe en panne, va chercher de l'eau, comme par hasard dans la voiture de Lanaët. Il est appréhendé, incarcéré, son chien conduit au refuge. Il s'échappe et va récupérer son chien. Il fait sauter les serrures grâce au chalumeau qu'il a dérobé. Sa rencontre avec le gardien se passe mal.

— Tu parles ! gloussa Kad Mansaoui.

— Je disais que la rencontre se passe mal. Pourquoi ? Pourquoi un gardien de refuge menacé par un chalumeau refuserait-il de rendre son chien à son propriétaire ? Même si ce dernier refuse de s'acquitter de la somme forfaitaire demandée ? Que Kerlean soit plus zélé que la moyenne, pourquoi pas ? Mais alors, au bout de deux trois brûlures, il aurait dû avouer !

— Ben Ouassil est peut-être un sadique ? On a mis un psy sur son profil, Jo ? demanda Alain Marnou.

— Non, mais c'est une bonne idée. Je m'en occuperai. Pauline ?

— Si le gars n'agit pas par pur sadisme, pourquoi fait-il ça ? Parce que Kerlean aurait maltraité le chien ?

— Sur les vidéos, il a l'air en pleine forme, le clébard, intervint Jo, pensif.

— Pour moi, reprit la jeune gendarme adjointe, il l'a torturé pour obtenir d'autres renseignements. Lesquels et pourquoi Kerlean aurait-il disposé d'infos intéressantes pour Ben Ouassil ? D'après Brochand, l'avocat, seul son chien l'intéressait. Il y a donc autre chose.

— Il y *aurait* donc autre chose, coupa Mansaoui. Pour moi, ce type est un fou furieux, un sanguinaire, qu'il faut très vite enfermer. Et ce n'est pas la peine de partir dans des directions fantaisistes qui vont nous faire perdre du temps !

— Pour moi, poursuivit Pauline avec une fêlure dans la voix, il y a quand même un point à éclaircir : le casier personnel de

Kerlean était ouvert, avec la clé sur la porte. L'employé que j'ai interrogé ce matin me l'a confirmé. Le casier était vide et il a remis la clé à son clou habituel. Donc, hypothèse : lorsque Ben Ouassil arrive, Kerlean prenait ou déposait quelque chose dans ce casier. Et c'est ce quelque chose qui l'a mis en furie. Peut-être quelque chose en lien avec Laënet, ou Mermoz, qui a disparu de la circulation… D'ailleurs, ce quelque chose aurait pu être rangé dans la fameuse caisse à outils que trimballait Ben Ouassil. Sur la vidéo. La clé est en train d'être analysée, ainsi que le casier.

— Ça se tient, ça se tient, constata Marnou. D'autant plus que suite à son intervention au refuge, Ben Ouassil file sans hésiter, à un endroit précis de la gare de Rennes. Comme disait quelqu'un tout à l'heure, ce n'est pas le meilleur endroit pour se planquer… Il aurait pu avoir l'info par Kerlean.

— Si vous voulez, avec un peu d'imagination intervint Mansaoui. Et le bug informatique, c'est Kerlean aussi ? La femme dans la bagnole maquillée ? C'était lui aussi ? Le flingue de l'IRA ou d'un vétéran de 39-45 ? Moi, ma version est moins romantique : Ben Ouassil est un dingue : il tue le plongeur. La raison ? Même pas besoin d'en chercher : un regard de travers, Lanaët a pu être témoin de quelque chose qu'il ne fallait pas voir…

— À cinq heures du mat sur une plage ?

— Pourquoi pas ? On a son emploi du temps avant cette histoire, à ce Ben Ouassil ?

— Bien vu, Kad. Tu te charges de l'établir ? demanda le major. Alain, tu peux enquêter seul à la gare…

— Oui, pourquoi pas… Je poursuis : arrestation, évasion. Une fois à la SPA, Ben Ouassil appelle une complice : la femme en voiture rouge. Ils se débarrassent de Kerlean, se donnent rendez-vous dans un coin, pourquoi pas à la gare ? Ben Ouassil file sur une voie non surveillée, dégage de la gare, monte dans la voiture rouge qui n'est pas surveillée et ciao les amis. Il doit être loin maintenant, et nous on s'est fait couillonner !

— Le problème Mermoz, le bug informatique ? demanda Jo.

— Rien à voir avec notre sujet.

— J'ai juste une info à ajouter, reprit Pauline. J'ai épluché les dossiers de Kerlean : ancien militaire ayant servi au Mali notamment. Plutôt apprécié de sa hiérarchie, mais avec la mention : « Violence difficile à canaliser. » Depuis sa démobilisation, pour cause de contrat non renouvelé… il s'est fait connaître par les services de police et de gendarmerie pour nombre de bricoles, de bagarres, de larcins, d'excès de vitesse, etc. Bizarrement, il n'a jamais été condamné.

— Pourquoi bizarrement, Pauline ? s'enquit le major en tapotant son stylo sur la table.

— Au vu de l'ensemble de son œuvre, il aurait dû passer au moins par la case TIG[7]. Ce mec n'est… enfin, n'était pas clair. Comme s'il avait bénéficié d'une très grande mansuétude… voire d'une bonne protection.

— Ah oui, j'ai compris ! s'exclama à nouveau Kad Mansaoui. Le Kerlean, ancien militaire, est passé du côté des services secrets ! Le bug, c'est ses potes. Des anciens de l'IRA sans doute !

— Kad, coupa le major. Tu as raison de douter, c'est le sel du métier. Mais ne te sens pas obligé d'en faire des caisses quand Pauline s'exprime. Tu n'as pas le même point de vue, très bien. Mais ici, on bosse en équipe. On n'est que quatre… merci de mettre de l'eau dans ton vin !

— Je ne bois pas d'alcool, major. Mais j'ai compris le message.

Le petit moment de gêne passé, chacun l'utilisant à ruminer ses pensées, le major distribua les tâches et fixa le point suivant à 17 heures. Alain Marnou devait repartir sur Rennes pour approfondir les recherches sur le passage du fugitif. Mansaoui plancherait sur ce qu'avait fait Ben Ouassil avant son arrivée sur la plage du Guesclin. Pauline continuerait à explorer la piste Kerlean par une enquête de voisinage. Elle prendrait également

7. Travail d'intérêt Général.

en charge une recherche plus poussée concernant Lanaët, ses habitudes de plongée, ses ennemis éventuels, etc. Les bases de l'enquête n'avaient pas été respectées en raison du manque d'effectifs, il fallait maintenant reprendre certaines choses à zéro tout en y intégrant les nouvelles avancées. Jo, quant à lui, poursuivrait le visionnage des images des caméras de surveillance et centraliserait les informations qui ne manqueraient pas de parvenir dans l'après-midi.

24 août

Bord de Drôme, 8 h 50

Lindsay et Le chauffeur n'avaient jamais travaillé directement ensemble. C'étaient deux véritables guerriers, mais des guerriers solitaires. Cependant, l'idée d'assembler leurs forces ne leur posait pas de problème : un ordre est un ordre. Et tous deux connaissaient suffisamment René pour savoir que cette mission devait absolument aboutir. Il n'était d'ailleurs pas dans les habitudes du boss d'envoyer deux de ses éléments-clés au front. Il s'agissait d'une urgence absolue, une forme de va-tout, même s'il avait évoqué l'idée d'une autre carte à jouer.

La veille, Lindsay avait récupéré Le chauffeur à l'aéroport de Nice, avant de foncer, sans le moindre écart de vitesse et l'œil collé au rétro, sur Valence, via les autoroutes A8 puis A7. Durant le trajet elle avait pu le mettre au courant des derniers événements. Kerlean avait commis une erreur en supprimant un témoin sans en parler à l'Organisation. Il lui avait avoué, juste avant de mourir, qu'il avait kidnappé l'ami journaliste du suspect numéro 1 de son propre crime. Ludovic Mermoz était dans un wagon de fret en gare de Rennes. René avait pu organiser l'exfiltration du wagon, dans l'urgence, avant que les flics ne le découvrent. Mais le plan n'avait pas réussi dans son intégralité : l'équipe de nettoyeurs chargée de réceptionner le wagon était arrivée trop tard. Il ne restait plus personne mais il était évident que Mermoz n'avait pas voyagé seul. Une entrée de la gare avait été découpée au chalumeau pour servir d'abri un temps. Ben Ouassil les avait pris de vitesse… La gendarmerie de Die avait bien avancé sur le dossier : un fax envoyé à leurs collègues de Saint-Malo avait pu être intercepté. Il confirmait la présence des deux hommes, accompagnés du chien. Mieux que ça : ils avaient fait le lien entre cette affaire et un vol de kayak dans une base nautique distante d'une vingtaine de kilomètres à vol d'oiseau. Les empreintes digitales relevées avaient été comparées : Ben Ouassil était bien dans le coup et ne semblait pas prendre de précautions. Il y avait une multitude d'autres empreintes. Aucune n'avait pu être identifiée. Mermoz était pourtant forcément dans le wagon, mais il ne devait pas être fiché chez les flics. Ils signifiaient ainsi qu'ils lançaient un défi à la police. Et sans doute à l'Organisation : il était évident qu'ils avaient compris que les avatars qu'ils venaient de subir n'étaient pas liés au hasard… La trace des fugitifs s'arrêtait à la base nautique.

Lindsay avait déposé Le chauffeur dans un hôtel de l'entrée sud de Valence. Quant à elle, elle avait dormi sur l'entrée nord. Elle avait récupéré son coéquipier aux premières heures du jour et elle venait de se garer sur le parking de la base de kayak.

Le chauffeur avait étalé une carte d'état-major du secteur sur ses genoux et tentait de se repérer.

— La gare… ça doit être ici, dit-il en pointant son index sur un tènement jouxtant la voie ferrée. Et ici, c'est…

— Là, le coupa Lindsay en désignant un autre point. J'ai étudié la topologie du secteur cette nuit. Vu le temps qu'ils ont mis pour arriver, ils sont venus en coupant à travers cette zone forestière. Par la route, il leur aurait fallu un temps fou.

— À moins de faire du stop…

— Risqué. Ben Ouassil se sait recherché. Il n'a certainement pas lu la presse ni écouté les infos, mais il se doute bien que sa cavale est signalée. Et peut-être que Mermoz a un téléphone à sa disposition.

— Tu n'as pas demandé à Kerlean ?

— Pas eu le temps, tiqua Lindsay. Et j'ai bien fait : j'ai croisé une bagnole de flics juste en repartant du refuge SPA…

— Bon, on saura tout ça tôt ou tard. Par contre, je l'avoue, je ne vois pas comment procéder pour les retrouver : s'ils sont partis d'ici en bateau, les flics sont mieux placés que nous pour retrouver leurs traces.

— Oui, confirma Lindsay. D'autant plus que, je viens d'avoir l'info, une battue est organisée ce matin. Des hommes de chaque côté de la Drôme, un hélico avec des plongeurs prêts à entrer en action. Ils n'ont même pas retrouvé le kayak.

— Ça, c'est intéressant… Ils sont sortis de l'eau. Le kayak, ils ont pu le planquer n'importe où. Ils ne sont peut-être même pas entrés dans l'eau.

— Ils auraient tendu un piège ?

— Si c'est ce qu'ils ont fait, ça a marché. Et comme ils ne se démerdent pas trop mal pour l'instant… pourquoi pas ?

— Dans ce cas, on laisse la battue se dérouler, on garde un œil sur le résultat, et on cherche dans le coin…

— Ouais… On jette un œil ici avant que les cow-boys ne rappliquent. Et puis on va respirer l'air du coin. Y a une petite ville à côté. Si notre hypothèse est bonne, ils n'ont pas dû passer bien loin, ne serait-ce que pour se ravitailler. D'autant plus que Mermoz a dû être embastillé dans son wagon dans la journée qui a suivi la mort du plongeur. Le… 19 août, c'est ça ?

— Non, le 20.

— OK. Donc, du 20 au 22, il n'a pas dû bouffer. L'eau, c'est plus facile d'en trouver. Deux hommes et un chien en cavale, ça ne passe pas inaperçu. Sauf s'ils ont des potes par ici. Tu peux avoir l'info ?

— Je demande, répondit Lindsay en pianotant sur son portable Allez, on bouge, maintenant, faut pas traîner.

Gendarmerie de Saint-Malo, 9 h 15

C'était encore une journée caniculaire qui s'annonçait. Mis à part Mansaoui, toujours impeccable dans son uniforme, les autres membres du groupe étaient en bras de chemise. Les infos de la veille avaient fait avancer les choses : même si le fugitif était toujours en cavale, il était localisé et on savait pourquoi il était passé à la gare. Les collègues de la Drôme avaient bien identifié les empreintes de deux hommes, dont celles de Ben Ouassil. L'autre individu était plus que probablement son collègue, Mermoz. Sans certitude toutefois, le Mermoz en question étant absent de tout fichier d'identification. Les gendarmes malouins espéraient une commission rogatoire pour que leurs collègues du Pilat aillent en prélever à son domicile. Mais toujours pas de signalement de « disparition inquiétante », ce qui compliquait la procédure. Jo avait tenté de convaincre le procureur par téléphone mais n'avait obtenu aucune garantie. La capture de Ben Ouassil ne relevait maintenant plus du groupement de Saint-Malo. Il fallait maintenant se concentrer sur l'enquête, plus traditionnelle, concernant le double meurtre.

Là aussi, les choses avançaient. Un psychologue planchait sur les dossiers concernant Ben Ouassil. La gendarmerie disposait de nombreuses informations le concernant, au vu de son parcours plutôt chaotique.

Pauline avait rencontré les voisins de Lanaët. Tous le considéraient comme un homme sans histoire, plutôt original. Personne ne lui connaissait ni ami, ni liaisons. Il n'avait jamais invité personne chez lui mais n'hésitait pas à offrir un verre à qui voulait bien discuter des problèmes d'ordre écologique concernant la baie de Saint-Malo, dans un des bistrots du quartier qu'il fréquentait, de manière plutôt assidue. La gendarme adjointe avait bien entendu fait le tour desdits bistrots. Serveurs, patrons et clients lui avaient tous servi, peu ou prou, la même version : il se pointait en début d'après-midi, ses virées aquatiques nocturnes imposant une grasse matinée prolongée. Il buvait du café, puis restait une heure ou deux en lisant la presse régionale. Il passait alors à la bière, de la blonde pression de base et échangeait avec qui le souhaitait. L'homme était érudit, – « On aurait dit un ancien prof, mais il n'avait jamais voulu parler de son passé. » –, poli mais très inquiet sur l'avenir de la planète. Pour autant, il ne semblait pas mener de combat particulier contre quelque entreprise ou projet que ce soit. Aucun ennemi ne lui était connu. Pour tous, il s'était trouvé au mauvais endroit au mauvais moment. La version des bars était que sa mort était en lien avec « les histoires de dinosaures ». N'était-il pas mort sur la plage où les os étaient apparus ? Quelques heures avant ? La visite de son logement n'avait levé qu'un mystère, celui du passé de l'homme. Son appartement était composé de trois pièces, chambre, cuisine-salon et débarras. Du matériel de plongée envahissait la dernière pièce. Des bouquins la deuxième. Et dans la chambre, au lit fait au carré, une seule décoration, dans un cadre poussiéreux : un article jauni extrait d'un *Ouest-France* de 1990 : il y était question de sa remise de médaille du travail par une entreprise agro-alimentaire de transformation de poisson à Concarneau, à l'occasion de son départ à la retraite. Lanaët y avait bossé pendant près de cinquante ans ! Jusqu'à présent, aucun proche ne s'était manifesté, il avait fallu demander à deux voisins de venir identifier le corps.

Les recherches sur Kerlean n'avaient fait que confirmer les doutes entretenus par la jeune gendarme : un CV militaire lisse, mis à part la mention consacrée à sa violence, et de multiples démêlés avec la justice, sans la moindre condamnation. Il avait de nombreuses agressions au compteur, principalement dans des bistrots et établissements nocturnes, un peu de recel et deux ou trois escroqueries basiques. Chaque fois, les sommes illégalement prélevées avaient été rendues et les amendes payées rubis sur l'ongle. L'homme enchaînait pourtant les « petits boulots » et on ne lui connaissait aucune économie personnelle. Il semblait ne pas détenir de compte en banque. Pauline n'avait pu visiter son domicile : il n'en avait aucun de connu. Pour lui non plus, personne ne s'était présenté, le corps avait été identifié par la présidente de la SPA malouine. Un appel dans la presse serait lancé pour les deux hommes afin de trouver un membre de la famille acceptant de s'occuper des obsèques.

Les recherches de Marnou à Rennes, ainsi que les bandes vidéo du major ne faisaient que confirmer ce qu'ils savaient maintenant : Ben Ouassil s'était rendu à la gare. Il avait fait sauter la chaîne fermant le fameux wagon grâce à « son » chalumeau avant de sauter à l'intérieur, avec son chien et le matériel. Le wagon avait ensuite pris la direction de la Drôme. Une enquête interne de la SNCF pour tenter de tirer au clair ce problème informatique était en cours. Le chalumeau restait un mystère : il n'avait pas été retrouvé et, d'après les premières constatations des collègues drômois, il était impossible que les deux hommes l'aient traîné avec eux au vu du parcours accidenté qu'ils avaient probablement emprunté entre la gare et la base nautique.

Jo avait ainsi brièvement résumé ces points, principalement pour Mansaoui, qui n'avait pu assister au debrief de la veille, retenu par la visite des innombrables bars de la région malouine ayant pu voir passer Ben Ouassil, les stations d'essence — le réservoir du Volkswagen était presque plein — et autres lieux qu'il aurait pu fréquenter. Il prit la parole, suite au coup d'œil de Jo l'invitant à le faire :

— Bien, j'ai arpenté les commerces de Saint-Malo et des alentours avec une photo de Ben Ouassil et du chien, et d'une autre avec son véhicule. Pas mal le monde l'a reconnu, voire le connaissait déjà. Comme on l'avait vu sur son dossier, il est natif d'ici. Il revient faire son tour chaque année. Je vous ai photocopié un plan avec ses déplacements depuis le 19 août, veille de son arrestation, à partir de 16 ou 17 heures.

Mansaoui fit tourner ses feuilles, un plan de l'office de tourisme mettant en exergue les commerces et sites touristiques incontournables. Le gendarme avait fait des croix et indiqué quelques horaires. En suivant la chronologie, on voyait que Ben Ouassil avait passé de longues heures dans les bistrots. Le dernier point faisait état d'un arrêt au Super U. Mansaoui avait écrit : 19 h 30.

— Dans les bars, il a passé son temps à bouquiner en terrasse, le chien couché à ses pieds. Personne n'a su me dire ce qu'il lisait, un petit bouquin, c'est tout ce que je sais. C'est au supermarché qu'il a fait le plein d'essence. Réglé en liquide. La nénette à la caisse se souvient bien de lui, il l'aurait un peu draguée, d'après elle.

— Tu peux être plus précis ? demanda Marnou.

— Il lui aurait proposé un tour sur la plage après son service. Elle a refusé…

— Et après le Super U, il disparaît de la circulation ?

— Pas vraiment : il est resté sur place. Enfin, son camion. J'ai pu avoir accès aux vidéos de surveillance là aussi. On le voit clairement aller se garer en bout de parking. L'endroit est couvert par une caméra, mais ce n'est pas très net, c'est en bout de zone. J'ai regardé en accéléré, ça m'a pris plus d'une heure dans l'estancot, pas climatisé, de la boîte de sécu du magasin, on voit toujours le camion, qui redémarre à 9 h 42 le matin du 20 août.

— Ça ne l'innocente pas, il a pu bouger, lui, à pied ou dans un autre véhicule, en sortant du côté non filmé… Il va quand même falloir se taper toute la bande… Tu as une copie, Kad ? demanda le major.

— Non, mais ils la tiennent à notre disposition. Il leur faut juste une requête officielle.

— OK, je m'en occupe. Dès qu'on l'a, je vous propose de nous relayer pour la regarder. Je ne souhaite pas passer quinze heures à mater un camion sur un parking ! Ça fait même pas quatre heures chacun, ça ira ?

Les acquiescements parvinrent un à un, sans enthousiasme.

— Merci. On commence dès qu'on a les copies. On se donne

jusqu'à demain matin, chacun regardera sa tranche quand il le pourra, en fonction de son emploi du temps. Je termine avec les dernières infos, reçues ce matin : le casier personnel de Kerlean, ainsi que sa clé, n'ont pu faire l'objet d'aucun relevé d'empreinte. Comme s'ils avaient soigneusement été nettoyés.

— Mais, intervint Pauline Chardelet. Il devrait y avoir au moins les traces du type que j'ai croisé là-bas. Il m'a dit avoir refermé lui-même le casier et rangé les clés. Et le box du chien ?

— Rien sur la clé non plus. Dans le box, par contre, des traces animales multiples. Elles ont toutes été relevées, pour voir si l'une d'elles correspond aux traces relevées dans le wagon. On a l'ADN du chien de Ben Ouassil, on ne manquait pas d'éléments dans son van !

— Dites-nous, gendarme Chardelet… ce type croisé au refuge, on n'a pas de nom pour l'instant ? Il faudrait peut-être retourner l'interroger, ce n'est pas normal, en effet, cette histoire de clé.

Kad Mansaoui rayonna en voyant l'effet causé par sa question. Pauline était rouge, très rouge. Pas seulement à cause de la chaleur. Elle s'était rendu compte de sa bourde la veille et, comme une gamine, elle avait espéré que ça ne se voit pas… Elle avait manqué au point le plus élémentaire du protocole d'interrogatoire. Celui que connaît le moindre des téléspectateurs de série policière. Le fameux « Nom ? Prénom ? Date de naissance ? » qu'un fonctionnaire se doit de lancer chaque fois qu'un prévenu lui est présenté. Trop pressée et stressée par cette première interpellation, elle avait oublié de lui faire décliner, et encore moins de vérifier, son identité. Et que ce soit cet antipathique de Mansaoui, là, devant tout le monde, qui lève le loup. Elle avait déconné…

— J'ai déconné…

Jo leva les yeux au ciel. Marnou détourna le regard et fixa son attention sur les affichages du bureau. Mansaoui, triomphant, fixait Pauline en jouant avec une copie du plan qu'il venait de distribuer. Il l'avait enroulé en cylindre et tapotait la table avec.

On frappa à ce moment-là et un jeune gendarme entra, salua et tendit un journal local au major.

— Les collègues ont dit que ça devrait vous intéresser...

Pauline, pourtant peu portée sur les choses de la religion, remercia le ciel de cette diversion.

Jo parcourut la une avant de feuilleter le canard pour arriver à la page qui l'intéressait. La lecture ne lui prit pas plus d'une minute, que ses collègues passèrent à l'observer en fronçant les sourcils. Puis le major leur tendit le journal en lançant un laconique « eh ben on n'a pas le cul sorti des ronces »...

Sous le gros titre « Yvon Ben Ouassil, recherché pour meurtre : sa vérité » figurait une photo le montrant devant un bâtiment clairement identifié, la mairie de Die. Il tenait à la main un journal, avec la date bien mise en avant, agrandie par l'infographiste du journal, dans une petite loupe : le 23 août, soit la veille. Dans un encadré, figurait une déclaration du Djerbien, clamant son innocence quant au meurtre de Lanaët. Il reconnaissait seulement l'agression du gardien, s'en excusait et indiquait qu'il ne réapparaîtrait pas tant que les forces de gendarmerie n'auraient pas identifié le véritable coupable du crime. Suivait une longue analyse du journaliste, sans grand intérêt par ailleurs.

Briançon, 17 h 16

C'était au tour des Dispac'h de passer sur scène pour régler la balance du son. Il y avait une belle distribution pour ce festival et le groupe « de Ben Ouassil » n'avait pas la vedette ce soir-là. Ils passeraient en troisième position, entre un groupe local de punk rock et des revenants du rock des années 80 qui tentaient un come-back. Pour l'heure, chacun faisait ses essais, ça causait entre les musiciens, ça interpellait la régie son.

Mermoz se tenait en retrait, un bonnet sur la tête malgré les 37 degrés bien tassés qui assommaient la cité alpine, pourtant réputée pour son microclimat bienveillant. Bertrand, le régisseur, s'approcha et lui tapa sur l'épaule. Ce Bertrand, c'était l'homme à tout faire du groupe. Un pur Breton de Bretagne, un gros gars un peu rude mais de qui se dégageait une impression rassurante. Aussi jeune que les autres, c'était pourtant un peu le papa pour toute l'équipe.

— Sacré coup de bol, quand même, que Gino soit batteur, hein, Bernard ? lança-t-il.

— Ben… ouais. Pourquoi tu me dis ça ? Enfin, là, maintenant…

— Parce que je me demandais pendant combien de temps vous comptiez nous prendre pour des cons !

— Quoi ? Qu'est-ce…

Bertrand lui glissa un journal dans les mains. Mermoz fixa le régisseur un instant, avant de déplier le canard. « Son » article s'étalait en première page. La combine avait fonctionné, le contact à l'agence de presse avait refilé l'info. Le journal faisait partie d'un grand groupe de presse quotidienne régionale et ne devait pas être le seul à relayer le message. Sous un gros titre « Sa vérité ! Le présumé tueur de Saint-Malo s'explique » on voyait la photo d'Yvon tenant un exemplaire du journal du Diois avec la date bien en évidence. Celle du jour de la prise de la photo, à savoir celle de la veille. Ça n'avait pas traîné ! C'était parti pour le plan « Papi Miko »… Mais pour l'heure, il fallait calmer les Dispac'h.

— Bon, je vais tout t'expliquer, Bertrand.

— Pas la peine, mec, j'ai lu l'article. Te casse pas la tête. Vous avez les lardus au cul, y a des types bizarres qui vous font des misères ? Tu penses bien qu'on est pas le genre de type à vous balancer ! On va même vous donner un coup de main. Si on peut. Mais j'aurais préféré pas le découvrir dans la presse…

— Comprends-nous… on est en cavale. On peut pas se permettre de le chanter sur les toits !

— Bien sûr, mais… Il faudra quand même en parler au groupe. Après le concert, bien sûr. OK ?

— J'ai le choix ?

— Non. Ils finiront par lire le journal eux aussi. Et puis, tu ne vas pas t' arrêter là, avec tes petits appareils photos jetables. Pas vrai ?

— Ça dépend. Les flics, ça les promène un peu, mais c'est surtout les… les autres, qui nous posent problème. On les dérange, on ne sait pas pourquoi. On veut les faire sortir du bois avec ces articles. Bref, on va voir s'ils réagissent, et après, on avisera…

Latourbière-sous-Pilat 19 h 10

Le chauffeur et Lindsay n'avaient pas eu à s'éterniser dans le Diois. Sans relais sur place, sans la moindre information, ils s'étaient vite rendus à l'évidence : les deux fugitifs et leur clébard avaient disparu corps et bien. Personne n'en avait entendu parler, personne ne les avait vus ! Les gendarmes locaux, appuyés par un escadron de recherche avec chiens, plongeurs, hélicoptère, drones et tout le tintouin n'avaient pas fait mieux d'après leurs informations. Ils en avaient informé René. Rester sur place finirait par les faire repérer. La réponse n'avait pas tardé, sous la forme d'un SMS lapidaire. « Procurez-vous tenue de randonneur d'occasion, gîte réservé à Latourbière 04 77 12 25 54 ».

Les deux affidés du Groupe Gosier avaient fait fissa. Un arrêt à l'Emmaüs de Valence plus tard, ils repartaient avec des grolles de marche, un sac à dos dans lequel ils fourrèrent leur nécessaire – le même que tout un chacun plus quelques équipements plus en rapport avec leurs activités clandestines – et des vêtements correspondant aux prescriptions de René. Les deux étaient plutôt bronzés et pouvaient passer pour des randonneurs. Manquait peut-être la mine épanouie qu'était censée procurer l'activité. Le gîte correspondant au numéro de téléphone était situé à moins d'un kilomètre de la maison de Ludovic Mermoz, dans un hameau de Latourbière-sous-Pilat. Ils avaient rejoint le massif du Pilat en quittant l'autoroute au niveau de Tain-l'Hermitage. Moins d'une heure plus tard, ils se garaient dans la cour de « La ferme des groins ». Ils étaient attendus avec impatience. Les clients ne devaient pas se bousculer et les proprios n'avaient pas dû faire d'étude de communication… « La ferme des groins »... Mais ils étaient sympas. Ils les avaient conduits à une centaine de mètres de leur ferme, dans un bâtiment de pierres fraîchement rénové, offrant tout le confort. Au moment de les laisser s'installer, la fermière leur proposa de visiter la ferme et ses bons produits et surtout, lança à son mari, un homme taiseux jusque-là :

— Et au fait, le colis, tu l'as pris ?

— Quel colis ?

— Ben, çui qu'est arrivé ce matin. Pour nos clients. Tu sais bien, je te l'ai...

— Ah ben oui. Ben, il est là.

Du menton, il désignait, comme si c'était une évidence, un canapé. Un paquet tout en longueur y était déposé. Les deux marcheurs de circonstance firent comme s'ils s'attendaient à recevoir quelque chose et se contentèrent de remercier. Un moment de gêne suivit. Les deux agriculteurs avaient bien envie de taper la causette à leurs nouveaux clients mais ces derniers, malgré leurs efforts d'imagination, avaient du mal à jouer le jeu. Aussi, quand le paysan leur proposa de passer boire la goutte à la ferme, ils acquiescèrent en tentant d'y mettre de l'enthousiasme. Mais pas ce soir, il fallait qu'ils s'installent. Et ils avaient envie de faire une petite balade avant la nuit. La femme, un peu froissée, leur expliqua rapidement le fonctionnement de la cuisine et leur fit visiter le reste du logis.

Lorsque les propriétaires furent partis, Le chauffeur s'empara du colis. D'un regard circulaire, il jugea du meilleur endroit pour l'ouvrir. La salle de bain faisait l'affaire car la pièce était éclairée par une seule fenêtre dont le verre des vitres était dépoli. Lyndsay, qui ne quittait pas son collègue de l'œil, émit un sifflement lorsqu'il déposa un premier, puis un deuxième fusil au fond de la baignoire.

— On part chasser le fauve ? demanda-t-elle en s'approchant des armes.

— Il doit y avoir des bêtes à endormir…

Les armes étaient identiques. Les deux en avaient déjà vu : des fusils hypodermiques à gaz de marque Morin. Silencieux. Un seul coup, mais une précision diabolique jusqu'à soixante mètres. Le matos n'était pas neuf et probablement intraçable. Deux trousses complétaient l'équipement. Chacune d'entre elles contenait quinze charges propulsives, quinze capsules d'injection pré-remplies, du lubrifiant, un chiffon. Et une lunette à visée infrarouge.

Les deux complices se regardèrent, cherchant à déceler si l'autre voyait où le boss voulait en venir. Lindsay se lança :

— Il faut trouver la tanière de Mermoz et Ben Ouassil. Un fusil chacun, un coup chacun, il faut partir en repérage et se répartir les tâches.

— Il les veut vivants…

— Pas sûr. Il ne veut pas de cadavres sur place, c'est différent.

— Et le clebs ? On en f…

Les vibrations de son portable interrompirent Le chauffeur. Il lut le SMS et le montra à Lindsay, avant de le supprimer de la mémoire.

— Bon, on sait à quoi s'en tenir maintenant, conclut la jeune femme.

Le chauffeur approuva d'un hochement de la tête. Sans plus se concerter, ils remballèrent le matériel dans son carton d'origine. Il serait temps de le mettre dans le coffre de leur voiture, une fois la nuit tombée. Pour l'heure, il fallait partir la faire, cette balade. Direction le lieudit « Les Gueyes » Il ne leur fallut qu'une vingtaine de minutes de marche pour y repérer la maison de Mermoz, siège du journal que leur gibier du jour avait monté de toutes pièces, quelques années auparavant. Ils passèrent devant sans ralentir et poursuivirent vers la tourbière toute proche. L'endroit était peut-être surveillé par les pandores. Ils savaient bien ne pas être les seuls à les rechercher. Mais ils étaient les seuls à savoir qu'ils allaient forcément… rentrer à la maison. Et rapidement.

Saint-Malo, 22 h 38

Les logements de fonction jouxtaient la gendarmerie, en formant un angle droit. Datant de la même époque que le bâtiment principal, ils n'étaient guère plus fonctionnels que ce dernier. Pas de climatisation, bien entendu. Pauline s'accouda au rebord de la fenêtre de sa chambre pour faire une pause. Même la nuit, on ressentait cette chaleur étouffante, aggravée par l'humidité de la mer. Elle n'avait jamais été plus au sud de Tulle, pour sa formation, mais elle imaginait que ce que subissaient les Malouins en ce mois d'août valait bien, au minimum, des conditions tropicales.

Suite à la difficile confrontation avec l'équipe, le matin, la boule au ventre avait mis du temps à la quitter. La rancune l'avait remplacée. Ce n'était pas mieux. Rancune contre elle bien sûr, « Mais quelle conne ! » Et rancune contre le capitaine Kad Mansaoui également. Il avait bien fait de pointer son erreur, mais son côté hautain et la mine réjouie qui ne le quittait plus quand il la regardait… « Quel con ! » Elle avait maintenant à cœur de se rattraper et ne louperait pas l'occasion de clouer le bec à ce macho psychorigide. Et si l'occasion de le voir se planter à son tour se présentait…

Le major n'avait pas apprécié mais semblait avoir passé l'éponge. Il n'avait guère le choix en cette période, les flics à sa disposition ne se bousculaient pas au portillon. Les pendules seraient peut-être remises à l'heure plus tard. Raison de plus pour mettre les bouchées doubles. Sitôt la réunion terminée, elle avait foncé à la SPA. Comme elle le craignait, aucun employé ne correspondait à la description de son interlocuteur. Ce fut la présidente en personne qui lui répondit. Une brave femme, certainement, mais tellement empreinte de son rôle de sauveuse de la planète animale, que le mépris inspiré par ceux qui ne menaient pas son combat transpirait par tous ses pores. Elle lui apprit que le refuge ne tournait plus qu'avec des bénévoles. Kerlean était le seul salarié. Il lui avait bien été attribué par le département, après des années de demandes sans le moindre effet. Lorsque la gendarme lui demanda pourquoi, en dehors de l'homme qu'elle cherchait, il n'y avait personne sur place lors de sa dernière visite, la présidente lui servit le gimmick à la mode : « Sous-effectif »

Pauline avait prévenu immédiatement le major en lui laissant, à nouveau, un message. Il devait à ce moment-là continuer à se farcir les vidéos de surveillance de la gare de Rennes sans vouloir être dérangé...

Par la suite la jeune femme avait éprouvé le besoin d'agir. Les quatre heures de visionnage de la vidéo du parking du centre commercial pouvaient attendre. Elle tenait à dénicher la planque de Kerlean et voulait vérifier un point sur les habitudes de Lanaët, le plongeur. Une petite idée lui trottait dans la tête. Munie des photos des deux hommes, elle était repartie en chasse. Un deuxième passage dans les bistrots ne pouvaient pas faire de mal. Les langues avaient dû se délier, quelques clients avaient pu se remémorer quelque chose.

Elle commença par glaner quelques broutilles invérifiables et probablement sans importance. Elle prit tout en note tout de même. Une connerie par enquête, ça suffit, s'était-elle dit. Mais dans le troisième, *Le Select*, elle avait obtenu une info plus substantielle.

— J'ai pensé à votre histoire lui avait lancé le patron, d'un air fautif, en reluquant l'uniforme. Je voulais vous appeler et puis, le commerce, le manque d'effectif… je suis passé à autre chose. Qu'est-ce que je vous sers ?

— Désolé, c'est gentil. Je repasserai en dehors du service. Alors, vous avez pensé à quelque chose ?

— Vous venez bien pour le pauvre Lanaët, hein ? C'est bien ça ?

Malgré quelques secondes d'attente, voyant qu'il n'obtiendrait pas de réponse et se reprochant sans doute son manque de finesse, il avait poursuivi :

— C'est pas vraiment moi, hein… C'est plutôt en discutant avec les clients. À propos de cette histoire de lien avec le dinosaure trouvé sur la plage. On n'était pas tous d'accord.

— D'accord sur quoi ?

— Sur l'endroit. Y en a qui disaient que l'Étienne, d'habitude, il sortait de l'eau pile à l'endroit où y a le squelette… Et d'autres qui disaient que non. Voilà.

— C'est tout ? Enfin, pardon, c'est intéressant, j'en prends bonne note.

— Non non, c'est pas tout. Je me disais qu'il y en a un qui doit savoir ce genre de truc. Le gars qui tient *Le Vieux Neptune*.

— Le magasin de matériel nautique sur le port ?

— C'est ça oui. Lanaët y faisait rafistoler son vieux matos. Il y était souvent fourré, quoi.

— Merci, je vais aller voir ce monsieur. Et tant que j'y suis, celui-là, vous l'avez déjà vu ? demanda-t-elle en lui tendant la photo de Wilhem Kerlean.

— Jamais. Non, vraiment, ajouta-t-il en chaussant des lunettes saisies sur le bar. Jamais vu ce gars-là. C'est lui qui a tué Étienne ? C'est pas l'autre, là, déjà Ben quelque chose ? Parce que dans les journaux…

— On ne sait encore rien clairement dans cette affaire.

— Et si vous saviez quelque chose, c'est pas à moi que vous le diriez, hein ?

Pauline lui avait adressé son sourire le plus charmeur, accompagné d'un salut beaucoup plus réglementaire, et s'était esquivée. *Le Vieux Neptune* était fermé et Pauline avait lu, sur un papier scotché sur le volet roulant « Fermé pour cause de santé ». L'affichette était encore en bon état, le papier bien blanc. Puis elle avait fait le tour des commerces à proximité. Tous les vendeurs, les serveurs ou les propriétaires qu'elle avait pu interroger s'accordaient sur un point : le magasin n'avait plus ouvert depuis le 20 août au matin. Plusieurs avaient exprimé leur étonnement, parce que Mario, patron et unique employé du *Neptune* ouvrait sept jours sur sept pendant la saison. Le reste du temps, il voyageait, à bord du *Salumbo* son voilier, qui lui servait de logement lorsque Mario travaillait au port. Mario parlait souvent de son bateau, mais personne ne savait où il était amarré.

Elle en avait profité pour montrer ses deux photos. Si Lanaët avait bien été vu en compagnie de Mario, là non plus, personne n'avait reconnu Kerlean. Alors qu'elle posait ses questions à un marchand de souvenirs un peu récalcitrant en raison du nombre de clients potentiels présents dans sa boutique, la gendarme dut le menacer d'une convocation à la gendarmerie elle pensa à lui demander s'il avait vu un autre homme à proximité, voire entrer au *Neptune* : un jeune homme d'une vingtaine d'années, malingre. Pauline fouilla dans ses souvenirs pour parfaire la description du type débusqué dans le placard à balais de la SPA.

— La dernière fois qu'on l'a vu, il était vêtu d'un jean plutôt crasseux et, malgré la chaleur, d'une chemise à manches longues. Il a aussi une petite moustache, mais comme une moustache de gamin, qui aurait du mal à pousser.

— Papa ! cria le boutiquier en levant les yeux au ciel. Je suis vraiment désolé, reprit-il, cette fois à l'adresse de Pauline. Il faut que je m'occupe de mes clients. Mais, quand il ne me donne pas un coup de main ici, mon père passe la plupart de son temps sur les terrasses de bistrot du port. S'il y en a un qui pourra vous renseigner, c'est bien lui ! Mais je vous préviens : c'est un bavard !

Le marchand de souvenirs avait raison sur les deux points. Le visage de l'homme qui était apparu dans l'échoppe s'était illuminé quand il avait appris qu'on avait besoin de lui dans le cadre d'une enquête de gendarmerie. À la surprise de la jeune gendarme, il manifesta le désir de discuter « au poste », à condition qu'on le conduise et qu'on le ramène lorsque l'on n'aurait plus besoin de lui. Pauline hésita sur la conduite à tenir. Mais l'arrière-boutique semblait exiguë et elle se dit que le vieil homme devait certainement y faire la sieste. Cette idée, associée à l'âge, à la canicule lui avait fait craindre une odeur pas forcément agréable. Discuter dans un bar ? Bof. Elle avait fini par acquiescer et ils étaient partis pour la gendarmerie. Après tout, ils n'en étaient qu'à cinq minutes en passant par le quai du Val.

— Pourquoi préférez-vous aller au poste ? lui demanda-t-elle en conduisant

— Ah… Pour le commerce, c'est pas très bon. De voir les gendarmes, je veux dire. Les gens se font vite des idées...

— Mais vous ne savez même pas ce que je cherche.

— Si si, vous pensez bien : j'écoutais tout, de l'arrière-boutique !

— Et vous pensez avoir quelque chose à me dire ?

— Ça se pourrait…

La gendarme n'avait pas pris la peine d'entrer dans la cour de la gendarmerie. Il restait une place devant, dans la rue, qu'elle avait prise. Le père du marchand de souvenirs serait aperçu par les quelques passants, ça lui ferait les pieds. Père et fils avaient tendance à lui porter sur les nerfs, et elle n'avait pas que ça à faire. Elle l'avait conduit dans le bureau du major, qui lui avait fait un petit signe. Il était occupé au téléphone. Cette fois-ci, ce fut procédure procédure. Nom, prénom, date de naissance et compagnie, le tout saisi sur un ordinateur portable.

L'homme, André Robinard, expliqua qu'il avait ouvert le magasin dans les années d'après-guerre la deuxième, précisa-t-il et que son fils unique avait pris la suite en 1992. Depuis, Robinard père restait dans le secteur, soit pour donner un coup de main, soit pour traîner dans le coin, sur le port Vauban, où il connaissait tout le monde ou presque. Une fois les présentations officielles effectuées, Pauline passa aux choses sérieuses.

— Il se pourrait donc que vous ayez des choses à me dire au sujet des visites de monsieur Lanaët au *Vieux Neptune* ? Ou de la fermeture un peu surprenante dudit magasin ?

— Peut-être les deux, en fait…

Du regard, Pauline l'avait invité à poursuivre.

— Lanaët, je le connaissais bien. Un chic type un peu fou, qui ne pensait qu'à la mer, la plongée, la navigation. Il aurait aimé être marin, comme beaucoup ici. Mais la vie, vous savez... on fait pas toujours ce qu'on veut… Moi, mon fils, par exemple, si… enfin, je m'égare, c'est pas ce qui vous intéresse, pas vrai ?

Sans réponse de la part de la gendarme, Robinard avait repris, alors que le major, qui en avait fini avec son coup de fil, s'approchait.

— Lanaët, donc, venait souvent voir Mario. Pour faire rafistoler ou recharger ses bouteilles, le plus souvent. Bouteilles de plongée, hein ! Mais aussi pour discuter. Des marées, des bruits de projets immobiliers sur la côte, des espèces qui disparaissent, de la pollution. Il nous est souvent arrivé de boire un coup ensemble.

— Vous vous connaissiez plutôt bien, on peut dire…

— Sans plus, on se disait bonjour, on buvait un coup, quoi…

— Et ?

— Et, je me demande… Le jour de la mort d'Étienne, il s'est passé quelque chose d'inhabituel...

— Quoi donc, monsieur… monsieur Robinard ? avait demandé Jo tout en lisant sur l'écran.

— Un drôle de type est venu à la boutique, juste après l'arrivée d'Étienne.

Pauline avait noté rapidement que Lanaët était allé au *Vieux Neptune* le jour précédant sa disparition.

— Un jeune gars que je n'avais jamais vu, poursuivit Robinard. Petit, pas costaud. Pas le genre marin ou sports nautiques. Pas bronzé, en plus.

— Petite moustache ? s'exclama Pauline.

— Vous voyez de qui je parle ? Oui, une petite moustache. Quelques poils, pas plus. Ça me rassure si vous le connaissez.

— Pourquoi donc ? s'enquit la gendarme qui s'en voulait d'avoir réagi trop vite.

— Parce que je me demandais si ça avait de l'importance, alors si vous voyez de qui je...

— Pourquoi avez-vous dit « un drôle de type » ? coupa le major.

Voilà, c'était ça. C'était ça la bonne question à poser. Pauline avait senti le rouge envahir son visage. *Une vraie bille* s'était-elle dit. Elle avait dû prendre sur elle pour ne pas perdre le fil de l'échange. C'était *son* interrogatoire, *merde* ! Mais Robinard enchaînait déjà :

— Parce qu'ils sont partis ensemble, tous les trois, à midi.

— Ils sont allés où ? demandé Pauline.

— Qu'est-ce que j'en sais, moi ?

— Je ne sais pas ! s'était-elle emportée. Ce n'est pas moi qui les ai vus. Ils sont partis à pied ? En voiture ? En bateau ? Dans quelle direction ? Ils avaient l'air comment ? Ils avaient l'air de bien s'entendre, ils s'engueulaient ?

— Ils sont partis à pied en discutant. Ça avait l'air de bien se passer. Le petit faisait de grands gestes. Ils ont quitté le quai des Bas-Sablons et ont pris la direction de la rue de la Montre. Y a des petits restos par là, ils ont peut-être cassé la croûte.

Le major avait lancé un regard à la jeune femme qui avait compris ce qu'elle aurait à faire une fois l'entretien terminé.

— En attendant, avait conclu Robinard, le lendemain, Étienne était mort et… plus de nouvelles de Mario.

— Il a un nom, ce Mario ? Vous savez où on peut le trouver ?

Pauline avait repris les rênes de la discussion, le major étant à nouveau happé par un appel téléphonique. Lorsqu'elle quitta le bureau en compagnie de son témoin, qu'elle se devait de raccompagner, il était toujours en grande conversation. Robinard lui avait donné toutes les informations dont elle avait besoin. Elle aurait bien fait comme dans certains films, à savoir lui donner une carte si un souvenir lui revenait. Mais elle n'avait pas de carte et s'était contentée de lui conseiller de passer un coup de fil à la gendarmerie au cas où... Avant de partir, elle griffonna un mot qu'elle remit au major. Ce dernier lut et esquissa une sorte de clin d'œil en signe d'assentiment.

Elle avait ensuite passé le reste de la journée à se balader avec ses photos, sans guère de résultats. Aucun restaurateur ne se souvenait avoir vu le trio Mario-Lanaët-Le malingre pour un casse-croute le 19 août. Ni pour un casse-croûte ni pour rien d'autre d'ailleurs. Le père Robinard avait peut-être affabulé mais, plus probablement, vu la foule traînant dans ce quartier, ils avaient dû passer inaperçus. Elle avait toutefois obtenu une localisation concernant le point de chute de Kerlean. Elle était enfin tombée sur un patron de bistrot le connaissant. Le connaissant même « trop bien », selon ses dires. Un bon client, certes, mais plutôt du genre agité. L'avantage pour la gendarme était que, fréquemment incapable de reprendre le volant, il avait dû se faire reconduire chez lui en taxi à plusieurs reprises, d'où l'information sur son domicile. La réunion de fin d'après-midi avec les collègues n'avait rien apporté de plus, sinon une nouvelle déception : suivant ses indications, le major avait contacté les services de police de Dinard pour qu'ils se rendent sur le bateau de Mario, puisque, d'après Robinard père, c'était là qu'il était amarré. Ils avaient bien trouvé le gérant de la boutique de nautisme, le fameux Mario Di Roza, à bord de son voilier. Mais il était effectivement malade comme un chien. À un point tel que les policiers, après s'être assurés qu'aucun proche ne pouvait le prendre en charge, l'avaient conduit aux urgences.

Une demande était adressée au proc pour pouvoir pénétrer dans l'appartement de Kerlean. Une perquisition devrait pouvoir s'opérer dès le lendemain à l'aube. Un rapport psychologique concernant Ben Ouassil était en cours de production, toutes sortes d'analyses avaient été lancées : comptes bancaires de tous les protagonistes, même chose pour les téléphones et véhicules. Sauf pour celui de Ben Ouassil évidemment. Mermoz n'était toujours pas concerné par les recherches, au grand dam de l'équipe, persuadée de son implication dans cette histoire.

On était remonté jusqu›à l›origine de l›article du journal : un appareil photo jetable et un texte laissé dans la boîte aux lettres de l'agence du journal *Le réveil diois*. L'info était suffisamment importante pour que l›agence la publie et la transmette à l'Agence France-Presse. Aucun doute sur la photo, transmise avant d'avoir été développée, elle ne pouvait avoir été trafiquée. La veille, Yvon Ben Ouassil se trouvait bien à Die, sous-préfecture de la Drôme. Bien entendu, la question que tout le monde se posait concernait la raison de cette démarche. Le peu que l'équipe savait du gaillard ne laissait pas penser que le besoin de se justifier l'emporte chez lui. Mansaoui assurait que Ben Ouassil avait simplement envie de se foutre de la gueule de la police et du pouvoir en général. L'esprit moins analytique de Pauline optait pour une autre raison. Elle entrevoyait laquelle mais ne pouvait l'expliciter pour l'instant. Son impression était que Jo et Marnou penchaient plus pour la théorie de Kad Mansaoui. Elle ne désespérait pas de les convaincre de penser autrement...

Pour conclure, Jo leur avait résumé les rapports définitifs du légiste concernant les deux homicides, avant d'en remettre une copie intégrale à chacun. Rien de nouveau n'en ressortait.

Elle aspira une dernière bouffée d'air moite, se ventila à l'aide d'une revue et se résigna à reprendre place devant l'écran qui projetait, depuis bientôt une heure, le Volkswagen immobile de Ben Ouassil sur le parking du supermarché. Depuis qu'elle avait commencé son visionnage, il ne s'était absolument rien passé. Difficile de ne pas laisser les pensées vagabonder, mais il était hors de question de louper le moindre mouvement, même le plus insignifiant…

Briançon, 23 h 30

Rien à dire, le concert avait à nouveau été une réussite. Le public enthousiaste et bien abreuvé n'était pas venu pour les Dispac'h mais avait apprécié la performance. Le rock celtique avait encore de belles heures devant lui. En cinq morceaux, la harpe électrique, la cornemuse et le tempo infernal donné par Ben Ouassil avaient joué avec la voix de la chanteuse pour entraîner les autochtones comme les touristes dans une furie made in « forêt de Brocéliande ».

L'explication avait eu lieu une fois que les musiciens s'étaient rafraîchis, à côté du camion qui servait de loge et de base arrière. Comme Bertrand, le régisseur, l'équipe n'avait pas été traumatisée d'appendre la vérité. Tous avaient déjà eu plus ou moins maille à partir avec la maréchaussée et ce n'était pas eux qui jetteraient la première pierre. Ce qui les ennuyait le plus, c'est que ça rendait la suite de l'aventure, particulièrement la pige de leur nouveau batteur, plus aléatoire qu'elle pouvait sembler au départ. Les ronds de jambe n'étant pas dans l'ADN des rockeurs bretons, le harpiste avait lancé, en se roulant un joint :

— Bon, on peut pas non plus vous planquer éternellement… Mais pour Les Roches celtiques, on fait comment ? On compte sur vous ? Je veux dire, sur Gino, ou pas ?

— Ça dépend. La publication de la photo de… Gino, dans le journal, c'est pour faire réagir les mecs qui nous embrouillent, répondit Mermoz. La balle est dans leur camp, maintenant…

Les musiciens se regardèrent, un peu déroutés. Bertand proposa, pour mettre un terme au moment d'embarras :

— Faut être réglo, vous nous avez dépannés, on vous a arrangés, même si vous nous l'avez un peu fait à l'envers… Si vous pouvez tenir jusqu'à Rochetaillée et Les Roches celtiques, c'est cool. Si vous devez bouger avant… on se démerdera. Hein, les gars, qu'est-ce que vous en dites ?

— Ben ouais, reprit Soizic, la chanteuse, pas choquée par le « les gars ». On prendra une boîte à rythme en route, au cas où. Et vous restez ; ici, on viendra pas vous chercher des poux dans la tête...

Mermoz et Ben Ouassil, dans un élan de solidarité spontané, tapèrent dans la main de chaque membre du groupe. Le pétard tournait, les bières se décapsulaient, il restait deux groupes à aller voir jouer. *Ite missa est.*

Et la nuit était encore longue.

25 août

Région parisienne, 0 h 52

La musique lui entrait dans les oreilles et la route défilait devant lui. La liberté. La vitesse. Le son. Et le fric qu'il s'était fait dans la nuit. La mission lui avait donné du fil à retordre et la sentation de totale réussite n'en était que plus jouissive. Un hôpital cette fois. L'organisation faisait de plus en plus souvent appel à lui, toujours dans l'urgence, comme il aimait. La moto et l'informatique lui fournissaient son taf d'adrénaline, c'était le top.

Ils payaient bien en plus, et rubis sur l'ongle. Pour l'heure, il savourait, à cent quarante sur une nationale déserte et demain, il écouterait les infos. Vu ce qu'on lui avait demandé de faire, ça ne pouvait être que par souci de communiquer un message à quelqu'un. À moins que la ou les personnes ciblées ne fassent partie du personnel hospitalier. Il verrait bien.

Son Sen continua à transpercer la nuit comme il transperçait les systèmes de défense informatiques les plus sophistiqués, tout en puissance et en finesse.

Briançon, 9 h 50

Ce n'était que le deuxième lendemain de concert pour Mermoz et Ben Ouassil, mais inutile de se consulter pour savoir que les mêmes causes produisaient la même punition. La tronche de travers et les mains qui cherchent à masser le crâne, les yeux éclatés, la panoplie du parfait pochtron du samedi soir était déclinée dans ses plus fines nuances.

— Quelqu'un a fait du café ?

— Ouais… là-bas.

— OK.

La journée commençait, la discussion de la veille au soir n'était plus d'actu. Ce qui comptait était la survie à très court terme : se recaféiner, s'hydrater un peu, même si la chanteuse semblait prioriser la technique du « je soigne le mal par le mal » et décapsulait sa première bière, une clope mal roulée au bec.

— Putain, qui est-ce qui a mis la radio ? Éteignez-moi cette merde, gueula le harpiste.

— Ta gueule ! riposta Bertrand. Je veux prendre les infos. On sait jamais, continua-t-il en se parlant à lui-même.

Pas besoin de discours, tout le monde savait où il voulait en venir. Quand on a l'ennemi public numéro un dans ses bagages, le moins que l'on puisse faire est tout de même de se tenir informé un minimum.

— OK, OK, compris, ronchonna le musicien en s'éloignant, son gobelet de café à la main.

— T'es sur quoi, c'est de la merde, cette station, commença Soizic en couvrant une pub pour des assurances de sa voix rauque.

— Chut, ça va commencer. J'en sais rien, quelle station, moi. Ce que j'ai pu capter…Et puis si ça te…

Bertrand fut coupé par le jingle annonçant les infos de 10 heures. Le journaliste annonça les gros titres, avec le ton neutre de circonstance qu'on doit apprendre dans les écoles. La canicule et les morts dans les EHPAD et tout de suite après, le point sur les recherches de l'assassin de Saint-Malo. Puis viendrait une autre grosse info, un bug informatique inquiétant au CHU de Saint-Étienne, dans la Loire.

Yvon et Ludovic se regardèrent, immédiatement inquiets. Ils ne s'attendaient pas à ça. Les autres, même le harpiste qui était revenu après avoir rincé sa tasse, avaient compris qu'il se passait quelque chose. Les deux fugitifs profitèrent des quelques minutes consacrées à la canicule pour expliquer qu'ils avaient une « bonne collègue » en réa au CHU. Tout le monde se figea dans son coin pour écouter la suite du flash info .

« Le point sur la traque de l'assassin de Saint-Malo. Lors de son communiqué quotidien, le préfet d'Ille-et-Vilaine a confié que l'enquête avançait et que, si la recherche d'Yvon Ben Ouassil restait une priorité absolue sur tout le territoire, en raison de sa dangerosité effective, d'autres pistes étaient également ouvertes. Un appel à témoin était lancé, et toute personne ayant constaté quelque chose d'anormal durant la nuit du 19 au 20 août sur le secteur de l'anse du Guesclin était priée de se faire connaître. »

Suivait un commentaire d'un ancien policier expliquant que Ben Ouassil ne pourrait rester bien logntemps en cavale, sans soutien logistique et sans argent. Pas un mot sur un éventuel compagnon de cavale.

Puis le journaliste reprit avec le point qui, finalement, intéressait le plus Mermoz et Ben Ouassil : « Une étrange panne informatique a affecté le CHU de Saint-Étienne dans la nuit. Peu après minuit, tous les écrans se sont brouillés avant de laisser apparaître le message suivant : " Maintenant, on rentre à la maison. " Dans le même temps, les appareils fonctionnant grâce aux serveurs informatiques de l'hôpital se sont arrêtés. La vie des patients n'a pas été mise en danger tant la coupure a été courte : moins d'une minute. »

Là encore, comme c'était devenu la mode, un pseudo-spécialiste prolongea l'info avec des explications sur les hackeurs et leur besoin de prouver leur capacité de nuisance insatiable.

Bertrand coupa la radio et il y eut un temps mort, chacun cherchant à donner un sens à ce qu'il venait d'entendre.

Ce fut Ben Ouassil qui rompit le silence.

— Bon, les gars, le message est clair... je crois qu'on va devoir vous quitter plus tôt que prévu...

— Attends, pourquoi tu dis ça ? demanda Lucho, le harpiste, un grand gars chevelu avec une petite moustache qui semblait réellement ennuyé que les deux acolytes leur faussent déjà compagnie.

— Parce qu'on ne va pas vous plomber avec nos problèmes. Le message est clair, il nous est destiné : on doit rentrer chez nous dans le Pilat.

— Attendez, maintenant qu'on sait un peu ce qui vous attend, on peut pas vous laisser comme ça. Hein, Bertrand... on peut pas ?

— C'est-à-dire, commença le régisseur. On peut vous remonter sur le Pilat, vu qu'on y passe pour la prochaine date, mais...

— Mais rien du tout, coupa Yvon. Vous avez été cools, mais vous continuez à votre rythme, on ne va pas vous embringuer dans nos histoires. On a les flics au cul, des dingues avec des moyens visiblement colossaux qui nous cherchent. On ne sait pas ce qu'ils veulent, ni à quoi ils sont prêts. Perso, ils ne me font pas peur et je vais y aller à leur rendez-vous. Je vais tirer ça au clair. À ma manière.

— Tu te rends compte des risques que vous courez ?

Une inquiétude sincère, avec même un peu plus que ce qui était dû à des gens qu'on ne connaît que depuis quelques jours émanait de la chanteuse, qui en avait laissé sa clope s'éteindre seule.

— « Qui attend les souliers d'un mort risque de marcher longtemps nu-pieds, » lui rétorqua le Djerbien avec le petit ton de celui qui sait causer aux gonzesses.

Mermoz crut bon de préciser, autant pour dissiper la perplexité qui saisissait la petite bande que pour détendre l'atmosphère :

— Il aime bien citer Gibran, vous inquiétez pas !

— C'est du Shakespeare précisa Mermoz. Mais Shakespeare ou Gibran, le problème est le même…

— Si je traduis, parce que je commence à être un peu largué, reprit Lucho, tu veux surtout dire que ce n'est pas *notre* problème…

— Voilà. Ne le prenez pas mal, mais vous, votre truc, c'est la musique, la teuf, l'écriture. Nous on aime bien, mais on a un peu l'habitude aussi des embrouilles de ce genre. Ne vous cassez pas la tête pour nous, les gars. On vous doit déjà beaucoup, mais là, on file !

Mermoz avait tranché, ce qui n'était pas dans ses habitudes. Mais une fois de plus, la mauvaise conscience qui l'habitait depuis « l'accident » de Lola reprenait le dessus. Il fallait vite remonter dans le Pilat. Si ces fous furieux prenaient pour manie de dézinguer le matos du CHU, l'espérance de vie de celle qui était beaucoup plus qu'une collègue allait vite frôler le néant. Déjà que sans ça ce n'était pas fameux. Il fallait bouger d'ici. Et vite.

— C'est peut-être pas notre problème, mais, si je peux me permettre, on n'est pas non plus du genre à laisser des potes dans la merde, lança Bertrand. J'ai pas besoin de consulter le reste de l'équipe… Notre truc, c'est peut-être la musique, mais on est plus nombreux que vous…

Voyant Ben Ouassil se raidir, le régisseur lui posa la main sur le bras avant de reprendre :

— Et on sera assez pour vous choper par la peau du cul et vous remonter dans le camion

— Vous croyez que vous pourrez aller bien loin avec la bleusaille au derrière ? La France est un pays qui aime dénoncer, vous le savez bien. Vous avez eu du bol jusqu'à maintenant, mais ça ne va pas durer aussi longtemps que les impôts

— Les gars, c'est sympa, mais vraim…

— Et vous ne nous devrez rien, écoutez-moi : on vous remonte, on vous laisse régler vos petites histoires et on vous retrouve pour Les Roches celtiques. Et là, mon petit « Gino », tu nous sors la presta de ta vie ! On est le 25, le concert est le 30. Ça le fait, non ?

Mermoz et Ben Ouassil échangèrent un regard. Bien sûr que ça le faisait... Mermoz précisa toutefois :

— Cool, ça le fait. On lève le camp, mais juste avant, faut que j'aille prendre mon camarade en photo devant un lieu emblématique de Briançon. On a fait sortir nos inconnus du bois, mais autant que les flics nous croient toujours par ici...

Latourbière-sous-Pilat, 10 h 30

Suspectant une curiosité excessive de la part des propriétaires du gîte, Le chauffeur et Lindsay avaient décidé de l'utiliser uniquement comme base arrière et pendant une durée limitée.

Après avoir repéré les lieux la veille au soir, ils étaient rentrés, avaient accepté de boire une gnôle locale et avaient promis de repasser le lendemain matin acheter quelques produits de la ferme. Ils avaient annoncé leur intention d'arpenter le GR7 qui passait à une dizaine de kilomètres de là, pendant « quelques jours », en passant la nuit sous la tente.

Munis de deux saucissons, d'un bocal de terrine et de deux pots de confiture d'airelles, ils avaient quitté les lieux à 8 heures du matin, non sans écouter les derniers conseils des paysans :

Vous vous garez sur la route du col des Grands Bois, sur la nationale 82, au carrefour avec Saint-Genest-Malifaux. Y a un grand parking et le G.R., ben c'est facile, c'est le chemin qui descendra tout droit vers vous. Allez, bonne marche, jeunes gens !

Ce parking, ils y avaient justement pensé pour laisser la voiture. Il était situé à quelques centaines de mètres de la tourbière, principale attraction du secteur. Et de la tourbière à la maison de Mermoz, il ne restait plus que cent mètres. Les informations des paysans laissaient penser qu'une voiture garée quelques jours sur place n'étonnerait personne, puisque c'était un point de départ de randonnée. Et d'autre part, ça ne surprendrait pas lesdits paysans de voir leur caisse ici. Les choses se goupillaient plutôt pas mal.

Ils avaient eu la nuit pour mettre au point le plan d'action. René avait été formel. « Ils ne vont pas tarder à rappliquer.» Mais une chose était certaine : ils n'allaient pas se pointer en victimes expiatoires. Ben Ouassil, notamment, avait déjà su faire preuve de sa détermination dans cette affaire. Il serait le premier à éliminer, dans la mesure du possible. L'autre semblait être une proie plus facilement abordable. Le problème résidait dans la manière dont les deux fugitifs avaient prévu de regagner leur maison. L'idéal aurait été qu'ils arrivent ensemble. Deux seringues expédiées à distance et le tour était joué. Mais il y avait peu de chance pour que ça se passe de la sorte, et une « rentrée échelonnée » était plutôt à prévoir. Les deux affidés avaient longtemps évalué la situation et avaient validé la stratégie semblant la plus appropriée.

Ils verrouillèrent leur voiture, une Peugeot 207 de plus de dix ans qui ne craignait pas trop d'attirer les curieux, ajustèrent les sacs à dos et prirent la direction de la tourbière, comme de tranquilles promeneurs.

Saint-Malo, 12 h 30

Le rendez-vous de l'équipe d'enquête avait été fixé en fin de matinée, afin d'avoir la quasi-certitude de disposer des rapports attendus et de pouvoir bénéficier des premières constatations faites au domicile de Kerlean. Le major s'y était rendu, accompagné de Pauline Chardelet. Kader Mansaoui était retourné du côté de la gare de Rennes pour vérifier *in situ* si Ben Ouassil ou

Mermoz avaient laissé quelques traces de leur passage. Alain Marnou avait assuré la permanence pour réceptionner les rapports et continuer à visionner des bandes vidéo. Il lui restait deux heures de parking de Super U sur sa partie. Et il avait l'intention, s'il n'était pas trop dérangé, de regarder les bandes reçues de la gare de Rennes correspondant au possible passage de Mermoz, la nuit du 20 au 21 août. Ils avaient enfin pu récupérer une photo du jeune homme, prise sur un site internet d'informations qui avait relayé une enquête de son journal.

Marnou souffla en appuyant sur la touche off. Il avait cette obstination qui en faisait un lecteur de vidéo efficace. Quand il se concentrait sur une tâche, rien ne pouvait l'en détourner. Ce n'était pas ce qu'il préférait dans une enquête, mais quand, comme ça avait été le cas ce matin, ça permettait d'avancer un peu, il en ressentait autant de satisfaction que s'il avait pris un malfrat la main dans le sac. Il se recula, s'étira, s'épongea le front du revers de la main. Puis, comme les autres n'allaient pas tarder à arriver et que l'ambiance n'était pas au beau fixe au sein de l'équipe, il fouilla le fond des ses poches et prit la direction de l'accueil. De là, il gagna la salle de repos. Il avait assez de ferraille pour acheter quelques sachets de chips au distributeur. Avec un peu de chance, Jo avait quelques boissons fraîches dans son frigo. Pour payer un coup à chacun, il n'avait pas assez. Quand il remonta, il trouva Pauline et Jo en grande discussion. Ils stoppèrent lorsque Marnou entra dans la pièce, mais pas comme s'ils voulaient lui cacher quelque chose. Le son de leur échange baissa naturellement.

— Eh, Alain, qu'est-ce que tu arroses ? demanda Pauline en désignant les quatre sachets de chips qu'il avait encore en main.

— J'ai enfin quelque chose ! Je me suis dit…

— Bon, super, nous aussi ça a un peu avancé, poursuivit le major. Allez, en attendant Kader, on va se faire une petite blonde bien fraîche. Rien contre, Pauline ? Sinon, je dois avoir du…

— Non non, parfait, une blonde fraîche, c'est parfait.

Marnou était content de son coup. Il savait par expérience que la convivialité de façade n'était pas d'une grande utilité dans une équipe, mais que quand tout le monde tirait la gueule, c'était encore pire. Il ne restait plus qu'à attendre Kader et de voir dans quelle disposition d'esprit il se trouvait…

Les deux hommes avaient fini leur canette et Pauline bien entamé la sienne lorsque Mansaoui apparut. Pour une fois, lui aussi souriait.

— Quand le chat n'est pas là... se contenta-t-il de lancer en embrassant la scène du regard.

— Qu'est-ce que tu prends, Kad ?

Jo ouvrit la porte de son mini-frigo. Mansaoui s'approcha et opta pour un soda.

— Bon, ça a l'air d'aller de votre côté. C'est bien, moi aussi j'ai du nouveau !

— Allez, on s'installe et on attaque, décida le major. Bientôt treize heures… Qui commence ?

Chacun prit place sur « son » fauteuil. Incroyable comme les habitudes se prennent vite, constata Marnou. Les bonnes comme les mauvaises. Comme si ses paroles prolongeaient sa pensée, il s'entendit dire, sans que personne ne l'y ait autorisé :

— La vidéo de Rennes rapporte une drôle d'habitude : celle de certains voyageurs de prendre la direction de la voie C. Pour rejoindre le wagon BE-411 exactement…

— Mermoz ? demanda Jo.

— Tenez-vous bien : Mermoz et Kerlean ! Le 20 août à 22 h 17 exactement. C'est là qu'on a perdu toute trace du journaliste. Regardez, on voit nettement que Kerlean l'amène à contresens de la foule, là… vous voyez ? demanda-t-il tout en faisant défiler l'image. Jusqu'à l'escalier, ils marchent à côté. Une fois qu'ils s'éloignent de la foule, on voit Kerlean qui le saisit et le contraint à avancer. Et pour le faire monter dans le wagon, attendez… là ! Pas besoin de vous faire un dessin ! Et là, on le voit clairement fermer le wagon avec une chaîne et un cadenas. Il avait tout préparé…

— Putain… Ça change tout, remarqua le major en concluant par un petit sifflement. Ça change tout…Il repartit chercher trois bières et un soda qu'il posa sur la table.

— Bon, reprit-il une fois installé de nouveau. On continue le tour, on débriefe après. Kad, du nouveau de ton côté ?

— Rien de tangible mais… j'ai peut-être quelque chose quand même. Pas sur le passage de Ben Ouassil à la gare, mais plutôt sur celui de Mermoz. Enfin, maintenant qu'on est certains du passage de Mermoz. J'ai interrogé le personnel d'entretien de la gare. Il y en avait deux qui étaient de service la nuit du 20. Ils m'ont dit que quand le train de Paris est arrivé, à 22 h 08, il y avait une belle pagaille devant la gare. Soi-disant qu'il y avait un ministre dans le train, et une manif de Bonnets rouges pour le réceptionner. J'ai appelé les collègues, et effectivement, ils ont dû intervenir pour disperser la foule et exfiltrer une petite équipe de politiques. Pas de ministre, mais un secrétaire d'État, ou un truc comme ça.

— Mermoz se fait enchrister dans son wagon à 22 heures quoi ? 19 ? 20 ? Il devait être dans le même train que le ministre, alors. De Saint-Étienne, il doit falloir passer par Paris pour aller à Rennes, non ? demanda Marnou.

— Oui, c'est comme pour Lyon, sûrement, avança Jo. Cette histoire n'a peut-être rien à voir, mais il faut quand même vérifier ce qu'ils venaient faire, si Kerlean était dans ce train, si Mermoz y était… L'un d'entre nous s'y collera, on verra après. Bon, les gars, bravo ! Vous avez fait du bon boulot. De notre côté, la perquise chez Kerlean s'est révélée très… déroutante. Je te laisse présenter, Pauline ?

La gendarme adjointe se leva pour connecter son portable à l'ordinateur, tapota l'appareil un instant, jusqu'à ce qu'une photo apparaisse à l'écran.— Voici les lieux, commença-t-elle en faisant rapidement défiler une série d'images. Un salon-cuisine, une chambre, un petit hall d'entrée et une salle de bain-WC.

L'endroit était vieillot, style années 70, les couleurs passées mais l'ensemble était propre et bien rangé. Pour un type qui passait pour faire les quatre cents coups, ça collait moyen. Dans les esprits des deux gendarmes qui découvraient les lieux, quelques stéréotypes s'entrechoquaient : avait-il gardé des habitudes de militaire ? Quelqu'un était-il passé faire le « ménage » ? Vivait-il ici ?

— Comme vous le voyez, on dirait un meublé prêt à être loué… Aucune trace de vie. Pas de vaisselle sale, rien. Pas de paperasses, de bouquins. Pas de vêtements, d'affaires de toilettes. Même pas de papier toilette dans les WC. WC nickel, au passage. La scientifique a fait des relevés, mais ils sont sceptiques. L'endroit a été nettoyé selon eux.

— On n'a rien trouvé, conclut Jo. Rien, sauf ça. Pauline ?

La gendarme adjointe cliqua pour ouvrir un autre dossier. Instinctivement, Marnou et Mansaoui se penchèrent vers l'écran. En gros plan, coincé entre un radiateur et un mur, on distinguait un dossier cartonné, de couleur vert foncé. La photo suivante montrait le dossier ouvert, posé sur une table. Puis suivaient quatre nouvelles images, détaillant le contenu de la liasse. Une photo de Lanaët, une du magasin de nautisme *Le Vieux Neptune*, une photo de bateau et un autre portrait d'homme.

— Mario Di Roza, le propriétaire du *Neptune*, et *Le Salumbo*, son voilier, expliqua Pauline.

— Et une dernière, poursuivit Pauline, attendez… voilà. La dernière photo représentait le squelette du dinosaure retrouvé sur la plage. Ou du moins, ça y ressemblait fort. Le cliché avait été pris de loin et était plutôt flou.

— Bon, on va dire qu'on avance, y a du nouveau, commença Marnou, avec l'air de celui qui ne croit pas un mot de ce qu'il dit.

— On avance… on a du nouveau, quoi, précisa Mansaoui. Et à propos, Alain, tu as reçu les rapports ?— Il en est arrivé plusieurs ce matin. Pas lus, je ne voulais pas me laisser distraire de mes visionnages. À ce sujet, côté parking, rien de particulier.

J'avais la dernière plage. Ben Ouassil apparaît à l'écran à 8 h 07, avec son chien. Ils pissent un coup, tous les deux, sur la haie contre laquelle le camion était garé. Puis ils partent et reviennent à 8 h 50. De là jusqu'à 9 h 42, on le voit assis sur le siège avant, le chien sur le siège passager. Ben Ouassil bouquine et son chien dort. Puis on le voit poser le bouquin dans le vide-poche et démarrer. Ils quittent leur place à 9 h 42. En dehors de ça, rien. Les autres ?

Un rapide tour de table permit de constater que Marnou avait eu bien de la chance : même si rien de bien extravagant ne s'était produit, il y avait eu un peu de mouvement. Mansaoui, qui avait la tranche correspondant à l'heure supposée de la mort du plongeur, vers 5 ou 6 heures du matin, convint que le van n'avait pas bougé. Il n'oublia pas de préciser que ça ne signifiait pas que Ben Ouassil n'avait pas bougé. Une caméra de surveillance, bien utilisée, pouvait fournir un excellent alibi.

Personne ne le contredit. Au contraire, Jo indiqua que l'un d'entre eux irait en repérage l'après-midi même, afin de vérifier si l'on pouvait quitter les lieux sans se faire capter par cette fameuse caméra. Puis il lança :

— Rien d'autre pour ce matin ? Avant de poursuivre, devant les hochements de tête négatifs : de mon côté, j'ai rendez-vous avec Gassin, le procureur à 15 heures. Je dois lui faire le point et de son côté, il doit m'informer des avancées des collègues dans la Drôme. J'étudierai des rapports avant. Qui se colle au parking du Super U ? Il en profitera pour ramener des chips, c'était une bonne idée. Des chips ou autre chose. Faut garder la note, hein, c'est pour moi. Et en rentrant, ou avant d'ailleurs, peu importe, il faudra aller voir ce que ça donne du côté de la plage du dinosaure. On ne sait jamais...

Marnou s'auto-désigna d'un petit geste. La matinée au poste lui avait suffi, il avait besoin d'air, même d'air surchauffé. Pauline conduirait une enquête de voisinage autour du domicile de Kerlean. Quant à Mansaoui il devrait approfondir ses recherches du côté de la gare de Rennes et des déplacements de Mermoz,

Kerlean, et de cette mystérieuse équipe gouvernementale en voyage à Rennes. S'il avait le temps, il passerait à l'hôpital voir ce que devenait Di Roza, puisqu'il venait d'être désigné comme un élément important de l'enquête.

D'un commun accord, ils choisirent de faire part de leurs réflexions et de leurs hypothèses seulement lors du point prévu en fin d'après-midi. Il manquait encore trop d'informations, et quelques heures ne seraient pas de trop pour digérer les infos de la matinée...

Latourbière-sous-Pilat, 16 h

Tout au long du trajet, Mermoz avait réfléchi à la stratégie à adopter pour regagner sa maison. Et, bien entendu, à ce qui risquait de se passer si, et c'était plus que probable, ils étaient attendus par leur ennemi invisible. Invisible et inconnu. À moins que ce ne soient les flics qui leur aient tendu un piège... Toutes les heures, il stoppait ses réflexions pour se concentrer sur les flashs d'information radiophoniques. On ne parlait que de la recherche de Ben Ouassil, du squelette de dinosaure, du bug au CHU. Même ça, c'était étonnant. Que ce dernier point revienne en boucle. Des incidents de la sorte, il devait en arriver tous les jours, partout sur la planète informatisée. Mermoz se refusait à virer parano, mais, quand même... « On » voulait les faire rentrer à Latourbière et « on » avait les moyens de le leur faire savoir. Il connaissait suffisamment le milieu de la presse et de l'info pour savoir que les dépêches des agences arrivent en nombre suffisant pour que soient retenues uniquement celles dignes d'intérêt. Si c'était un coup des flics, une intervention des ministères était possible. Si c'était « les autres », cela signifiait qu'ils avaient des entrées dans le milieu très fermé de la communication nationale. Les autres sujets étaient relégués en fin de journal.

Ben Ouassil avait fait le voyage sur une autre planète. Ou, pour être plus précis, il était resté sur sa planète habituelle.

Décontracté, en apparence du moins, il avait écouté de la musique filée par le harpiste, tout en dodelinant de la tête et en caressant Ghriba de temps à autre.

Bertrand avait conduit, les autres somnolé. Il y avait eu quelques pauses pipi-café-binouzes. Pas trop, il ne fallait pas traîner en chemin, et le Ford aménagé des Dispac'h, qui avait pas mal d'heures de vol et était chargé jusqu'à la gueule avait du mal à passer les 80 km/h. Sur plat. Et il y avait pas mal de grimpettes sur le parcours.

Partis un peu avant 11 heures, il leur avait fallu près de cinq heures pour effectuer les 250 km séparant la sous-préfecture des Hautes-Alpes du village montagnard. Bertrand s'était garé sur le côté de la Route bleue[8] juste après avoir passé le col des Grands-Bois. Ben Ouassil, subitement frais et dispo le lui avait demandé, alors que Mermoz réfléchissait au meilleur moyen de rejoindre la maison sans se faire repérer.

— On va descendre ici, ça vous évitera un détour, indiqua-t-il autant pour les musiciens que pour Mermoz. Et nous, il vaut mieux qu'on atterrisse un peu loin de nos bases.

Les deux hommes et le chien descendirent avec armes et bagages, à savoir un sac pour deux contenant quelques fringues et un strict nécessaire de toilette acheté dans une station d'essence.

— On compte sur toi, Gino, pour Les Roches celtiques, hein ? C'est le 30, t'oublies pas

— On fait tout pour être encore de ce monde d'ici-là, lança le Djerbien en clignant de l'œil. Et si c'est le cas, on sera là !

Quelques signes de la main, pouce en l'air ou doigts croisés et le van reprit sa course. Pas de klaxon. La discrétion était de mise.

Tout en regardant les Dispac'h disparaître dans un virage, Mermoz ne put s'empêcher de faire remarquer :

---

8. Ancien surnom de la Nationale 82, devenue Départementale 82, traversant notamment le Massif du Pilat, et qui permet de rejoindre la célèbre Nationale 7 et le sud de la France.

— Tu aurais pu me demander mon avis, Yvon…

— Sur quoi ? Les Roches celtiques ? T'es pas obl…

— Non. Pourquoi tu nous as fait arrêter ici ? On est à plus d'une heure de marche de la maison…

— Ah oui, excuse… Je voulais pas en parler : même s'ils sont sympas, les musicos, on ne les connaît pas plus que ça. Imagine, si les flics remontent jusqu'à eux ? Pas impossible, hein, avec les photos dans le journal : Die, Briançon, c'est leur tournée, quoi. Les jours coïncident…

— Oui, c'est pas faux, admit Mermoz. Donc, j'imagine que tu as un plan ?

— Les frères Bouchureau.

— Quoi, les frères Bouchureau ?

— Leur ferme est à cinq minutes à pied. J'ai bossé pour eux au début de l'été, ils doivent me payer à mon retour au pays. Alors voilà, on va aller se renflouer un peu, et avec eux pas de soucis : ils nous donneront un coup de main si nécessaire. Et les flics ont jamais dû réussir à faire parler un Bouchureau depuis plusieurs générations !

À cette heure-là, bien entendu, les Bouchureau n'étaient pas à la ferme. Mermoz et Ben Ouassil trouvèrent la porte close. La région était plus forestière qu'agricole mais ils avaient pu apercevoir quelques tracteurs à l'œuvre sur les petites parcelles gagnées sur les bois et les zones humides. La saison des foins battait son plein. Avec cette chaleur, le séchage serait parfait. Les deux hommes et le chien décidèrent d'attendre le retour des paysans sur place, à l'ombre d'un frêne.

Ils eurent près de deux heures à tenir, qu'ils mirent à profit pour échafauder toutes sortes de plans. En définitive, un seul semblait « faire la maille », comme on disait par ici. Mais, effectivement, ils auraient besoin du soutien, au moins logistique, des frères Bouchureau. Quand ils les virent arriver dans un tracteur suivi d'une remorque de belle taille chargée de foin, Mermoz et Ben Ouassil n'eurent besoin que d'un petit clin d'œil pour échanger entre eux. Heureusement qu'ils n'avaient toujours pas sacrifié à la mode des grosses bottes cylindriques chargées sur des plateaux, les Bouchureau… Il faudrait bien négocier, mais ce matos, c'était exactement ce dont ils avaient besoin. Cette remorque, plus quelques autres bricoles qu'ils devaient bien pouvoir dénicher dans la ferme.

Saint-Malo, 18 h 30

La fraîcheur de cette fin d'après-midi faisait du bien à toute l'équipe. Marnou avait bien rapporté les amuse-gueules du Super U, plus un pack de bières et deux bouteilles d'Orangina

— Ça c'est pour moi.

Les gendarmes arrivèrent un par un dans le bureau du major qui les attendait sur place. En attendant que l'équipe soit au complet, ils grignotèrent et ouvrirent quelques bouteilles. La conversation portait sur la météo, le réchauffement climatique et les dernières infos. Pas celles qui se rapportaient à l'enquête, il ne fallait pas déflorer le sujet tant que tout le monde n'était pas là. Quand enfin, Mansaoui ruisselant de sueur poussa la porte, ils s'assirent.

— Sers-toi quelque chose, Kad, proposa Jo. Et on attaque.

Comme à chaque fois, chacun fit son rapport. Jo les informa que les agences de presse avaient reçu une photo de Ben Ouassil, le localisant le matin-même à Briançon. Il y avait un texte également, dans lequel leur suspect clamait à nouveau son innocence quant au double meurtre dont on l'accusait. Même s'il reconnaissait toujours avoir « molesté » le gardien de prison et le gardien du refuge SPA, « pour des raisons qu'il dévoilerait plus tard au grand jour ». Le procureur lui avait également dit que les gendarmes qui traquaient les fugitifs dans la Drôme n'avaient pas trouvé la moindre trace des deux hommes ni du chien.

— La Drôme, Briançon, ils se tirent en Italie, dit Mansaoui en suivant du regard leur trajet sur la carte affichée au mur.

Jo confirma que cette hypothèse était prise au sérieux. Les douanes étaient en alerte. Un hélico et plusieurs drones avaient été mis à leur disposition, les sentiers de passage par la montagne ne manquaient pas dans le secteur.

Le major poursuivit avec une synthèse des rapports. Si ceux du légiste pour les deux homicides et ceux de la balistique n'apportaient rien de nouveau, celui du psy et l'analyse de la voiture de Kerlean, retrouvée sur le parking de la SPA, étaient beaucoup plus instructifs.

Ben Ouassil disposant d'un épais dossier dans les archives de la gendarmerie, le psy avait eu matière à étudier. Comme souvent, il avait trouvé dans l'enfance de nombreuses raisons pouvant le pousser à agir tel qu'il le faisait à l'âge adulte. « Issu d'un couple très hétérogène, de par les origines culturelles des parents et de leur mode de vie, le jeune Yvon a dû rapidement se confronter à un conflit de loyauté entre ses deux parents. Entre un père souvent absent pour raisons professionnelles (il « montait » des affaires d'import-export nécessitant de nombreux voyages) habile dans l'échange, chaleureux, séducteur, généreux à l'extrême et une mère que l'on pourrait considérer comme castratrice, sans doute parce qu'elle était réduite à gérer à elle seule le quotidien de la maison, le petit Yvon eut du mal à se construire dans la sérénité. Pour faire plaisir à tout le monde, il travaillait bien à l'école, se rendait au conservatoire de musique où il atteignit le troisième cycle, était poli et ne causait pas de soucis. Mais dans le même temps, les enseignants pointaient un élève triste et réservé, qui participait peu et semblait peu motivé malgré des résultats plus que satisfaisants dans tous les domaines. »

— Bon, ça, c'est le côté « une cuillerée pour maman » abrégea Jo. Vous pourrez lire le tout si ça vous dit, il y a peut-être des choses importantes au passage. Mais le côté « une cuillerée pour papa » me semble plus en adéquation avec le personnage que l'on connaît.

Il chercha un moment en suivant les lignes d'un doigt avant de trouver ce qui l'intéressait.

— Ah, c'est là : « En parallèle de ce parcours d'enfant modèle, on retrouve quelques actes qui peuvent sembler dysharmoniques. On note de menus larcins à l'école comme au conservatoire qui ont valu une convocation des parents. Une plainte avait même été déposée à l'encontre de la famille pour dégradation de véhicules (rétroviseurs arrachés dans la rue du domicile). Le père avait dédommagé et invité tout le monde à un apéritif géant. »

— Jusque-là, rien d'extravagant, mais ça monte en puissance, pointa le major en regardant ses feuillets, tout en hochant la tête. « La séparation des parents va créer un cataclysme chez le jeune Yvon, d'autant plus que son père quitte le domicile familial pour la Tunisie. Une convention est passée pour que l'enfant, fils unique par ailleurs, puisse se rendre au domicile paternel pour les vacances. Mais une querelle entre les deux parents envenime les choses, la mère craignant un enlèvement. La question du défi de loyauté ne se pose plus. Yvon a douze ans à l'époque. Les résultats scolaires se dégradent peu à peu, l'absentéisme augmente. Il continuera la musique jusqu'à l'âge de seize ans mais arrête l'enseignement général à quatorze. C'est le début de la petite délinquance, ce qui explique que son dossier soit aussi complet dans nos services. La violence apparaît à la même époque. Il faudrait pouvoir recevoir monsieur Ben Ouassil adulte en consultation pour évaluer son état actuel, mais le cursus de départ et les actes actuels laissent craindre une évolution de ce simple conflit initial en troubles bipolaires. Il est capable de vivre de manière totalement adaptée durant de longues périodes, mais certains déclencheurs de stress engendrent chez lui des troubles du comportement classiques : conduites à risque, comportement suicidaire. Par contre, on peut noter que sa capacité à gérer ses émotions, comme il a su le faire lors de son arrestation par les gendarmes, jusqu'à ce jour, entre en contradiction avec le diagnostic sus-cité. »

— Après c'est bla bla bla, les comorbidités, les risques

d'épisodes maniaques, l'hyperréactivité émotionnelle et *tutti quanti*.

— Mouais, lança Marnou, un type qui se coltine aux flics depuis qu'il a quatorze ans, violent, avec des troubles du comportement et potentiellement suicidaire, ça veut dire que quand on va le choper…

— Faudra faire gaffe, termina Pauline pour lui.

— Et pas hésiter à tirer les premiers.

Tout le monde se tourna vers Mansaoui, un peu étonné par la froideur du propos.

— Je déconne pas, un type comme ça, c'est… Enfin, moi, je n'hésiterai pas.

— Bon, on n'en est pas là, tempéra Jo qui n'avait pas besoin de nouvelle passe d'armes même verbale au sein de son équipe. Je passe à l'analyse de la bagnole de Kerlean. Je vais faire plus court, je risque moins de dire des conneries dans ce domaine. Le psy, j'ai préféré lire… presque tout. Oui, vas-y, Alain, fais tourner les chips. Servez-vous à boire aussi, avec cette chaleur… C'est bon ? Tout le monde y est ? Bon, la voiture. Il y a une longue liste d'objets récupérés, des empreintes correspondant à celles de Kerlean, pas mal d'empreintes non identifiées comme on pourrait en trouver chez tout le monde. Là aussi, vous pourrez tout regarder, sait-on jamais…

— Sait-on jamais quoi ? demanda Pauline.

— Plusieurs cerveaux valent mieux qu'un, précisa le major. Je ne sais pas… tiens, je te lis : « Vide-poche portière conducteur : deux tickets de parking Ville de Saint-Malo, datés du… etc. etc. Peut-être que ça peut faire « tilt » pour l'un d'entre vous.

— Et on peut trouver quelque chose a posteriori ayant un rapport… précisa Mansaoui, heureux de la ramener devant l'inexpérimentée Pauline Chardelet.

— Je tenais à vous faire partager l'info suivante, qui a un rapport direct avec ce que nous savons, enchaîna Jo : des lambeaux de plastique coincés dans le coffre correspondent à la bâche ayant servi à… comment dire… emballer le corps de Lanaët…

Jo leva la tête de ses feuillets pour mesurer l'impact de sa découverte. Mansaoui faisait la gueule, très ostensiblement. Les deux autres ouvraient des yeux tout ronds.

— Correspondre… comment ça ? demanda Marnou. Même plastique ? Si c'est un truc qu'on trouve dans les magasins de pêcheurs…

— Même plastique, mais on a beaucoup plus : la scientifique a comparé la bâche et les fragments découverts. Ces derniers s'adaptent aux morceaux manquants. Un peu comme les pièces d'un puzzle. Malgré les déformations dues au déchirement, le doute n'est pas permis selon eux.

— Moi aussi, j'ai du lourd, ajouta Pauline avec une forme de fébrilité qui lui faisait un peu dérailler la voix. L'enquête de voisinage autour de chez Kerlean a été très instructive… Nous avons l'explication pour l'état nickel de son appart : une entreprise de nettoyage est passée dès 6 heures du matin le jour de sa mort, le 22. Ils sont partis avec de gros sacs poubelle. L'heure matinale et le fait qu'ils évacuent les « ordures » au lieu de les déposer dans le local prévu pour ça a étonné les plus matinaux des voisins, qui ignoraient la mort de Kerlean. Deux d'entre eux ont noté le nom de la boîte, inscrit sur la camionnette : Clean Service, à Dinard. Vérifications faites, cette société n'existe pas… Mais ce n'est pas tout. Plusieurs voisins m'ont signalé une deuxième visite dans la journée. Un homme seul. Et qui correspond…

Pauline tenta de s'éclaircir la voix d'un raclement de gorge. Marnou lui désigna son verre du doigt. Elle reprit, après avoir bu une gorgée :

— Et qui correspond à la description du jeune type que j'ai laissé filer au chenil…

Un silence gêné s'ensuivit. Même Kad Mansaoui s'abstint de

la moindre réflexion. Comme d'habitude, Jo remit tout le monde dans le sens de la marche :

— On va le retrouver, ce type, Pauline. Une seule chose est sûre : cette fichue histoire est tout sauf simple. On ne peut exclure qu'il y ait un lien entre Lanaët et Kerlean. Et même avec cette espèce de dinosaure. On dirait qu'ils se sont tous donné rendez-vous à Saint-Malo...

— C'est pas simple et en plus, on dirait que quelqu'un essaie de nous embrouiller, remarqua Alain Marnou. On trouve un cadavre dans la bagnole de Ben Ouassil, mais rien ne prouve que c'est lui qui a fait le coup. Et si ce n'est pas lui, qui a planqué le corps ? Kerlean ? Ton type, Pauline, le malingre à moustache ? Une espèce de manipulateur qui agit dans l'ombre ? Qui ferait démarrer les trains à distance, maquillerait une camionnette au nom d'une société en claquant des doigts, empoisonnerait le propriétaire du magasin de plongée ? Ferait apparaître une nouvelle espèce de dinosaure dans une région où l'on ne devrait jamais en trouver... En parlant de ça, je suis passé sur la plage et c'est un sacré bazar ! Il y a toute une équipe qui continue les fouilles. L'endroit est cerclé, l'accès est contrôlé par une société de gardiennage. Je me suis d'ailleurs demandé si ça faisait partie du protocole habituel dans ces cas-là.

— Tu as raison, c'est un point à vérifier, remarqua Jo en griffonnant sur son carnet. Du côté de la caméra de surveillance du parking de la supérette. Tu as pu voir si Ben Ouassil aurait pu bouger sans se faire filmer ?

— Il faudrait faire une reconstitution, mais apparemment, c'est possible. Très compliqué, mais en s'éloignant selon un angle précis, en se baissant, à partir de quelques mètres du camion. Et sans se faire capter par d'autres caméras...

— Bref, possible, mais tu ne le sens pas ?

— Non, pas du tout. D'autant plus que pour réaliser cet exploit, il aurait fallu que lui-même soit au courant des angles de prise de vue... Non, je n'y crois pas. Mais devant un tribunal, ça ne tient pas, cette conviction, on le sait tous : ce qui n'est pas impossible reste crédible…

— OK, j'abdique, intervint Kad Mansaoui. Ben Ouassil n'a peut-être pas tué le plongeur. Ça reste un type dangereux : Kerlean et le maton, c'est lui, ça, on en est sûrs… Bon, de mon côté, j'ai eu les infos concernant l'équipe ministérielle en déplacement. Il s'agit du secrétaire d'État à l'Intérieur qui s'est bien rendu sur Rennes, par le même train, au moins depuis Paris. Il était accompagné de quelques hommes assurant sa sécurité. Le motif du déplacement, selon les sources préfectorales, concerne les mouvements liés aux nouvelles lois sur la PMA pour toutes les femmes. Ils craignent un départ de feu breton style Manif pour tous, Bonnets rouges, Gilets jaunes. Les indicateurs de la DCRI sont particulièrement inquiétants. Ils sont encore sur place : l'affaire du dinosaure trouvé là où on n'aurait jamais dû le trouver réveille des envies de créationnisme chez pas mal de fadas… Les équipes de la DCRI ont d'ailleurs été renforcées significativement. Le chef, enfin la cheffe de cabinet du préfet m'a d'ailleurs annoncé que les forces de police et de gendarmerie allaient bientôt être mises en alerte : un grand meeting organisé par le nouveau parti, là… comment il s'appelle…

— PSLC : Parti social, libéral et chrétien, intervint Marnou. J'ai lu un doc à ce sujet. C'est un parti qui semble prendre pas mal d'ampleur, notamment chez toute une frange de collègues. Y aurait d'anciens gradés de la maison au sommet de ce nouveau truc…

— Oui, le PSLC, merci Alain. Bref, ils viennent d'obtenir l'autorisation de tenir un meeting géant sur la plage en face du Fort du Guesclin. Là où on a trouvé le dino.

— Merde, pesta Jo. Je n'ai pas eu l'info. Il griffonna à nouveau quelque chose et ajouta : J'en toucherai deux mots au proc lors de notre prochaine entrevue. Je me passerais bien des réunions interminables à la préfecture qui ne vont pas manquer…

— Et pour finir, comme prévu, je suis passé à l'hosto où se trouve le propriétaire du magasin de plongée, Mario Di Roza. Il est hors de danger et, pour une fois, rien de suspect finalement : une bonne intoxication aux fruits de mer. Pour un type du coin, c'est ballot. On a le feu vert des toubibs pour le rencontrer. Je n'y suis pas allé, il n'y a pas d'urgence à mon avis et je préférais qu'on debriefe avant. Est-ce vraiment utile ?

— Sans doute, non ? dit Pauline. Ne serait-ce que parce que c'est sans doute un des derniers à avoir vu Lanaët vivant. Sans parler des photos de son bateau trouvées chez Kerlean…

— Oui, on passera dès demain matin, confirma le major. On a fait le tour des découvertes du jour, messieurs-dames ?

En réaction aux signes et grognements de dénégation divers des membres de l'équipe, Jo proposa à chacun de faire part de ses hypothèses.

Marnou commença :

— Pour moi, c'est du 99 pour cent : Ben Ouassil n'est pas impliqué dans le meurtre de Lanaët. Quelqu'un lui a glissé le macchabée dans son van pour s'en débarrasser et lui faire porter le chapeau. Concernant le *modus operandi*, le coupable peut être Kerlean : un ancien militaire peut exécuter une prise mortelle.

— Et pour la suite des événements, continua Pauline, on arrête Ben Ouassil, on dépose son chien au chenil. S'ensuivent l'évasion et la récupération du chien.

— On a pu établir que Kerlean a séquestré Mermoz dans le train, intervint Mansaoui à son tour. D'une manière ou d'une autre, Ben Ouassil le sait et il torture sa victime pour apprendre où il a caché son pote.

— Il le savait ou un détail attire son attention sur place, précisa Jo. Un objet, une phrase… Je ne vois pas comment Ben Ouassil aurait pu être au courant de cette affaire…

— Probablement, major, admit Mansaoui. Donc, Ben Ouassil file à Rennes, monte dans le wagon... qui démarre plus que mystérieusement. Depuis, on a des nouvelles de nos deux gars par voie de presse.

— N'oublions pas qu'entre temps, on a croisé cette nénette dans une Clio rouge elle aussi mystérieuse, précisa à nouveau le major. Clio toujours introuvable !

— Il y a une autre équipe sur le coup, c'est certain. La Clio, la bagnole de la société de nettoyage, le train et peut-être même le dino comme disait Alain.

— Le dino, quand même… objecta Mansaoui…

— Je crois que c'est ça le truc, justement, poursuivit Jo. On est sur la piste du dino parce qu'on a trouvé une photo chez Kerlean. Photo qui lui appartenait et dans ce cas c'est du sérieux. Mais elle a pu être déposée là après sa mort. Par les nettoyeurs ou le malingre à moustaches. C'est peut-être une fausse piste…

— Ou quelqu'un qui veut nous mettre sur cette piste, objecta Pauline. Le malingre et les nettoyeurs ne font peut-être pas partie de la même équipe ?

— Possible… réfléchit Marnou, mais dans ce cas-là, les enjeux sont de taille… Pourquoi toute cette organisation ? Quelle importance avait ce plongeur ?

— Il était peut-être au mauvais endroit au mauvais moment comme on dit…

— En parlant d'endroit, il faudrait trouver où il a été buté exactement, lança Jo. Il faut réactiver les analyses sur la combinaison du gars, la bâche plastique, le coffre de Kerlean. Je suis sûr que le labo peut être plus précis. Je m'occupe de les relancer dès qu'on se sépare.

— Di Roza et le malingre devraient pouvoir nous en dire plus indiqua Mansaoui.

— Le premier, on s'en occupe demain matin. On relance les recherches pour le second, continua le major. Pauline, je te prends un rendez-vous avec le graphiste pour un portrait-robot à faire afficher partout. Même dans la presse. Je vois ça avec le proc. Il me faut quelqu'un qui se concentre sur le lieu du crime, qui va écouter Di Roza, qui épluche les études complémentaires du labo, qui fait du terrain.

— Comment ça du terrain ? s'enquit Pauline.

— Il faut en savoir le plus possible sur les habitudes de Lanaët. On sait d'où il est parti, vu qu'on a trouvé sa voiture. Mais sortait-il de l'eau à des endroits précis ? Revenait-il au même endroit ? Parce que si c'est le cas…

— Si c'est le cas, lança Marnou, il est sorti non loin de l'endroit où est apparu le dinosaure.

— Le dinosaure a été trouvé le 21 août et Lanaët tué le 20, objecta Pauline.

— Mais si on est sur un cas de grosse manipulation, il a pu y avoir des préparatifs sur place… Lanaët a pu être un empêcheur de tourner en rond…

— On ne peut pas faire l'économie d'une enquête plus poussée sur le dinosaure. Il faut que quelqu'un se tape toute la littérature consacrée à cette affaire, ainsi qu'au PSLC.

— Mais il faudrait être au moins le double ! lança Marnou. On peut pas mettre des bleus sur le coup pour arpenter les plages, questionner, fureter ?

— Si je demande encore au proc, il nous décharge de l'enquête pour la filer au niveau au-dessus. Pour le moment, on n'a que des hypothèses, rien de tangible… Si on a du neuf, je pourrai négocier… Pour l'instant… qui veut faire quoi ?

Latourbière-sous-Pilat, 19 h 20

Le plan initial avait été rapidement abandonné. Lindsay à l'intérieur de la maison de Mermoz et Le chauffeur en planque à l'extérieur, ça ne fonctionnait pas. Certes, Lindsay avait pu entrer sans la moindre difficulté, le système de verrouillage de la porte d'entrée étant des plus sommaires. Elle s'était installée un camp de base, face à cette porte, au fond du couloir d'entrée. Protégée par le réfrigérateur qu'elle avait déplacé jusque-là, elle n'aurait qu'à ajuster le premier à ouvrir la porte. Le chauffeur devait tirer en deuxième, sur l'autre cible. Mais ce dernier l'avait rejointe au bout de quelques heures de guet, après s'être identifié par SMS. Impossible de planquer pendant des heures, voire des jours, sans se faire repérer : les travaux agricoles battaient leur plein avec ce beau temps, et un ballet de tracteurs défilait quasi continuellement dans le secteur. Dans ce type de zone rurale, un inconnu qu'on voyait trop souvent devenait vite un suspect. Ils avaient dû faire contre bonne fortune bon cœur et changer leur plan. Il faudrait laisser entrer les deux cibles avant d'agir. Le frigo avait été remis en place et ils s'étaient préparés une planquette dans deux pièces différentes. Lindsay était restée au premier, dans la cuisine, prête à s'enfermer sous l'évier, derrière la bouteille de gaz. Son petit gabarit le lui permettrait. Le chauffeur avait choisi la salle de bains, au premier et seul étage de la petite maison. Il fallait bien entendu éviter les cachettes classiques : il était plus que probable qu'un seul des deux entrerait pour vérifier, voire sécuriser la maison. Hors de question de se planquer sous un lit ! Si Ben Ouassil et Mermoz venaient, et René leur avait garanti qu'ils le feraient, il fallait qu'ils soient en confiance. La salle de bains disposait d'une baignoire. Le chauffeur en avait démonté la trappe de visite, heureusement constituée d'un matériau tendre recouvert de carrelage. Il avait ainsi pu incruster un crochet de cintre au dos en guise de poignée. En quelques secondes, il pourrait se faufiler dans l'étroite cavité et refermer la trappe sur lui. À la différence de Lindsay, son gabarit rendait l'exercice assez complexe, mais ça passait. Par contre, il avait dû glisser le fusil dans un interstice d'une dizaine de centimètres de hauteur sous la baignoire. Il ne pourrait pas surgir prêt à tirer. Il faudrait qu'il s'extirpe d'abord, avant de sortir son arme. Cela impliquerait un protocole particulier : attendre que la salle de bains soit fouillée et que Mermoz ou Ben Ouassil quitte les lieux avant de penser à intervenir…

Pour l'heure chacun occupait le temps, prêt à plonger dans sa cachette. Les volets étant ouverts, ils surveillaient les extérieurs cachés derrière les rideaux. La cuisine donnait sur l'arrière de la maison et une porte de service. La salle de bains permettait de surveiller le devant de la maison, avec un portail d'entrée et la porte principale, seule autre entrée. Bien entendu, ils pouvaient décider d'entrer par une fenêtre latérale. Les deux guetteurs auraient alors un temps de réaction plus court, mais le bruit que seraient obligés de faire les « intrus » devrait leur permettre de rejoindre leur lieu de planque à temps.

Après s'être partagés leurs ressources alimentaires avant de se séparer, Lindsay et Le chauffeur optèrent pour continuer à faire « chacun pour soi » et à rester sur zone. Les communications ne se feraient que par SMS. Pour les besoins pressants, ils se préviendraient pour que celui qui resterait en faction redouble de vigilance.

Ils étaient en planque depuis plusieurs heures et commençaient à trouver le temps long lorsqu'il s'est enfin passé quelque chose. Peu après 19 heures, un tracteur puissant tirant une remorque de foin était entré en marche arrière sur le terrain de Mermoz, piloté par un agriculteur en combinaison verte. Un second agriculteur avait sauté de l'aile surplombant l'une des énormes roues arrière du tracteur pour guider. Lindsay s'était précipitée sous l'évier et Le chauffeur observait la scène en l'informant par SMS.

Les deux hommes n'avaient pas tenté de pénétrer à l'intérieur de la maison, mais s'étaient concentrés sur une voiture, garée là, sur une bande d'herbe souffreteuse, le long de l'allée conduisant au portail. La voiture était une Fiat Seicento bleu nuit. Les deux guetteurs avaient pensé qu'elle appartenait à Mermoz, mais peut-être n'était-ce pas le cas, finalement. Visiblement, la voiture était en panne. Les hommes avaient la clé, mais le véhicule refusa de démarrer malgré plusieurs tentatives. Ils levèrent le capot et s'affairèrent un moment sans que Le chauffeur ne puisse voir ce qu'ils faisaient. Suivirent de nouvelles tentatives de démarrage, toujours aussi infructueuses. Les deux hommes échangèrent quelques propos, tout en s'épongeant le front avec leurs casquettes. Puis le conducteur reprit le volant du tracteur et recula un peu plus, jusqu'à ce que la remorque vienne pratiquement buter sur la porte d'entrée. Ils détachèrent la remorque et manœuvrèrent pour la remplacer par la voiture. Ils repartirent ensuite comme ils étaient venus, tractant la petite Fiat cette fois-ci. Sans prendre la peine de refermer le portail.

Il était difficile de savoir quoi penser de l'opération. Simple dépannage ? Repérage ? La porte principale était maintenant inutilisable. À dessein ? Y avait-il quelqu'un caché sous les bottes de foin ?

Le chauffeur décida de ne plus quitter le chargement des yeux. Vu de dessus, rien ne semblait suspect, mais... Lindsay, elle, se devait de ne plus quitter la porte de service des yeux : hormis les fenêtres, c'était maintenant la seule issue possible. Il ne manquerait plus que la stratégie de Mermoz et Ben Ouassil soit de faire le siège de leur propre maison...

Saint-Malo, caserne de gendarmerie, 21 h40

Une fois de plus, la soirée était étouffante. Le plan canicule venait d'être déclenché car les nuits ne permettaient pas de rafraîchir suffisamment l'atmosphère. Pauline tournait et retournait les dernières informations de la journée et tentait de trouver un peu de cohérence à l'ensemble. Sa réflexion était perturbée par la chaleur et toujours ce même sentiment de ne pas être à la hauteur de l'événement, malgré les éléments importants qu'elle avait pu rapporter à l'équipe. Et il y avait ce nouveau souci : elle n'avait jamais réalisé de portrait-robot et craignait de ne pas être suffisamment précise. Plus elle tentait de se remémorer le visage du petit moustachu, plus il semblait lui échapper... Si seulement elle l'avait interpellé l'autre jour au chenil, l'enquête aurait considérablement avancé. Cependant, vu qu'il avait été repéré entrant chez Kerlean en milieu de matinée, ils n'auraient peut-être rien su de cette histoire de photos... si c'était lui qui les avait planquées derrière le radiateur. Cette histoire allait la rendre folle ! Elle décida de quitter la caserne un moment pour faire quelques kilomètres et aller boire un coup quelque part, hors de Saint-Malo. Le côté touristique de la cité avait son charme hors saison. Mais si elle supportait, dans le cadre de ses fonctions, les hordes de vacanciers qui prenaient possession, au propre comme au figuré, de la ville en été, elles lui tapaient sur le système le reste du temps.

Ce soir, elle avait plus que jamais besoin de ressentir des ondes positives, et elle savait que cétait à l'intérieur des terres qu'elle avait des chances d'y parvenir.

Latourbière-sous-Pilat, 23 h 10

Ben Ouassil n'en pouvait plus : quatre heures de planque dans le tunnel qu'ils avaient aménagé dans le chargement de foin, Mermoz et lui, lui avait certes permis d'envisager tous les cas de figure, mais il n'était guère plus avancé : il ne s'était strictement rien passé depuis son arrivée. Il ne pouvait rien voir, bien entendu, mais il n'avait rien entendu non plus. Pas un son de voix, pas de porte qui claque, pas de bruit de toux, de pas. Rien. *Nada*. La seule chose qu'il pouvait voir, c'était la porte d'entrée de la maisonnette. Il avait espéré qu'elle s'ouvre, lui permettant enfin de voir qui s'ingéniait à leur pourrir la vie depuis ces derniers jours. Et à truffer ce ou ces emmerdeurs avec le plomb des chevrotines qui n'attendait qu'une pression des doigts pour s'extirper du canon du fusil de chasse prêté par les Bouchureau. S'imposer cette torture n'avait rien pour le déranger… sauf si elle ne servait à rien.

Il faisait maintenant nuit noire et heureusement, le Djerbien allait pouvoir passer à la phase deux du plan, celle qu'il préférait. La grande offensive ! Si comité de réception il y avait, ils n'allaient pas être déçus !

Il laissa glisser le fusil en arrière et s'empara de la clé de la maison et du matériel qui lui serait nécessaire, à tâtons. Ouvrir la porte ne fut pas le plus simple : il pensait qu'avec l'habitude, trouver le trou de la serrure en pleine nuit ne poserait pas de problème. Mais il dut s'y reprendre à plusieurs fois. Ce n'est pas la même chose de le faire debout, même avec quelques verres de trop dans les veines, que lorsqu'on est allongé dans une remorque… Il espéra que les cliquetis ne l'aient pas trahi. Mais l'heure n'était plus à la réflexion. En se contorsionnant un peu, il s'équipa de lunettes de soudure et d'un masque rescapé de la dernière pandémie. Puis il dégoupilla un fumigène bleu que les Bouchureau et quelques-uns de leurs potes avaient confisqué à des supporters lyonnais lors d'une discussion musclée à l'occasion d'un récent derby ASSE-OL. Il ouvrit la porte d'un coup et lança la prise de guerre. Le quart de seconde qui suivit ne suffit pas pour l'informer de la présence ou non d'intrus sur les lieux. Il fallait maintenant foncer : le couloir était désormais totalement enfumé, le danger ne pourrait venir de là. Ben Ouassil s'extirpa de sa cachette, s'équipa d'un sac à dos placé sur le bord de la remorque et s'enfonça à l'intérieur.

Pas un bruit. Difficile de garder une concentration maximale si la manœuvre ne servait à rien… Il chercha dans ses souvenirs une citation qui pourrait l'aider. Pour une fois, ce ne fut pas un de ses auteurs fétiches qui lui vint en aide, mais un truc lu dans un « grand quotidien sportif », un jour où il n'avait rien d'autre à lire. Jack Nicklaus, un golfeur américain, expliquait les raisons de ses succès par une maxime de ce genre : « Concentre-toi sur les solutions et non sur les erreurs ». Prendre d'assaut sa propre maison était peut-être une erreur, mais la manière de le faire devait capter son attention. Il décida de continuer sa marche en avant selon le plan prévu : un « fumi » à balancer dans chaque pièce… Si un quidam se terrait à l'intérieur, il serait fait comme un animal dans son terrier… Il commença par la cuisine, et là, bonne pioche : au moment où il refermait la porte, un raclement de gorge lui parvint distinctement. Il rouvrit et une quinte de toux étouffée en provenance de sous l'évier se fit entendre. Ben Ouassil cassa deux pieds de chaise sur la table et, prenant garde de rester sur le côté pour éviter de se faire canarder, s'en servit pour verrouiller le meuble, en les glissant dans les poignées des portes. Rien de bien costaud, mais ça suffirait pour retarder la sortie de l'intrus.

Il enchaîna avec les pièces suivantes. Au rez-de-chaussée, aucun autre indice ne laissait deviner une présence. Avant d'emprunter l'escalier, il revint enfumer un peu plus la cuisine, par acquit de conscience. Des volutes envahissaient maintenant la maison qui était devenue irrespirable. Malgré ses protections, il avait du mal à évoluer. Il serra les dents et continua. L'étage était déjà bien enfumé, avant qu'il n'y lance une nouvelle torche. Il poursuivit méthodiquement le travail commencé. Les trois chambres et la salle de bain sécurisés, il s'apprêtait à redescendre lorsqu'un bruit de tuyauterie le fit se retourner. Quelqu'un tapait sur un tuyau en cuivre. C'était peut-être sa prise de sous l'évier et le bruit se répercutait dans la salle de bain. Par prudence, il revint se coller près de la porte, toujours sur le côté. Une forte quinte de toux finit de le convaincre : il y avait quelqu'un à l'intérieur. Il fit tomber le sac à dos et, sans quitter la porte des yeux, le débarrassa de son contenu : des fusils à taupe. Ils étaient déjà chargés, il ne restait plus qu'à faire sauter la sécurité. Il en prit un et le posa à une cinquantaine de centimètres de la porte, après en avoir estimé l'angle d'ouverture, le réservoir à cartouche face à l'entrée. Maintenant, on entendait de l'eau couler, en plus d'éternuements étouffés. Le type planqué à l'intérieur devait se passer la tête sous l'eau ou humidifier des serviettes pour se protéger. Il ne fallait pas lui en laisser le temps mais, au contraire, le forcer à agir. Ben Ouassil ouvrit la porte à nouveau et lança son dernier fumigène…

La réaction ne se fit pas attendre. Un homme de taille imposante se rua sur la porte en titubant. Malgré la visibilité quasiment inexistante, Ben Ouassil comprit qu'il braquait une arme devant lui. Le Djerbien s'allongea, autant pour éviter une rafale que pour coincer le fusil anti-taupe du talon. La porte s'ouvrit en grand et, à la manière de la terre poussée par les petits mammifères, vint heurter le piège. La détonation, qui n'avait rien de mortel, et la dépression qui s'ensuivit – celle-ci était fatale, mais uniquement dans une galerie et pour un animal de petite taille dont les poumons pouvaient exploser – vinrent à bout des nerfs de l'inconnu. Il tira. Une seule fois. L'arme ne produisit qu'une sorte de « pshit », à la manière d'une carabine à air comprimé. Ben Ouassil pensa à un silencieux, mais ne prit pas le temps d'analyser outre mesure la situation. Concentré sur la solution… Et la solution était plus qu'évidente : profitant du bref avantage qu'il avait sur cet inconnu complètement désorienté et stressé, il se releva d'un bond et lui jeta ce qu'il avait sous la main, à savoir un cendrier qui traînait par terre, en pleine figure. Puis il entreprit de le neutraliser en frappant à l'aveuglette. Coups de pied, de poing. La plupart ne portaient pas mais l'individu, incapable de se défendre, se recroquevilla dans un premier temps, avant de s'écrouler.

Ben Ouassil le tira dans la salle de bain, ferma la porte à clé et ouvrit la fenêtre. Il sourit en effectuant cette dernière manœuvre : la poignée était cassée depuis longtemps et tournait dans le vide en attendant d'être changée. Les occupants de la maison avaient pris l'habitude de la faire fonctionner en faisant levier avec un tournevis posé dans le gobelet des brosses à dents. L'inconnu avait probablement tenté en vain d'aérer avant de se résoudre à tenter une sortie…

Le Djerbien avala de grandes goulées d'air frais avant de s'intéresser à nouveau à sa victime de la soirée. Le type était vêtu d'une tenue sportive, style randonneur. Le nuage bleu se dissipant peu à peu, ses traits commençaient à apparaître plus clairement, malgré les nombreuses traces de coup. Ben Ouassil n'avait jamais vu ce type. Il le fouilla et ne trouva pas de papiers personnels. Juste un portefeuille contenant des papiers de voiture au nom d'une société de location sise en Belgique. Ses poches contenaient d'autres choses intéressantes : un portable éteint, un pistolet Beretta chargé, deux trousseaux de clés dont un correspondait à une voiture et l'autre à des serrures classiques. Plus un beau paquet de billets de cinquante euros enserrés dans une pochette plastique à zip.

Yvon empocha ses prises de guerre et passa quelques minutes à entraver le prisonnier. Les ceintures de peignoirs suspendus à des portemanteaux firent l'affaire. Il ne fallait pas traîner et vite quitter les lieux : le deuxième individu, celui planqué sous l'évier, n'allait sans doute pas attendre trop longtemps avant de faire des siennes. Mais s'étonnant du fait que l'homme n'ait pas utilisé le pistolet pour se défendre, il entreprit d'observer le fusil que l'inconnu avait utilisé. À sa grande surprise, il ne s'agissait pas d'une arme classique. Yvon n'avait jamais vu un truc dans ce style. Il ne chercha pas trop à comprendre.

L'homme était costaud et Ben Ouassil eut du mal à le charger sur les épaules. Il y parvint cependant, tout en gardant une main pour braquer la tête du type avec le pistolet. En cas de mauvaise rencontre, ça ferait un argument pour discuter…

L'atmosphère restait quasiment irrespirable dans la maison. Rien n'avait changé dans la cuisine : les pieds de chaise n'avaient pas bougé. Sachant ses adversaires armés, le Djerbien jugea plus prudent de ne pas s'approcher et se contenta de lancer :

— J'embarque ton pote. T'inquiète pas, je l'amène pas très loin. Je te souhaite une bonne nuit camarade. Ah et puis, un truc encore : un bon conseil, vous arrêtez de nous faire chier maintenant.

Yvon fit glisser l'homme dans la remorque. Il effectua quelques mouvements d'étirement avant de déclencher le signal et ainsi permettre aux Bouchureau de venir récupérer leur bien et à Ludo de venir le récupérer lui, avec la Fiat. Yvon ne doutait pas une seconde que les agriculteurs ne soient pas venus à bout de la panne. Il sortit de la remorque un fumigène d'un autre sac et le dégoupilla. Le ciel s'emplit d'une lueur, verte cette fois.

Yvon s'assura de l'immobilité de son prisonnier et choisit de faire une rapide *razzia* dans la maison. Il remplit à la va-vite les sacs délestés des fumigènes et autres pièges à taupe avec quelques vêtements de rechange pour Mermoz et lui, ainsi qu'un petit nécessaire de toilette.

Une demi-heure plus tard, Mermoz et Ben Ouassil fonçaient sur Saint-Étienne, dans la Fiat. Elle tournait à nouveau comme une horloge. Les Bouchureau n'avaient eu qu'à resserrer les cosses de la batterie. Les deux frères avaient été au top, ce qui n'avait rien de surprenant. Dans ce coin de montagne, à part quelques emmerdeurs, les gens avaient pour habitude de se serrer les coudes en cas de coup dur, sans vérifier si le Code pénal autorisait les mesures à prendre. Il leur restait une dernière chose à faire, mais ça attendrait le lendemain matin. Le temps pour les deux fugitifs de se fondre à nouveau dans la nature.

Allongé sur le siège arrière – il avait fallu le plier un peu pour le faire entrer – le prisonnier n'avait pas encore repris connaissance. Heureusement pour lui, pensa Ben Ouassil qui ignorait les effets secondaires que pouvait avoir le produit que les agriculteurs lui avaient administré, à l'aide d'une seringue surdimensionnée, sur un organisme humain. Mermoz conduisait, heureux de retrouver sa bagnole. Le bonheur, parfois, c'est simple…

Juste avant de rejoindre la route du col des Grands Bois, Yvon posa la main sur le bras du conducteur et lui fit signe de s'arrêter.

— Qu'est-ce qui te pr…

— Arrête, je te dis. Gare-toi près de cette bagnole, ajouta-t-il en désignant la seule voiture garée sur le parking de l'auberge.

— D'accord, mais dis-moi…

Fidèle à ses habitudes d'artiste solo, Ben Ouassil ne répondit pas et sortit un trousseau de clés de sa poche. Mermoz le regarda faire sans oser poser d'autres questions. Il ne craignait pas son compère mais savait qu'il était inutile d'insister quand il était dans cet état…

— Bingo ! s'écria le Djerbien en voyant les warnings de la voiture clignoter suite à la pression exercée sur la clé de contact. Ce sont les clés que j'ai trouvées sur notre ami. Je me souvenais que c'était une Peugeot.

— Et on en fait quoi de cette bagnole ?

— Ça nous fait une seconde bagnole, ça peut être utile si on doit se séparer. Et quand on aura le temps, on la fouillera, on en apprendra peut-être un peu plus sur cette équipe de bras cassés !

Bon, si t'as pas peur de voyager avec Chéri Bibi, je te suis avec leur caisse.

— OK ! Direction le CHU…

Vingt minutes plus tard, Yvon garait « sa » 207 à quelques centaines de mètres de l'hôpital, avant de remonter dans la Fiat de Mermoz. Le reste se déroula sans encombre : arrivés aux urgences, ils livrèrent l'homme, prétendant l'avoir trouvé errant sur la route. Avant de filer à toute allure, sans remplir les papiers demandés. Avec le produit qu'ils allaient lui trouver dans les veines, ajouté au fait que le Beretta avait été remis dans une des poches de l'inconnu, il était parti pour un petit séjour en milieu hospitalier. Autant de temps gagné pour Lola : la bande de ce type n'allait quand même pas saborder l'hosto bichonnant l'un des leurs. Et quelque chose disait à Mermoz et Ben Ouassil que l'organisation mystérieuse ne mettrait pas longtemps à localiser son sicaire.

Et ils prirent la direction de la Bretagne, chacun au volant de son véhicule, chacun avec un itinéraire différent.

26 août

Saint-Malo, 6 h 30

Ce bruit. Oui, c'était bien son téléphone. Où est-ce qu'elle l'avait mis ? Et ce mal de tête, il venait d'où ? Avec la dernière sonnerie, la mémoire commença à lui revenir. Le petit coup de blues de la veille au soir. La sortie dans l'arrière-pays. La fête dans un bled dont elle avait oublié le nom. Les gin-fizz. Pourquoi avait-elle commandé ça ? Elle n'en avait jamais bu avant. Elle n'en boirait sans doute plus, vu le mal de crâne et la brûlure à l'œsophage que ça procurait.

Les sonneries reprirent. Elle trouva le téléphone sous le siège conducteur. Merde, elle avait dormi dans la bagnole. Tout en répondant, elle se rendit compte qu'elle était garée devant la gendarmerie. Pourvu que pers…

— Pauline, c'est Jo. Désolé d'appeler si tôt…

— Bonjour major. Non, pas de soucis…

— On doit se retrouver rapidement, toute l'équipe. Ça a bougé cette nuit. On dit 7 heures dans mon bureau.

— À tout de suite, major.

C'est en raccrochant qu'une image, ou plutôt un film un peu moins nébuleux de la soirée lui revint. La honte… Bon, même un flic peut s'amuser, en dehors du service. Elle était jeune, quoi. Elle avait juste le temps de passer chez elle pour se changer et, surtout, prendre un antalgique.

En s'asseyant à sa place maintenant habituelle, elle se sentit extraordinairement soulagée. Cette putain de virée avait chassé ses idées noires. En regardant les tronches de Mansaoui et Marnou, elle se dit qu'ils feraient bien de lâcher un peu de pression eux aussi. Jo était égal à lui-même. On pouvait peut-être déceler un soupçon d'excitation, rare chez ce flic expérimenté. Il ouvrit les débats pendant que Pauline cherchait un verre d'eau salutaire du regard.

— Comme je vous l'ai dit au téléphone, désolé pour l'heure matinale. D'autant que certains n'ont pas l'air d'avoir beaucoup dormi…

Quelques grognements suivirent. Pauline sourit et, la démarche mal assurée, se dirigea vers le mini-frigo.

— Désolée, major, il faut que je…

Vu qu'elle avait été « captée en flag », plus besoin de se gêner. Mais que cette journée allait être longue… Jo lui fit un signe qui signifiait tout autant d'aller se servir, qu'il comprenait la situation mais qu'il fallait se mettre au boulot quand même. Sans attendre que sa collègue ait fini de se rafraîchir, il commença :

— Cette nuit, il s'est passé pas mal de choses à Latourbière-sous-Pilat, dans le 42, chez Ludovic Mermoz. Les collègues du secteur ont été prévenus par des agriculteurs qui ont rentré du foin très tard hier soir.

— Très tard comment ? Ils rentrent le foin la nuit dans le 42 ? demanda Mansaoui.

— Oui, ça arrive, quand on annonce de la pluie notamment, répondit Marnou qui était d'origine paysanne.

— C'est ce qui s'est passé. Bref, ils ont appelé les collègues ce matin, à 5 heures, mais les faits se seraient produits vers minuit.

— Pourquoi n'ont-ils pas appelé tout de suite ? demanda Pauline en se tenant la tête.

— Je ne sais pas, mais ils sont entendus en ce moment. Bref, ils ont déclaré avoir vu des lumières bleues s'échapper de la maison, et avoir entendu des coups de feu. Les gendarmes de Saint-Genest-Malifaux se sont rendus sur place immédiatement et ont découvert un vrai champ de bataille : la porte d'entrée était grande ouverte pour commencer. Dans la cuisine, une chaise était cassée, les portes sous l'évier étaient criblées de balles tirées à bout portant, de l'intérieur. À l'étage, dans le couloir, plusieurs meubles étaient renversés. La trappe de visite de la baignoire, démontée, gisant au sol. Un peu partout, des fumigènes qui avaient été utilisés. Une arme a été trouvée également, toujours à l'étage : un fusil pour tirer des seringues hypodermiques. Une de ses seringues au moins a été tirée, que les collègues ont retrouvée fichée dans un mur. Autre chose étrange, il y avait un tas de pièges à taupes dans le couloir de l'étage, toujours. Un de ces pièges, un fusil anti-taupes a été utilisé. J'ai reçu les premières photos, les voici, poursuivit Jo en poussant une pile de feuillets au centre de la table. Pour l'instant, l'IRCG a été saisi et est déjà en action. Les prélèvements sont multiples et ils ne manquent pas de boulot. On recevra les résultats des analyses en temps réel. Ah, une dernière chose : la voiture de Mermoz, qui était garée dans la propriété depuis son départ pour Saint-Malo, a disparu. Un avis a été lancé. Bon, pendant que vous regardez les photos, je fais combien de cafés ?

7 h 30, Fougères, Île-et-Vilaine

La Fiat n'avait pas eu le moindre pépin depuis Saint-Étienne, et Ludovic s'en était félicité. Tout juste s'il savait changer une roue… Il avait effectué le trajet d'une traite, à part un arrêt pipi-essence-achat de clopes, Redbull et biscuits au niveau de Clermont-Ferrand.

Depuis une dizaine de minutes, il tournait en rond dans la sous-préfecture d'Ille-et-Vilaine, à la recherche du point de rendez-vous avec Yvon. Le jardin public, près de la tour du Papegault… Il s'était tapé toute la rocade avant de suivre divers fléchages. Il n'aurait pas pu trouver un coin plus facile à localiser ? Sans GPS, pas facile...

Et pas question de se faire remarquer en demandant le chemin… Au bout de vingt minutes de tâtonnements, il trouva enfin le jardin. Il se gara dès qu'il le put, dans une impasse. Coup de bol, c'était la bonne, celle indiquée par le Djerbien, l'impasse Saint-Léonard.

Il repéra Ghriba en premier. Il courait à toute allure, sur une allée, une balle dans la gueule.

— OK, je comprends le pourquoi du jardin, grommela Mermoz pour lui-même.

Son maître l'attendait un peu plus loin, sur un banc et lui relança la balle.

— T'as vu, j'ai retrouvé une nouvelle balle ! Je ne sais pas ce qu'il a fait de…

— Bonjour Yvon. C'est pas comme si on avait eu une nuit tout à fait normale, non ?

— Ben oui, je sais. On est crevés, on doit se décider sur pas mal de choses mais bon, le clebs, il y est pour rien, lui. Sa balle, ça lui manquait.

— Oui, bien sûr…

— Allez, fais pas la gueule ! Assieds-toi, on va finir par se faire remarquer. Ce serait con : j'ai choisi ce coin parce qu'il n'y a pas un chat à cette heure-ci.

Mermoz obtempéra, comme d'habitude. Il ne put s'empêcher de réprimer un baillement et commença :

— J'ai bien réfléchi, sur la route, j'ai eu le temps, et…

— Moi aussi, coupa Ben Ouassil. Mais… toi d'abord : je te sens tendu…

— Je ne sais pas qui est derrière tout ça, mais tant qu'on n'aura pas coincé cette mafia, tu seras toujours suspecté et considéré comme l'ennemi public numéro un. Mais…

— Mais avec Ghriba, on n'est pas Tintin et Milou. Et toi, Ludo, en capitaine Haddock, t'es pas très crédible !

— C'est marrant, j'aurais plutôt vu l'inverse. Plus sérieusement, tu es en train de me dire qu'il faut laisser tomber ? Tu veux te livrer ? Passer le reste de ta vie en cavale ?

— Il faut que les flics trouvent celui qui a buté le plongeur. Le reste, j'assume.

— Eh ben… on peut attendre longtemps.

— Pas si on les aide un peu.

Saint-Malo, 9 h 40

Marnou aimait bien faire équipe avec Mansaoui. Ce n'était pas un marrant, mais par contre, un excellent procédurier. Il avait les qualités de ses défauts, c'était un vrai pro. Leur première mission en commun, à la gare de Rennes s'était bien passée, le gars posait les bonnes questions, au bon moment. Ils avaient décidé de commencer par un petit tour sur le chantier de fouilles. Jo leur avait indiqué que le préfet avait bien autorisé le recours à une boîte de sécurité, les recherches étant considérées comme hautement sensibles. On n'aurait effectivement jamais dû trouver d'ossements dans ce coin de France, composé de roches postérieures à l'extinction de ces bestioles. Les créationnistes attendaient ce type d'événement pour donner du crédit à leurs thèses. De plus, le fait que ce soit une nouvelle espèce excitait les paléontologues du monde entier. Sans compter les voleurs d'ossements et les curieux.

Le fait d'avoir trouvé cette photo du squelette chez Kerlean avait suffi pour que le procureur accorde l'autorisation aux hommes du major d'aller mettre leur nez dans ce chantier. L'heure matinale permettrait d'éviter d'avoir les vacanciers sur le dos.

Marnou conduisait et était pratiquement sur les lieux, à la plage de Saint-Coulomb. L'île du Guesclin se dessinait nettement. Le thermomètre de la voiture annonçait déjà 27 degrés mais il y avait « un peu d'air » et c'était encore supportable. Le portable de Marnou bipa. Après un coup d'œil interrogatif de Mansaoui, le conducteur le déverrouilla et le lui tendit. L'équipe avait décidé de continuer à mener les investigations prévues. Le major tiendrait son groupe informé des découvertes de l'IRCG là-bas, à Latourbière-sous-Pilat, par SMS.

Mansoui lut et poussa un long sifflement avant de communiquer l'info :

— Les portes sous l'évier ont bien été flinguées de l'intérieur, comme si quelqu'un y avait été enfermé et s'en était libéré. Il y avait deux pieds de chaise au sol, ils pensent que les portes auraient pu être bloquées en coinçant ces pieds dans les poignées.

— Qu'est-ce qu'ils ont pu fabriquer dans cette baraque ?

— Attends, le meilleur est à venir. Ils ont identifié les balles incrustées dans un mur.

— Et alors ? a demandé Marnou en se garant à l'entrée de la plage.

— Et alors, ce sont des balles de Webley…

— Putain, comme pour Kerlean !

— Exactement. Et même calibre. Des vérifications sont en cours pour voir si c'est la même arme qui a servi.

— Alors attends, laisse-moi réfléchir, lança Marnou, les deux mains posées sur le volant. Il y a eu baston, ça ne peut être qu'entre l'équipe Ben Ouassil-Mermoz, que tout le monde cherche à la frontière italienne au passage et des gens qui ne « leur veulent pas que du bien ». On n'est donc pas plus avancés, si c'est la même arme qui a servi : Ben Ouassil a pu être enfermé et tirer. Mais ils ont pu enfermer un agresseur qui a tiré…

— Oui. Tant qu'on n'aura pas mis la main sur ces oiseaux, on n'en saura pas plus.

— Pour l'instant, conclut Marnou en ouvrant la portière, on essaie d'en savoir un peu plus sur ce qui se passe sur ce chantier. Après on file à l'hosto discuter avec Di Roza. On va avancer aujourd'hui, je le sens bien. Avec la voiture de Mermoz recherchée par toutes les polices de France, le Di Roza qui va devoir nous expliquer pourquoi on trouve sa photo chez Kerlean, les collègues de la scientifique qui doivent retourner la maison de nos oiseaux voyageurs, Pauline qui fait le portrait-robot du malingre…

— La Pauline, faudrait qu'elle ait les yeux en face des trous…

Marnou eut envie de demander à son équipier ce qu'il reprochait réellement à la jeune gendarme adjointe, mais Mansaoui décochait déjà le salut de circonstance à un vigile venant à leur rencontre à l'entrée du chantier.

— Gendarmerie nationale. On peut parler à un responsable ?

— Euh… je vais voir s'il y a…

— On vous suit, coupa Marnou.

Les deux militaires passèrent sous la rubalise interdisant l'accès au chantier et suivirent le vigile. Le trio se dirigea vers une tente tunnel, ouverte aux deux extrémités. On y voyait un homme assis en train d'étudier des documents sur une table. Sur le camp, quelques jeunes, agenouillés au pied de la falaise grattouillaient le sol avec des truelles. D'autres faisaient la navette entre eux et l'extrémité de la zone de recherche, évacuant les remblais à l'aide de seaux. Une excavation d'un mètre de profondeur sur une dizaine de mètres de largeur avait déjà été créée au pied de la falaise. La désignant du doigt, Mansaoui demanda à l'agent de sécurité :

— Vous n'avez pas peur que ça s'écroule ?

— On nous livre aujourd'hui de quoi étayer. On est arrivés, le chef de chantier est sous la tente. Je vais voir s'il est disponible.

— Ne prenez pas cette peine, il est disponible. Il va pas s'échapper votre fossile, lança Marnou en pénétrant d'autorité dans la tente.

L'homme releva le nez et les regarda à travers ses lunettes de soleil, avec l'air du type qui découvre une crotte de pigeon sur ses chaussures.

— Messieurs ? Je n'ai pas été prévenu d'une visite de la police. Il se passe quelque chose ?

— Gendarmerie nationale, pas police, précisa sèchement Mansaoui. Peut-on vous poser quelques questions ?

— Euh… oui. Pourquoi ?

— Nous sommes mandatés par le procureur, certains éléments d'une enquête en cours font état d'un lien entre cette enquête et ce chantier de fouilles. Nous devons vérifier quelques points…

— Ah… bon… rien de grave ? Cette enquête, je veux dire…

— Vous êtes monsieur… se contenta de répondre Mansaoui en s'installant face au responsable.

Marnou prit place en bout de table et sortit son carnet, prêt à prendre des notes.

— Salvert. Bernard Salvert. Chargé d'études à l'université de Poitiers, département Paléontologie.

— Et vous êtes chargé de l'organisation des fouilles, j'imagine. Vous cherchez quoi, exactement ?

— Comme vous le savez certainement, on a trouvé un squelette de dinosaure d'une espèce inconnue jusqu'alors à l'endroit-même où nous nous trouvons.

— Pour le savoir, on le sait. On ne parle que de ça en ce moment. Et donc, j'imagine que vous pensez pouvoir trouver d'autres os à proximité ?

— Des os, des œufs, des traces… On n'a malheureusement pas pu arriver à temps pour récupérer l'ensemble de ce que la marée a mis au jour. Quelques ossements et des photos prises par des badauds. On ne sait pas exactement si d'autres traces subsistent sur le secteur. Ce qu'on sait, c'est que ce n'est pas la marée qui a pu amener le squelette ici. Sans quoi, il n'aurait pas été dans son agencement originel, si je puis dire.

— Si je vous suis bien, vous n'avez encore rien trouvé.

— Pas pour l'instant en effet. Mais nous n'en sommes qu'au début des fouilles.

— Qui sont ces jeunes qui travaillent ? Des étudiants ?

— Pour la plupart, oui. Mais nous avons accepté plusieurs offres spontanées de bénévoles. Pour beaucoup de ces jeunes, ce type de chantier constitue une aventure formidable. La prolongation d'un rêve d'enfant. Vous savez, quand on commence à…

— J'aurais une dernière question, pour le moment, monsieur Salvert. Si vous ne trouvez rien, c'est grave ? Je veux dire, est-ce que ce que vous avez découvert pour l'instant suffit à prouver l'existence d'une espèce inconnue jusqu'alors ou vous faut-il davantage d'éléments ?

— Nous avons des éléments irréfutables. Par contre…

— Oui, par contre quoi ? intervint Marnou sentant que leur interlocuteur avait parlé trop vite et cherchait une pirouette pour s'en sortir.

— Par contre… qu'est-ce que je voulais dire… Non rien, on a des preuves suffisantes.

— Monsieur Salvert, reprit Mansaoui. L'enquête en lien avec votre chantier est une enquête pour meurtre. Si vous nous cachez quelque chose, vous pourrez être inquiété pour entrave à son bon déroulement. Capitaine, ça va chercher dans les combien, ça ?

— Cinq ans. Minimum.

— Ah ? Non, ce que je voulais dire n'a pas vraiment d'importance…

— Peut-être. Mais comme ça vient de vous revenir, vous allez nous le dire quand même.

Salvert se mordit les lèvres. On sentait qu'il cherchait à en dire le moins possible. Il finit par se lancer, sous le regard inflexible des deux gendarmes :

— Il y a une polémique autour de cette découverte. Polémique sans fondement d'ailleurs... Au sein même de notre université. Bref, certains pensent que le dinosaure trouvé ici aurait été trouvé ailleurs.

— Je n'y comprends rien, constata Marnou. Vous pouvez être plus précis ?

— Nous avions un chantier comme celui-ci, du côté d'Aix-en-Provence. Et les chercheurs pensaient avoir trouvé le même spécimen que celui-ci. Mais il s'est avéré que c'était une espèce très proche seulement. Bref, il y a une espèce de mouvement de complotisme...

— Et si vous trouvez un œuf sous cette caillasse, ça mettrait fin aux spéculations, c'est ça ?

— En quelque sorte, oui...

— Bien, merci monsieur Salvert. Il ne nous reste plus qu'à vous demander où l'on peut vous joindre. Il est possible que nous ayons besoin de vous entendre à nouveau.

Les deux militaires quittèrent la tente, trempés de sueur. Il devait bien faire quarante là-dessous. Ils se dirigeaient vers un groupe de jeunes en train de creuser la roche sablonneuse lorsque Mansaoui posa la main sur le bras de son collègue, en chuchotant :

— Le gars qui se barre avec son seau, à gauche...

— Oui, eh bien ?

— Pourquoi il continue après la rubalise ?

— J'en sais rien, moi. Peut-être que... Oh nom de dieu. Tu penses comme moi ?

— Exactement. Les deux hommes se mirent à courir dans la direction du jeune gars qui, effectivement, tentait de quitter la zone, l'air de rien, son seau à bout de bras.

Un jeune plutôt chétif.

Avec une petite moustache.

Gendarmerie de Saint-Malo, 10 h 20

Le gendarme de l'accueil jeta un regard méfiant à ce nouvel arrivant. Quand ce genre de type se présentait au poste, c'était le plus souvent pour des histoires à dormir debout. Avec l'été, les « punks à chiens » déferlaient sur la cité corsaire, et avec eux, pas mal d'emmerdements.

— Les chiens ne sont pas admis, merci d'aller l'attacher à l'entrée.

— J'ai rien pour l'attacher. Par contre, j'ai des informations sur la mort du plongeur. Je peux voir quelqu'un qui s'occupe de l'enquête.

— Ah. Bon, mais pour le chien… Ah, tenez, voilà, les deux collègues qui prennent l'escalier, ils font partie de l'équipe.

Mermoz n'attendit pas la suite et se rua à leur suite. L'idée de Ben Ouassil de lui filer des sapes kaki et de lui raser la tête en laissant la petite crête qui va bien semblait fonctionner. Yvon avait fini par céder sur les piercings qui auraient fait plus vrai, mais le flic ne l'avait pas reconnu. Pourtant, sa tronche et celle d'Yvon étaient affichées, bien en vue, à l'accueil.

Les deux collègues en question, en uniforme, étaient accompagnés d'un troisième homme. Alors que Mermoz allait rejoindre le trio, il remarqua les menottes portées par le civil. Il ralentit le pas, jeta un œil en direction du flic de l'accueil. Ce dernier était passé à autre chose et discutait avc un couple en maillot de bain très en colère. Il fit demi-tour et s'éclipsa discrètement.

Ils venaient d'arrêter quelqu'un. Ils avaient peut-être sous-estimé les gendarmes. De toute évidence, ils avaient continué à avancer. Il fallait savoir qui était leur prisonnier. La première chose à faire était d'attendre dans le coin pour voir s'il ressortait libre. Sinon, il faudrait écouter les infos…

Mermoz fit une centaine de mètres sur l'avenue Franklin Roosevelt en direction d'un rond-point et se posa sur un banc à l'ombre, près de la voiture confisquée à leur agresseur de la veille. Il allait enfin pouvoir se reposer un peu. Le plus dur serait de ne pas s'endormir. Heureusement, la rue était passante et le bruit des bagnoles le maintint en alerte. Il fallait reconnaître que l'idée de Ben Ouassil était bonne : sa présence, immobile, avec le chien couché à ses pieds n'attirait pas l'attention. Au contraire, les passants l'évitaient, fuyaient son regard. Moins d'une heure plus tard, le jeune menotté de tout à l'heure ressortit à l'air libre. Un militaire le raccompagna jusqu'au portillon vert de l'entrée et lui désigna un point à l'opposé de Mermoz. Il y avait un arrêt de bus dans la direction indiquée.

L'inconnu salua et partit, Mermoz et le chien sur les talons. S'il comptait prendre le bus, il fallait vite trouver le bon prétexte pour l'aborder avant qu'il ne le fasse. Mermoz accéléra le pas et le rejoignit à l'arrêt où, effectivement, l'homme s'arrêta.

— S'il vous plaît ? Vous auriez une minute ?

L'homme se retourna, surpris. Petit, pas très costaud, petite moustache d'ado. Malgré ce détail, Mermoz estima son âge à la vingtaine bien tassée. Le regard était vif et faisait penser à une petite bête traquée. Mermoz n'avait qu'un quart de secondes pour déterminer la catégorie à laquelle il appartenait : ami ou ennemi. Vu qu'il n'avait plus le choix, il décida d'abattre ses cartes. Il ne lui en restait plus beaucoup…

— Oui, mais…

— Je suis journaliste. Et, ajouta Mermoz en baissant le ton, j'enquête sur la mort du plongeur et du gardien de la SPA.

L'homme s'apprêtait à protester. Peut-être ne voulait-il pas parler à la presse, mais aussi, sans doute, ne croyait-il pas à la crédibilité d'un journaliste ainsi accoutré, accompagné d'un chien. Mais la présence de deux personnes sous l'abribus, une grosse dame chargée de courses et un touriste trahi par les serviettes et palmes dépassant de son sac l'en empêchèrent. Il tendit la main, signifiant ainsi à Mermoz de le suivre. Au bout d'une cinquantaine de mètres, il lança, sans s'arrêter :

— Vous avez une carte de presse ?

Mince… Le sésame devait traîner quelque part à Latourbière.

— Pas sur moi. Mais si vous avez une connexion, je peux vous montrer ce que je fais… Je vous paye un verre ici, proposa Mermoz alors qu'ils arrivaient à la hauteur d'un resto-burger, et je vous explique tout.

— OK pour le verre mais pas ici, je ne cautionne pas la malbouffe. Suivez-moi.

C'était reparti pour un tour. En plein cagnard, sans parler, à suivre cet inconnu qui sortait de chez les flics... Mermoz espéra ne pas s'être trompé sur le statut de ce type. Il aurait payé cher pour que Ben Ouassil soit à ses côtés. Au lieu de cela, ce dernier se prélassait dans un « Best Western » à 70 balles la nuit du centre de Fougères. Trop dangereux pour lui de pointer son nez sur Saint-Malo… Mermoz, dont la figure était moins connue dans les médias s'était occupé de réserver la chambre. Heureusement, le type ne semblait pas vouloir s'enfoncer dans les ruelles peu fréquentées de la ville et se dirigeait plutôt dans les coins à touristes. Mermoz savait qu'il y avait là moins de risques de prendre un mauvais coup.

Au bout d'une quinzaine de minutes, l'homme bifurqua sur une terrasse le long de la plage des Bas Sablons et s'installa sur une chaise.

— J'aurais préféré à l'intérieur, mais avec le chien… se contenta-t-il de dire.

— Ne perdons pas de temps, comme je vous disais, vous avez une connexion Internet ?

— Non. Pas de portable. Mais si vous vouliez vous faire passer pour un journaliste, vous vous seriez déguisé en journaliste. Pas en punk.

— Pas faux… Bon, pour faire vite, je suis Ludovic Mermoz,

journaliste au *Vilain canard du Pilat*, une espèce de « *Mediapart* » local, dans une montagne près de Saint-Étienne.

— Mermoz ? Le type que les flics recherchent ? Le pote de…

— Le pote de celui qui est accusé d'avoir tué le plongeur et Kerlean. À tort.

— Pour le plongeur, comme vous dites, je confirme. Ce n'est pas lui.

Un serveur les interrompit pour prendre les commandes. Deux bières. Ils attendirent son retour avec les consommations pour reprendre. Mermoz régla en sortant de son sac plastique un des billets de cinquante euros trouvés dans les poches de la dernière victime de Ben Ouassil. Il repartit en l'observant par transparence, surpris de voir cette somme en possession d'un client de cette sorte.

— Qu'est-ce qui vous fait dire que ce n'est pas Yvon l'assassin ?

— Je vais vous le dire. Et je l'ai dit aux flics ce matin. Ils devraient vous laisser tranquilles sur ce dossier. Pour Kerlean, par contre… je ne sais pas qui a fait le coup… Avec Étienne, Étienne Lanaët, le plongeur on était potes. Amoureux du littoral. Avec le patron du magasin de plongée, « *Le vieux Neptune* », juste à côté on a monté une espèce d'association. Pas déclarée en préfecture, si vous voyez ce que je veux dire.

— Pas vraiment, non…

— Vous allez comprendre : vous êtes un « *Médiapart* » stéphanois, nous on est un « Greenpeace » malouin. Vous voyez, là ?

— Ça me parle bien, OK. C'est chouette, ça, mais ça ne me dit pas…

— Attendez, j'y viens. Depuis quelque temps, Étienne nous avait signalé une activité nocturne étonnante là où il a l'habitude… là où il avait l'habitude de sortir de l'eau.

— La plage de Saint-Coulomb ?

— Exactement. Des types qui se baladaient, prenaient des mesures. Une nuit, il a vu un engin qui travaillait sur le sommet du talus. Au-dessus de là où ils ont trouvé le squelette de dinosaure.

— Quel type d'engin ? Pour quoi faire ?

— Une tarière. Un truc pour faire des trous.

— Je ne vois pas trop ce que c'est…

— C'est une espèce de tire-bouchon géant. C'est ce qu'on utilise pour faire des prélèvements dans le sol, chercher de l'eau, tout ça.

— Oui, bizarre tout ça. Et alors ?

— Alors, un soir, je l'ai accompagné pour voir avec lui ce qui se passait. On s'était donné rendez-vous sur la plage, à 5 heures du matin, le 20 août. Je suis arrivé en retard. Un quart d'heure trop tard. Je me suis garé et j'étais en train de rejoindre la plage à pied quand j'ai croisé une camionnette qui en revenait. Je me suis planqué.

— Et ?

— Et rien : je suis allé sur la plage, il n'y avait personne… j'ai cherché un moment, j'ai appelé. J'ai compris qu'il y avait eu un problème. Alors j'ai repris la voiture et je suis parti dans la direction prise par la camionnette. Bizarrement, je l'ai rattrapée avant Saint-Malo. Vu qu'il ne roulait pas spécialement doucement, je me suis dit qu'il avait fait un détour ou qu'il était tombé en panne. Je l'ai suivi, en coupant les phares. À cette heure-là, il n'y avait pas un chat sur la route, je ne voulais pas me faire repérer. Il est entré dans le parking où se mettent les voitures des gens qui prennent un bateau. J'allais repartir, je n'avais aucune chance de ne pas me faire repérer sur le parking. Mais je l'ai vu ressortir aussi sec. Dans une autre voiture. J'ai pu bien le visualiser cette fois-ci. Et quand sa photo a été publiée après sa mort, je l'ai reconnu. C'était Kerlean.

— Vous êtes reparti à le filer ?

— Je me suis dit que je finirais par me faire remarquer. J'ai hésité un moment. Quand j'ai redémarré, c'était trop tard, il avait disparu.

— Pourquoi n'avoir pas signalé ça à la police ? Je veux dire, quand vous avez appris que le plon… votre ami, pardon, avait été retrouvé mort ?

— J'ai hésité… je sais, j'hésite beaucoup, ajouta le jeune homme en remarquant un haussement de sourcil de Mermoz. Mais ils m'auraient reproché de ne pas leur avoir parlé de tout ça avant. Et, comme Mario a eu des soucis à son tour, enfin, il a eu juste une grosse indigestion ou un truc comme ça… Mais ça, je ne le savais pas…

— Mario ?

— Mario Di Roza du « *Vieux Neptune* ».

— Dac. Et donc, vous avez eu peur que ce soit à votre tour de...

— Voilà. Mais j'ai mené mon enquête. Le lendemain, le 21, donc, on a trouvé le squelette. Pas de doute, non ? C'est lié…

— Je ne sais pas, moi… Vous voyez ça comment ?

— À tous les coups, ils veulent faire une sorte de Dinoland ou un truc comme ça sur le secteur. C'est une zone protégée, inconstructible. Vous savez qu'il y a des espèces endémiques à cette zone ? Des…

— Non, je ne savais pas… Oui, pourquoi pas, un Dinoland… Mais il faudra qu'ils trouvent d'autres traces. Et si je vous suis bien, ce sont eux qui ont déposé ce squelette ici. Ils ne trouveront rien d'autre, non ?

— Et la tarière ? Vous savez, la machine qui…

— Oui oui, j'ai compris. Mais quoi, la tarière ? Ah, mais oui… vous croyez qu'ils auraient…

— Non pas prélevé… mais déposé des restes. À la bonne profondeur. Je me suis engagé parmi les volontaires pour pratiquer des fouilles. Jusqu'ici, ils n'ont rien trouvé…

— Vous avez raconté tout ça aux flics ? Ils en disent quoi ?

— Ils en disent que je suis convoqué devant un juge en début d'après-midi…

— Quoi ?

— Pour ne pas avoir signalé mes infos à temps, pour commencer…

— Je dois avouer que je ne leur donne pas tort… Ben Ouassil n'aurait pas été suspecté, Kerlean serait encore en vie…

— Vous êtes journaliste ou curé ? On n'est pas à confesse, non ?

— Désolé. Mais bon, disons que je suis un journaliste très impliqué dans cette histoire.

— Vous savez, je m'en fous, en fait. Mais je vais être complet. Je suis convoqué pour dissimulation d'identité et entrave à la bonne marche d'une enquête. J'ai essayé de mettre les flics sur la piste de Kerlean et de leur indiquer qu'il y avait un rapport avec le dinosaure et leur filant de faux indices.

— Comment ça ?

— Quand j'ai appris la mort de Kerlean, je suis allé fouiller un peu. Sur son lieu de travail, chez lui…

— Et ?

— Et je n'ai rien trouvé. Je suis sûr que quelqu'un était passé avant moi pour enlever toute trace compromettante. Alors, j'ai planqué un dossier chez lui avec des photos d'Étienne, de Mario, du dinosaure… Et c'est comme ça qu'ils m'ont coincé ce matin.

— Vous allez faire quoi, maintenant ? Il faut être prudent… Je pense comme vous qu'il y a une grosse machinerie derrière tout ça. Et ils nettoient tout ce qui les gêne, comme vous dites. Vous avez été épargné jusque-là, mais maintenant que votre nom apparaît dans l'affaire…

— Je sais. Je vais me faire discret. Je sais faire, ne vous inquiétez pas pour moi…

Gendarmerie de Saint-Malo, 12 heures

Tant pis pour le repas. Un antalgique, un verre d'eau et une sieste d'une petite heure, c'est ce qu'il lui fallait avant de retrouver l'équipe pour le point de 13 heures auquel tout le monde était convié par Jo.

Elle tira les volets de sa chambre, chose qu'elle n'avait pas pensé à faire la veille. Mauvaise pioche ; la chaleur avait envahi son petit logement et la caserne, bâtiment conçu dans les années 70, n'était pas réputée pour ses capacités à garder le frais…

La matinée avait été rude. Non pas en raison du boulot à effectuer, mais parce qu'elle ne s'était jamais sentie dans le bain, au contraire de ses collègues. Pour eux, par contre, l'excitation ne cessait de monter avec l'accélération des révélations. Elle s'en voulait de ne pas être dans le coup. Elle en avait tellement rêvé… Ça ressemblait aux séries qu'elle suivait sur Netflix : la longue phase de tâtonnements, puis, soudain, les preuves qui s'accumulent, les interpellations et le sentiment que l'on s'approche du but.

Jo l'avait appelée alors qu'elle commençait à bosser avec le graphiste pour réaliser le portrait-robot du malingre. Il lui avait enlevé une belle épine du pied, elle pataugeait complètement dans la semoule. Déjà, pour la forme du visage, elle trouvait que tout ce qu'on lui présentait à l'écran pouvait correspondre. En plus, elle avait conscience de puer l'alcool…

Heureusement, de voir le malingre « en vrai » était plus simple : elle l'avait immédiatement reconnu. C'était bien le petit gars croisé au refuge de la SPA. Ses déclarations avaient permis de donner un nouvel éclairage à l'affaire. Pauline avait bien sûr eu du mal à suivre le fil sur la durée. Il lui était impossible de mettre en perspective ce que racontait le malingre et leurs propres découvertes, sur un plan purement chronologique. Mais l'essentiel à retenir, si ce qu'il avait dit était vrai, c'était que Ben Ouassil n'avait pas assassiné Étienne Lanaët. Et ça, même si son jugement était un peu altéré, ce n'était pas pour lui déplaire.

Sans trop savoir pourquoi. L'amour qu'il portait à son chien, peut-être.

Après l'audition du témoin, le major avait téléphoné au procureur qui lui avait demandé de le relâcher dans la nature et avait faxé une comparution pour l'après-midi. Le type était bizarre mais ne semblait pas impliqué directement dans les homicides. S'ils avaient été assez nombreux, ils l'auraient fait suivre, mais là...

Après son départ, Jo avait lu les SMS en provenance de l'IRCGN qui semblait bosser d'arrache-pied à Latourbière. Le comparatif des balles de Webley n'était toujours pas disponible, ni le contenu de la capsule d'injection trouvée fichée dans le mur. Les techniciens avaient ajouté une note : produit inconnu en France et sur nos théâtres d'intervention habituels.

Ils avaient vérifié sur le Net. Ça semblait correspondre à ce qui était utilisé pour endormir les fauves de loin, à l'aide d'un lanceur quelconque, fusil ou pistolet. Là encore, impossible de savoir qui avait tiré. Et là encore, les analyses étaient en cours.

Et puis, ils avaient contacté tous les opérateurs téléphoniques. Deux appareils avaient émis depuis la maison, de la fin de matinée de la veille, 25 août, jusqu'à 4 heures du matin du jour-même. Vérifications faites, il s'agissait d'appareils jetables. Impossible d'identifier les propriétaires, mais il avait été établi que les appareils avaient communiqué entre eux et également sur d'autres numéros. Pour l'instant, impossible de savoir sur quels numéros. Le problème était technique, bien entendu, mais également juridique : sans l'autorisation d'un juge, pas moyen de pousser les investigations plus avant. Jo appela le procureur une nouvelle fois. Celui-ci assura qu'il s'occupait séance tenante de faire mandater un juge. Même s'il était probable que ces recherches conduisent à un portable intraçable. Il ne fallait cependant rien négliger.

Suite à ça, Mansaoui, qui avait déjà travaillé sur ce type de dossier, était parti dans un cours, schéma à l'appui, sur les techniques de triangulation permettant de localiser un téléphone portable. Vu que c'était plutôt compliqué, sans doute inutile et que la présentation, à l'image du capitaine, était des plus austères, Pauline avait failli s'endormir. Et là, en y repensant, elle s'endormit pour de bon.

Fougères, Hôtel Best Western, 13 h 20

Le choc ! Le Dejerbien était, comme d'habitude, allé au bout de sa logique. Filer la métaphore à l'extrême ne lui faisait pas peur non plus, comme le constata Mermoz une fois que son pote lui eut ouvert la porte de la chambre 218. Si les rôles de Tintin et Milou avaient été attribués, Ben Ouassil s'était visiblement identifié à l'assureur, Séraphin Lampion. Rasé de frais, il s'était fait une petite coiffure bien sage, avec raie sur le côté. Et il avait dégotté on ne sait où une chemise, un pantalon cintré et des pompes comme on en portait il y a trente ans pour aller au bal.

— Y a un vide-grenier juste à côté, se contenta-t-il d'annoncer, fièrement. Tu me trouves comment ? Méconnaissable, non ?

— Ça, c'est sûr… Même ton chien a du mal. Regarde comme il te renifle !

Le Djerbien grattouilla l'encolure de Ghriba avant de demander à son ami des nouvelles de sa rencontre avec les gendarmes. Mermoz expliqua qu'il n'était pas allé au bout de la démarche, en raison de la rencontre inespérée qu'il avait faite au poste. Il fit un rapport complet sur ce qu'il avait appris, avachi sur un lit.

— Bon, conclut Ben Ouassil. Ça me blanchit sur un dossier, c'est déjà pas mal… Tu comptes retourner chez les flics cet « aprème » ?

— Bien sûr. Mais là, il va falloir que je fasse un vrai repas et que je dorme une heure ou deux…

— Oui, y a pas le feu. On est bien ici. Et puis, je crois que j'ai eu une idée ce matin.

— Tu m'expliques ça en mangeant ? On sort ou on commande ?

— Tu rigoles, on sort ! On est à dix minutes de la forteresse, il faut que tu voies ça avant de mourir, mon pote ! Et affublés, comme on est, on ne risque pas de se faire capter.

Bien que dubitatif sur le côté discret de l'opération, Mermoz acquiesça. Il fallait quand même se changer les idées. Et puis, les flics devaient forcément se concentrer sur d'autres points à l'heure qu'il était. Quant à leurs énigmatiques poursuivants, l'opération de la nuit avait dû leur mettre un coup dans l'aile... Et comme c'était eux qui régalaient... Ils leur devaient bien ça, après tout !

Une fois le pichet de blanc et le steak-frites déposés sur la table, Ben Ouassil expliqua qu'après avoir dormi un moment il était allé faire ses emplettes au vide-grenier. Puis il s'était douché, rasé, coiffé et recouché.

Pour finir, il avait mis la télé en marche sur une chaîne d'infos en continu. Leur affaire n'avait pas été évoquée, mais une polémique enflait au sujet du dinosaure, avec intervention de spécialistes se relayant sur le plateau. La rédaction établissait un lien direct entre cette découverte et la montée de la pensée créationniste. Et pas seulement en France. Dans l'hexagone, cette pensée était incarnée par un nouveau parti, le PSLC, Parti social, libéral et chrétien. Il montait en flèche dans les sondages, venant à talonner le parti au pouvoir dans les intentions de vote.

Un journaliste poitevin, proche de certains chercheurs de l'université de paléontologie, avait récemment jeté un pavé dans la mare en émettant l'hypothèse que ce squelette aurait été déplacé d'un autre chantier de fouilles, situé à Aix-en-Provence. Il s'appuyait sur un échange qu'il aurait eu avec l'ancien responsable du laboratoire... victime d'un accident mortel juste avant la découverte du squelette.

Pour l'instant, le gars semblait seul contre le reste du monde. Le responsable du chantier de fouilles de Saint-Coulomb, joint en duplex, estimait que la polémique serait close dès que d'autres restes seraient trouvés sur place. Et il avait bon espoir.

— Tu parles, coupa Mermoz, si mon témoin dit vrai, ils auraient placé les restes eux-mêmes…

— Oh putain ! lança Mermoz en reposant son verre de blanc. Je sais comment on peut leur foutre le nez dans leur caca !

— Tu m'intéresses…

— Crois-tu qu'il soit possible de trouver des bouts de cette nouvelle espèce à Saint-Coulomb ET à Aix en même temps ?

— Techniquement, oui…

— Mais reconnais que ce serait une drôle de coïncidence…

— Exactement ! Et ça tombe bien : j'ai bien envie d'aller faire un tour à Aix, moi… Tu vas voir, si je vais pas leur en trouver, moi, des bouts de « Tyrannosaurus » titan !

— N'importe quoi ! Tu n'y connais rien !

— Je peux t'étonner, tu sais ! Tu as bien vu pour la batterie…

— OK, mais là, quand même…

— T'inquiète. Je t'explique avec mon café-gourmand. Tu prends quoi ? C'est moi qui invite…

Beyrouth, hôtel intercontinental Phoenicia, 14 h 26

René ne décolérait pas. Cette bande de pieds nickelés était en train de déjouer tous les plans. Le chauffeur aux urgences et en état d'arrestation. Lindsay enfermée sous un évier, obligée de filer en catastrophe, sans voiture, sans base arrière pour se mettre à l'abri. Sans parler de Kerlean qui, s'il n'était pas une tête pensante de l'organisation était tout de même un soldat valeureux…

L'heure n'était plus à la capture des deux fugitifs et une rapide visioconférence avec les décideurs de l'opération avait modifié les priorités le matin même. Les deux fouille-merde n'allaient sans doute pas s'arrêter là, mais leur cas serait réglé dans un deuxième temps, le temps de se réorganiser. Il fallait maintenant les prendre de vitesse.

Le meeting du nouveau parti avait été avancé au lendemain. Sur la plage de Saint-Coulomb. De Saintonge s'y était engagé : un nouvel os serait retrouvé à proximité, au plus tard dans la journée précédant le meeting. Le plan média était prêt.

Mais il fallait blinder cette ultime opération. Pour ça, il fallait du monde sur place. Et il n'y avait plus le choix. Le principal intéressé allait devoir se mouiller un peu et découvrir ses cartes. Car bien entendu, il n'avait jamais été question de laisser une bande de politicards foireux jouer les premiers rôles. Cette idée arracha la seule esquisse de sourire de la journée à monsieur René. Il suffisait de continuer à leur faire croire qu'ils étaient l'avenir de la France et à les gaver de réceptions et de plateaux télé. Ça suffisait à leur bonheur et les places de sous-fifres – très grassement rémunérés – qu'on leur proposerait s'ils jouaient bien leur rôle, rempliraient leurs vies minables. Pour l'instant, ils assuraient bien le job.

Le futur présidentiable devait être protégé jusqu'au bout, mais en l'absence de forces vives sur place, il fallait maintenant qu'il assure en personne certaines choses. René lui adressa un SMS signifiant le lancement de la dernière phase de l'opération « Lézard titan »

Gendarmerie de Saint-Malo, 19 heures

Lorsque Ludovic Mermoz referma la porte du bureau du major Jo Digoin, ce dernier se demanda s'il n'avait pas fait une grosse connerie en le laissant filer. Il interrogea ses coéquipiers du regard. La mine stupéfaite de Mansaoui ne laissait planer aucun doute sur son opinion. Marnou était dubitatif et Pauline Chardelet n'était pas dans le coup depuis le matin. Son expression ne trahissait rien de particulier, sinon un gros besoin de sommeil.

— C'est peut-être une connerie, reconnut-il. Mais on sait où le serrer si besoin et il nous a promis un élément essentiel à l'enquête. Parce qu'il faut bien le dire… On n'a pas grand-chose.

— Si je puis me permettre, major, ce n'est pas dans les procédures habituelles de laisser filer un élément comme Mermoz. Et puis, on sait où le serrer… faudrait pouvoir le faire filocher pour être sûr.

— Avec une équipe au complet, on l'aurait fait, mais tu sais bien…

— Oui, je sais, répondit le capitaine en jetant un regard torve à Pauline. S'il nous file bien le « phone » du gars qu'ils ont estourbi, c'est vrai qu'on ne sera plus loin du but.

Dans les faits, Mermoz venait de leur mettre un marché en main… et de leur faire une proposition à la limite de la régularité.

En échange de l'arrêt des poursuites le concernant – et après tout, on ne lui reprochait rien de particulier – il leur racontait par le menu sa version des faits. Et il avait annoncé détenir le téléphone de l'un de leurs agresseurs. Or c'était précisément sur ce point que l'enquête piétinait : les experts qui tentaient de décrypter les appels ou SMS passés depuis Latourbière durant la nuit avaient bien obtenu les autorisations nécessaires, mais ne pouvaient pas avancer sans avoir au moins un des téléphones à disposition. Le téléphone extérieur avec lequel les éventuels malfrats – parce que pour ce qui était de la réelle existence de cette organisation nébuleuse, il fallait se fier aux dépositions du malingre et aux déclarations de Mermoz – avaient échangé était intraçable pour l'instant. Il ne s'agissait pas d'un jetable, contrairement à ceux qui avaient émis depuis la maison de Mermoz, mais d'un téléphone protégé. Ils auraient tous mis une pièce sur ce point mais chacun espérait que pour une fois, la chance aurait tourné de leur côté. Les hypothèses allaient bon train, mais disposer d'une telle ressource n'était pas à la portée du premier malfrat venu.

— De toute façon, c'est fait, remarqua Marnou. Il ne reste plus qu'à attendre... Et en attendant, justement, on a des infos sur la capsule et les balles de Webley prélevées dans leur maison ?

— Il n'y avait rien de neuf avant l'arrivée de Mermoz, mais attends, j'avais coupé le son du téléphone, répondit le major en bidouillant son portable. Attends... Oui, ils ont écrit... Putain ! C'est la même arme que celle qui a servi à buter Kerlean ! Et il y en a un autre, attends... la capsule, elle contenait un produit anesthésiant... utilisé par les services secrets russes. Enfin, ça n'a jamais été prouvé...

— Bon, on fait quoi en attendant le téléphone, major ?

— Pour commencer, on prévient les collègues de Rennes. Il nous faut un spécialiste du décryptage sur place. Et reste à se positionner pour la proposition de Mermoz. Fantaisiste, non ?

— Si on entre dans des trucs comme ça, surenchérit Mansaoui, on n'a pas le cul sorti des ronces...

— OK, on laisse tomber, alors. Je préviens les... Entrez ! s'interrompit-il.

Un gendarme pointa son nez en poussant la porte et tendit un feuillet à Jo.

— Un message pour vous, major...

Jo lut les quelques lignes, gonfla et dégonfla les joues, autant pour se décontracter que pour signifier son embarras, et lança :

— Il semblerait que Mermoz ait tenu parole. Le téléphone a été déposé à la gendarmerie de Fougères. Bon, on va bien voir maintenant. Je le fais transférer à Rennes et je préviens les collègues. En attendant, on a du pain sur la planche. Il faut que quelqu'un étudie tous les fax reçus de la Loire, avec les comptes-rendus détaillés de leurs analyses. On doit aussi, même si on ne bouge pas pour l'instant, tenter d'en savoir un peu plus sur ce qui s'est passé sur le chantier de fouilles d'Aix-en-Provence. Là encore, si Mermoz a vu juste, autant anticiper. Et puis, il va bien falloir retrouver ton malingre, Pauline.

— Comment ça ? demanda la jeune femme qui avait visiblement loupé une étape.

— Il devait se présenter devant le juge cet après-midi. Il l'attend toujours, anticipa Marnou pour éviter une remarque de Mansaoui. On a dû en parler quand tu es allée chercher des boissons…

Auberge de jeunesse de Saint-Malo, 19 h 45

L'auberge de jeunesse était plutôt haut de gamme et idéalement placée, à deux cents mètres de la plage et à peine à un kilomètre du tribunal de grande instance. Avec un bus aux portes de l'établissement ! Le malingre, de son vrai nom Sam Vernet, leur avait déclaré y résider depuis plus d'un mois, justificatif de paiement à l'appui.

Pauline Chardelet et Alain Marnou s'étaient portés volontaires pour essayer de l'y trouver, tandis que Kad Mansaoui se replongeait dans tout ce qui avait pu être écrit sur la découverte du dinosaure et sur le chantier d'Aix-en-Provence. Jo, une fois de plus, se chargeait de gérer le côté administratif. Un juge avait été missionné pour l'histoire des téléphones, il fallait maintenant déterminer qui décidait de quoi dans ce dossier.

L'auberge était une imposante bâtisse en pierres jouissant d'une belle cour arborée. Quelques familles s'y promenaient et cherchaient à profiter du semblant de fraîcheur de ce début de soirée. Par chance, malgré l'heure avancée, l'accueil était toujours ouvert. Après les salutations d'usage, les deux gendarmes demandèrent à celui qui s'était présenté comme veilleur de nuit si Sam Vernet était bien logé ici. L'homme confirma mais reconnut qu'il ne l'avait pas vu. Il précisa aussitôt qu'il n'y avait rien d'étonnant à ça vu l'heure tardive de sa prise de service. Il leur apprit également que c'était un homme discret mais sympa, qu'il payait rubis sur l'ongle. Il ne lui était rien arrivé au moins ?

Les gendarmes ignorèrent cette question et demandèrent s'ils pouvaient voir sa chambre. Le veilleur passa un ou deux coups de fil, et, ne parvenant à joindre aucun des responsables, avoua qu'il était bien embêté : il ne savait pas s'il avait le droit de donner les clés. Il ne fallait pas un document spécial d'un juge ou un truc comme ça ?

Marnou allait capituler et lui dire qu'ils repasseraient le lendemain avec tous les documents nécessaires, lorsque le visage du veilleur de nuit s'illumina.

— Attendez, lança-t-il : il a un bon pote ici, et le voilà qui arrive. Il pourra peut-être vous donner des nouvelles... Monsieur Bertrand ! Monsieur Bertrand ! appela-t-il. Un type d'aspect bougon s'approcha en traînant des pieds.

— Qu'est-ce qu'il y a Philippe ?

— Ces messieurs-dames cherchent Sam...

— Et alors ?

Le monsieur Bertrand s'adressant au veilleur de nuit en faisant comme si les gendarmes n'étaient pas là, Marnou prit les affaires en main :

— Monsieur Bertrand, désolé de vous importuner, mais, pourrions-nous discuter un instant avec vous ? Il semblerait que vous soyez assez proche de Monsieur Vernet et...

— Ouais, ben faudrait peut-être lui fiche un peu la paix, à Sam. Il m'a raconté pour ce matin.

Les gendarmes furent soulagés : Vernet était bien repassé à l'auberge et s'il avait raconté ses aventures à ce type, c'est que ce dernier pourrait leur apporter quelques infos.

— Ne restons pas là, monsieur Bertrand, intervint Pauline. On peut discuter quelque part ?

L'homme jeta un regard circulaire. Sa mine contrariée signifiait qu'il n'avait pas spécialement envie d'être vu en train de discuter avec des gendarmes. S'impatientant, Marnou proposa :

— Si c'est trop compliqué, vous pouvez nous suivre à la gendarmerie...

— Ah, ben je l'attendais celle-là... Bon, on peut aller dehors.

Le trio se dirigea à l'extérieur. Bertrand avisa un gros arbre sans personne autour. Il s'y dirigea, suivi des deux militaires, s'y adossa et comme un taureau prêt pour le combat, leur lança :

— Bon, qu'est-ce que vous voulez savoir, qu'on en finisse ?

— Monsieur Vernet vous a visiblement parlé de sa matinée, commença Pauline qui avait l'impression d'émerger de sa soirée pour la première fois de la journée. À quelle heure l'avez-vous vu et où ?

— Suis en vacances, moi. J'ai pas de montre pendant les vacances, commença l'homme en leur secouant ses poignets sous le nez. Il sentit dans le regard qu'échangèrent Marnou et Pauline qu'il ne fallait peut-être pas aller trop loin et ajouta :

— Mais comme j'avais fini de manger depuis un bon moment, il devait être 13 heures. Peut-être 13 h 30. Je l'ai rencontré à l'accueil. Il se renseignait pour savoir où était le tribunal.

— Il vous a dit pourquoi il demandait ça ?

— Il m'a dit qu'il avait été arrêté « pour une connerie », fit Bertrand qui avait le geste facile et mimait maintenant des guillemets. Et que du coup, il devait passer devant un juge. « Une broutille, mais ça fait chier » m'a-t-il dit.

— Selon vous, demanda Pauline, il avait donc l'intention de s'y rendre ?

— Pourquoi vous me demandez ça ? Vous le savez bien, qu'il y est allé…

— Vous pourriez préciser ?

Bertrand leva les yeux au ciel avant de répondre :

— Puisque c'est quelqu'un du tribunal qui est venu le chercher. Une dame, charmante d'ailleurs, vous pourrez lui dire de ma part.

— Vous pourriez me décrire cette dame, et comment ça s'est passé ? demanda Marnou. Bertrand comprit qu'il y avait un « hic » et perdit une peu de sa morgue.

— C'était pas quelqu'un de chez vous ? Il n'est pas arrivé au tribunal ?

— Je suis désolé, monsieur Bertrand, mais là, et ce n'est pas contre vous, je crois bien qu'il va falloir venir faire une déposition à la gendarmerie. Vous venez par vos propres moyens ? On vous emmène ? C'est peut-être plus prudent…

Beyrouth, 20 h 45

Alors qu'il pestait en cherchant la télécommande pour éteindre la télé, René stoppa net ses recherches. La chaîne d'info en continu et en français semblait enfin aborder le point qui occupait son esprit :

« Affaire du dinosaure de Saint-Malo, nouveau rebondissement »

Merde, on ne lui avait transmis aucune information. Qu'est-ce qui se passait encore ?

Il se raidit et, debout au milieu de la chambre de son palace de transit, s'immobilisa face à l'écran. Un bandeau en barrait le bas avec l'incrustation « Dinosaure, quand la science reprend la main. »

Le présentateur donna la parole à un type au front dégarni qui tenait quelques feuillets à la main. Aussitôt, son nom et sa fonction s'affichèrent : Elie Vurter université de Poitiers.

— Putain, que fout De Saintonge, maugréa René, s'il ne tient pas ses troupes…

Le type à la télé annonça qu'il allait lire un communiqué rédigé par quelques-uns de ses collègues et lui-même, et qu'il était le porte-parole de leur « comité d'éthique ». Puis il chaussa des lunettes, et entreprit sa lecture :

« Au regard des derniers événements et en tenant compte de l'instrumentalisation politique faite au sujet de la découverte d'un *atsinganosaurus* plus communément baptisé Lézard titan sur la plage Du Guesclin, Ille et Vilaine, la communauté scientifique s'est particulièrement émue. Notons au passage un remarquable travail de fond mené par un journaliste de la *Nouvelle République*, Jean-Michel Gouin, qui a permis de mettre au jour nombre de points troublants concernant cette affaire. En désaccord avec notre hiérarchie universitaire, mais avec l'autorisation du conseil départemental des Bouches-du-Rhône, propriétaire du site de fouilles de Velaux, La Bastide Neuve, dans la région d'Aix-en-Provence, quatre des plus éminents chercheurs de notre université, accompagnés de plusieurs archéologues de renommée mondiale rattachés à l'Institut royal des sciences naturelles de Belgique traditionnellement associés aux recherches sur ce site ont donc décidé de reprendre les fouilles sur ce secteur.

Notre objectif est strictement lié à la recherche d'une vérité scientifique : nous ne disons pas que l'*atsinganosaurus maclovius*[9], ainsi qu'il a été nommé, est un faux. Nous disons que le doute existe car un dinosaure sensiblement identique semblait avoir été découvert à Velaux, avant que certains de nos laborantins n'affirment le contraire. Le squelette de l'*atsinganosaurus maclovius* étant lacunaire, la découverte de nouveaux ossements sur un site ou sur un autre viendrait le compléter et permettrait de faire avancer la réflexion de manière significative. »

— Mais c'est une véritable bombe que vous nous lancez là, enchaîna le présentateur. Pourriez-vous nous affirmer que…

Rageur, René éteignit le poste. Il contempla l'écran noir un instant avant de saisir son téléphone. Le chauffeur hors-jeu pour un temps, Lindsay en mission sur une autre opération, il se voyait contraint d'abattre sa dernière carte pour venir à bout de cette affaire « Lézard titan » C'était gênant, mais on peut gagner

9. Maclovius : Malo en latin

au tarot sans mener le « petit » au bout[10]. Cependant, pour ce nouveau front qui s'ouvrait du côté des collines de Velaux, il fallait se rendre à l'évidence : il devrait mettre lui-même les mains dans le cambouis.

Ce n'était pas pour lui déplaire.

Il composa un numéro et quitta la chambre pour prendre un rapide repas au restaurant de l'hôtel.

10. Si le Petit ou le 1 en atout fait partie de la dernière levée, on dit qu'il est au bout. Le camp qui réalise la dernière levée, à condition que cette levée comprenne le Petit, bénéficie d'une prime de 10 points, multipliable selon le contrat, quel que soit le résultat de la donne. (extrait du règlement de la Fédération française de tarot)

27 août

Gendarmerie de Saint-Malo, 7 heures

L'équipe était déjà au complet. Le bureau de Jo sentait le café fraîchement préparé. Les gobelets s'entassaient dans la poubelle. Ambiance des grands jours. Tous semblaient s'être mis au diapason des enjeux à venir : Mansaoui ne faisait pas la gueule, Pauline était pimpante dans son uniforme impeccable. Elle avait même gardé sa casquette, laissant filer quelques cheveux par l'ouverture arrière. Alain Marnou et le major étaient égaux à eux-mêmes. Concentrés.

L'interrogatoire du fameux Bertrand, la veille au soir, avait permis d'obtenir une quasi-certitude. Deux, même : il y avait bien quelqu'un qui agissait dans l'ombre et avait pris la fâcheuse habitude de faire du vide sur tout ce qui touchait à cette enquête. Et ce quelqu'un était très bien renseigné. Suffisamment pour savoir que le témoin était convoqué chez un juge. Et il n'avait eu que quelques heures pour réagir…

Car comment expliquer autrement que par un enlèvement la disparition du malingre ? Bertrand avait confirmé en interrogatoire qu'une femme, se faisant passer pour une policière, s'était présentée à l'accueil de l'auberge de jeunesse et l'avait fait appeler. Il était arrivé, accompagné de Bertrand avec qui il était en train de discuter. Le malingre avait été étonné, ce n'était pas prévu. Mais il avait salué Bertrand et suivi la femme. Plus personne ne l'avait revu depuis. Une équipe se rendrait à l'auberge de jeunesse dès 8 heures, pour voir si quelqu'un avait remarqué quelque chose. Un avis de recherche dans le cadre d'une « disparition inquiétante » avait été déclenché, avec flashes info à la radio. Pour l'instant, personne ne s'était manifesté. Bertrand était attendu d'un instant à l'autre pour faire le portrait-robot de la femme.

Mais les attentions se portaient ailleurs. Tous étaient concentrés sur le téléphone de Jo. Son téléphone personnel.

Posé sur la table, quatre paires d'yeux braqués sur lui, comme si, à l'instar d'une boule de cristal, il allait leur révéler quelque chose d'essentiel

« Un vieux pote, un collègue de promo doit m'appeler. Il fait partie de l'équipe de Rennes qui bosse sur le téléphone que Mermoz nous a laissé. »

Tous avaient compris que l'enquête prenait une autre tournure. On quittait la voie hiérarchique classique et le non moins classique fax-rapport du labo. Tout juste si Mansaoui avait tenté de savoir pourquoi, justement, on s'écartait de la voie officielle. Jo avait balayé la remarque d'un revers de main. Il avait eu le temps de réfléchir à la question avant de prévenir son équipe et avait dû tirer, sinon une conclusion, du moins des hypothèses. Les trois autres gendarmes tentaient d'en faire autant, mais rien ne venait, malgré le renfort de la caféine. Une seule chose était sûre : le major ne voulait pas garder la teneur du coup de fil attendu pour lui seul. Ça rendait l'attente encore plus oppressante. Et un peu excitante.

Soudain, le téléphone bourdonna et entreprit un petit mouvement rotatif, générant une tension encore plus vive dans l'assistance. Jo mit le haut-parleur en action et lança :

— Oui, Jo Digoin.

— Ça va le Pit ?

— On fait aller. Et toi Tony, ça roule ?

— Ça roule, ça roule… Écoute, on essaiera de trouver un moment pour tchatcher, le Pit, là, j'ai un truc sur le gaz. Bon, on est d'accord, hein, je ne t'ai pas appelé ?

— On est d'accord.

— Je fais vite. Votre téléphone a parlé, et ça veut dire deux choses. Une, vous avez levé un truc énorme. Deux, on va nous retirer l'enquête.

— Qui ça, nous ?

— Nous, les gendarmes. Je te parie mon ticket que le proc va refiler l'affaire aux flics dès qu'il aura lu notre rapport.

— Vas-y, explique…

— On savait que votre portable avait communiqué avec un intraçable. Il s'agit d'un « Teorem ». Tu vois ce que je veux dire ?

— Oh putain… Merde alors…

— On est sur sa triangulation depuis cette nuit. 2 h 53 du mat, Liban. Du côté de Beyrouth. Depuis plus rien. On reste sur le coup tant qu'on ne nous demande pas d'arrêter.

— Tu me diras si vous avez d'autres pointages ?

— Tu es sûr que tu veux savoir ? Je déconne, on t'appelait « le Pit », c'est pas pour rien… OK, je te dirai si on a le temps de trouver quelque chose. En crypté. Tu sais comment ça marche ?

Jo n'en savait rien et observa ses collègues. Seule, Pauline réagit en levant un pouce. Déjà, elle pianotait sur son téléphone tout en faisant un petit moulinet de sa main libre, signifiant à Jo de continuer à parler. Une poignée de secondes plus tard, elle griffonna quelque chose sur un bout de papier qu'elle fit glisser jusqu'à son supérieur. Tout en continuant à dire qu'il n'y avait pas de soucis, le major parcourut le message et jeta un œil étonné à la gendarme. Mais l'heure n'étant pas encore aux explications, il se contenta de lire à son collègue en tentant d'assurer sa voix, comme si l'info venait de lui « Géocaching-Rennes d'un jour-1 » Il prit sur lui d'ajouter « Rennes comme la ville, hein »

— OK, j'ai bien compris. Bon, le Pit, c'est pas que je m'ennuie avec toi, mais là, je suis censé pisser un coup. Faut que je file sinon, je vais me faire chambrer.

— Chambrer ?

— La prostate, le Pit, la prostate… C'est qu'on n'est plus tout jeunes ! Allez, on se rappelle ! Ah, attends, si j'ai quelque chose, je t'envoie un SMS avec juste un emoji.

Jo raccrocha, songeur. Il fit le tour de l'assemblée en hochant la tête, avant de lancer :

— Bon, on commence par quoi ?

— Pourquoi « le Pit » ? demanda Mansaoui le plus sérieusement du monde.

— Ah ! s'esclaffa le major. Des conneries, des histoires de jeunesse. Disons que je ne lâchais pas facilement une affaire… Non plus sérieusement. « Teorem », tout le monde connaît j›imagine ? Par contre, « Géocaching », Pauline...

— Donnant donnant, major ! Je connais Teorem, bien sûr, les téléphones ultra sécurisés réservés aux gradés et aux proches du pouvoir. Je sais que Bénalla[11] s'était tiré avec le sien avant de se le faire confisquer, mais à part ça… Pourquoi est-ce qu'on devrait se faire piquer l'affaire pour une histoire de téléphone ?

— Sans doute parce que justement, intervint Marnou, le « phone » que nous a filé Mermoz a communiqué avec un haut gradé pas « simple » gradé, pardon major ou un politique de haut rang. Et on ne veut pas qu'on y mette notre nez.

---

11. Affaire Benalla : affaire politico-judiciaire de 2018 mettant en cause un chargé de mission de la présidence pour diverses raisons. Après sa mise à pied, il aurait conservé divers documents et matériels auxquels il ne pouvait plus prétendre, dont un téléphone Teorem.

— Ben… et les flics, eux, auraient le droit ?

— Si Tony a raison et qu'on nous sort du jeu, c'est parce que des militaires qui enquêtent sur des militaires pour un problème pénal, on évite, en général. Par contre, nous sommes les seuls, les militaires à disposer d'outils permettant de tracer ce type de téléphone. Et si les collègues de la PN[12] prennent le relais… Ils pourraient, mais je ne vous explique pas le dédale administratif avant d'obtenir les autorisations nécessaires…

— Enterrement de première classe, conclut Marnou. Mais bon, ce n'est que l'hypothèse de votre ami Tony…

— Il parle en connaissance de cause, précisa Jo. Ce n'est sans doute pas la première fois que son équipe tombe sur ce genre de cas. Bon, on verra bien. Et ce Géocaching, alors ?

— OK… Personne ne connaît le Géocaching ? demanda Pauline à l'assemblée. Vous allez voir, c'est un truc top !

Tout en bidouillant sur son téléphone, elle expliqua :

— C'est une appli à télécharger, attendez… voilà, regardez. Le principe c'est qu'il y a de petites capsules, des « caches » à trouver grâce à des indices, des énigmes, le géo-positionnement. Il y en a partout en France, à l'étranger... C'est collaboratif. Tout le monde peut créer son parcours. Rien qu'ici, à Saint-Malo, il y en a plein, regardez…

Le portable circula de main en main. Les gendarmes ne connaissaient pas et s'extasiaient en découvrant le principe.

— C'est top, ce truc, je vais essayer ça avec les gosses, déclara Marnou. Oh, je crois qu'il y a une cache juste en face de chez moi !

— Super, coupa Jo. Mais bon, on va en faire quoi, de ce Géocaching ? « Rennes d'un jour », tout ça, c'est quoi ?

— Comme votre ami est sur Rennes, expliqua Pauline, je suis allée voir ce qu'il y avait comme circuit là-bas. J'ai cité

12. Police nationale

le premier circuit sur lequel je suis tombée, « Rennes d'un jour ». Quand il vous préviendra, il faudra se rendre sur place et résoudre la première énigme – c'est fastoche, vous verrez ! – et à la place d'une cache, il laissera son information. En clair, le moyen d'échanger via le darknet...

— Bon, on verra. Pour l'instant, on est encore sur le coup, et on verra plus tard pour la chasse au trésor et le darknet, hein. Si on pouvait rester dans du classique, ça m'arrangerait... Qu'est-ce qu'on a de nouveau ? Les agresseurs de nos deux pieds nickelés communiquent avec un gros bonnet qui se trouve à Beyrouth et notre malingre s'est volatilisé en compagnie d'une femme. C'est déjà assez compliqué comme ça...

— Pour moi, lança Mansaoui, le malingre fait fausse route : OK, il y a une magouille qui se prépare. Mais pas pour une histoire de Dinoland sur la côte. Parce que là, on en est à des enlèvements, des meurtres, des téléphones Teorem... Qui est-ce que ça arrange, qu'on trouve un dinosaure, et une espèce inconnue en plus, dans un coin où il ne devrait pas y en avoir ?

— Si c'est politique, les dingos qui basent leur programme sur la preuve de l'existence du bon dieu en ce moment me semblent tout désignés, proposa Marnou.

— Dingos, dingos, ils montent dans les sondages, je te signale, fit remarquer le major. Ils dépassent les dix pour cent d'intention de vote. Et, ajouta-t-il en martelant un journal d'opinion qui traînait sur la table, quarante-quatre pour cent chez les flics ! Donc, oui, il va falloir approfondir cette piste. Mais ce n'est pas de notre ressort. Je vais en parler au proc... Nous, il faut nous centrer sur la disparition du malin... Oh merde, comment il s'appelle, déjà ?

— Vernet. Samuel Vernet, intervint Pauline.

— Voilà. Il faut retrouver ce Samuel Vernet. Son pote va venir faire le portrait-robot de la nénette venue le cueillir à l'auberge de jeunesse. Et j'ai ma petite idée...

— On peut savoir, major ? demanda Marnou.

— La conductrice de la Clio rouge qu'on a croisée en allant à la SPA, l'autre soir. On n'était pas dans les meilleures conditions, mais j'ai une image assez nette de son aspect général. Voilà ce que je vous propose : deux d'entre vous accueillent monsieur Bertrand. Portrait-robot et vous essayez de lui tirer les vers du nez sur les récentes activités de Vernet et tout ce qui lui vient en tête. Après, diffusion du portrait par les canaux habituels et enquête de terrain à partir de l'auberge de jeunesse. Vous en profiterez pour interroger tous ceux qui ont côtoyé Vernet ces derniers jours. Il faut une personne pour discuter avec Mario Di Roza. Leur petite équipe, lui, Vernet et Lanaët menaient une enquête. Il ne reste plus que lui… Il faut le faire réfléchir, qu'il nous lâche tout ce qu'il sait. Il en va peut-être de sa sécurité. D'ailleurs, je vais également demander au proc de le mettre sous protection…

— Et donc vous, major, dit Pauline, si on a bien compris…

— Moi, je vais chez le proc. Si Tony m'envoie un message, je t'appelle, Pauline. Bon, qui fait quoi ?

Saint-Coulomb, 10 h 30

L'hôtel réservé par l'organisation présentait tous les avantages recherchés par les touristes visitant le coin. Martin Léonard et ses acolytes n'avaient pas l'intention, ou du moins pas le loisir de découvrir les charmes de la cité balnéaire mais, au moins, le calme, le luxe et tous les accessoires pour un séjour agréable leur étaient accordés. La convocation était arrivée la veille au soir. Comme d'habitude, un taxi l'avait récupéré au petit matin en bas de chez lui. Puis l'avion et un nouveau taxi avaient pris le relais. Le réceptionniste lui avait remis les clés – chambre 15 – et il s'y était rendu directement. Comme il s'y attendait, une feuille de route, imprimée sur du papier de qualité, l'attendait sur la table de nuit.

Un repas serait servi dans les chambres, puis tous les membres se retrouveraient dans la salle « Du Guesclin » pour une réunion de travail. Puis il serait temps de se préparer pour le meeting du soir, prévu en extérieur, sur la plage.

Martin savait que la réunion de travail consisterait principalement à écouter les dernières directives et que le reste de la journée serait consacré à l'appropriation de ces directives. Le fait d'être ainsi téléguidé l'avait un peu choqué au départ, mais la stratégie résistait plutôt bien à l'épreuve des faits. Comment créer un mouvement de toutes pièces, avec des pièces justement, rapportées de toutes parts sans un ciment déversé du dessus ? Les sondages d'opinion montraient que le mouvement commençait à s'implanter dans l'opinion publique. Les oppositions se faisaient de plus en plus virulentes, pour ne pas dire violentes : ça aussi, c'était bon signe.

Il s'allongea sur le dos, les bras croisés derrière la tête. Le matelas était moelleux. Il y avait pire comme situation.

Saint-Malo, palais de justice, 10 h 40

Jo ne pouvait pas dire qu'il n'avait pas été prévenu, mais il l'avait en travers de la gorge. Le procureur l'avait raccompagné jusqu'à la porte de son bureau, ne pouvant s'empêcher de lui porter la main à l'épaule au moment de la séparation. Comme pour lui dire : « Je comprends, je n'étais pas d'accord, mais vous savez, parfois… »

Jo, trop respectueux des codes, s'était contenté de hocher la tête. Oui, il comprenait. Il espérait que les collègues de la PN, désormais en charge du dossier, réussiraient rapidement. Quand même, oui, c'était une grosse affaire. Il salua les secrétaires du procureur et de la présidente du tribunal et s'engouffra dans la toute nouvelle et majestueuse – climatisée – salle des pas perdus, avant de retourner affronter la fournaise du parking.

Il avait pu éviter l'ultime humiliation : bien entendu, on ne lui demandait pas de « retourner à la circulation », mais on aurait souhaité que son équipe se mobilise sur la sécurisation du grand meeting du PSLC prévu pour le soir-même sur la plage. Non, ce serait sans lui. Il avait argué que l'équipe avait besoin de souffler un peu et que des liens existant possiblement entre l'affaire dont on venait de le débarquer et la montée de ce parti venu de nulle part, il serait plus judicieux que des effectifs policiers soient affectés sur l'affaire.

En s'installant derrière le volant du Partner, Jo se retint de frapper le volant pour faire sortir la colère qui montait. Il décida plutôt de démarrer rapidement pour faire entrer un peu d'air dans l'habitacle. Tout en conduisant, il réactiva son portable. Avec un peu de chance, Tony aurait pu avoir du nouveau avant que l'annonce du dessaisissement de la gendarmerie n'arrive jusqu'à lui. Il évita de justesse une dame qui quittait une agence immobilière en parcourant un catalogue au niveau du rond-point marquant la fin de l'avenue Aristide Briand et le début de l'avenue Jean Jaures. La dame fit un signe d'excuse en direction du véhicule de gendarmerie. Elle n'en pensait sûrement pas moins – se croient tout permis, ces flics ! – mais Jo n'y prêta aucune attention.

Il y avait bien un SMS de Tony. Un simple smiley. Ça suffisait à son bonheur. Il fit un tour de rond-point pour retrouver la direction de la caserne via l'avenue Anita Conti – Saint-Malo compte beaucoup d'avenues ! – alors que son idée initiale était d'aller humer un peu d'air moins chaud, du côté du port.

Pauline et Alain Marnou travaillaient dans le bureau du major. Ils étudiaient un écran d'ordinateur. Visiblement, le portrait-robot de la personne venue récupérer Sam Vernet à l'auberge de jeunesse avait été fait. Jo fut tenté de leur lancer d'emblée que c'était fichu et qu'ils n'étaient plus sur le coup, mais la curiosité l'emporta. Il s'approcha de l'écran pendant que ses deux adjoints lui laissaient la place.

— Alors, Jo, cette intuition ? lança Marnou.

— Je ne suis pas sûr… mais peut-être… attendez, vous avez d'autres plans ?

Marnou s'empara de la souris et fit défiler plusieurs autres vues. Pommettes plus hautes, teint plus clair, yeux plus allongés, etc.

— Bon, aucune certitude, reprit le major. Mais cette femme pourrait être celle que l'on a croisée le soir de l'assassinat de Kerlean. Vous vous souvenez, la Clio rouge… Bon, mais tout ça, c'est du passé pour nous.

— Quoi ? s'emporta Pauline. Vous voulez dire que…

— Ben oui. C'est ce que je veux dire. Tony avait vu juste. Il est où, Kad ?

— Parti voir Di Roza. On le rappelle ?

— Je vais m'en occuper. Mais avant…

Jo semblait ennuyé. Il s'assit, s'épongea le front, l'air soudain fatigué. Vieux et fatigué.

— Un verre d'eau ? Jo ? Autre chose ? Ça va ? demanda Marnou tandis que Pauline se dirigeait déjà vers le frigo.

Le major déclina d'un geste et finit par lâcher.

— Je vous le dis parce que Kad, justement, n'est pas là, et que de toute façon notre petite équipe de circonstance n'existe plus à partir de maintenant…

Les deux gendarmes s'assirent face à leur chef, en silence. Qu'est-ce qu'il pouvait avoir à leur raconter sans que Mansaoui ne soit mis au courant ? Une seule chose était quasiment sûre : Jo avait décidé de s'affranchir de quelques-unes des procédures si chères à Kad. Ils ne furent pas déçus.

— Officiellement, on n'est plus sur le coup et, bien entendu, je ne vais pas me lancer dans une enquête parallèle, vous me connaissez…

— Oui, Jo, mais tu as quand même quelque chose en tête…

— Voilà ce que je me dis : il y a trop de choses que l'on n'a pas pu ou su éclaircir. Je fais entièrement confiance aux collègues pour y arriver. D'autant plus qu'ils auront des effectifs nettement plus significatifs que nous. Mais il y a quand même un dernier point que j'aimerais élucider. Et celui-là, je crois qu'il n'y a que nous à pouvoir le faire.

— L'histoire du Teorem ? s'exclama Pauline. Tony vous a contacté ?

Le major afficha le smiley sur son portable et le montra à ses adjoints.

— Génial ! On file à Rennes, alors ? Rennes d'un jour ? s'enthousiasma la jeune femme.

— Je ne veux pas vous embringuer dans ce truc… mais, Pauline, sans toi, je dois reconnaître que j'aurais bien du mal.

— Avec vous, chef, bien sûr !

— De mon côté, toussota Alain, même si je vous approuve complètement…

— Tu aimerais bien ne pas être mêlé à ça… poursuivit le major. Et je te comprends. On a des heures à récupérer et on n'a pas besoin d'être à trois sur ce coup. Et Pauline, promis, on cherche cette cache et on s'arrête là.

— Juré craché, major !

Moins d'une heure plus tard, toute l'équipe était officiellement en repos. Quartier libre décrété par le major qui avait confié le poste à un de ses adjoints gradés. Ils avaient accumulé des heures sup et personne n'avait trouvé à redire à cette réorganisation en urgence. D'autant plus que Jo et sa petite équipe, entièrement centrés sur « l'affaire du plongeur », ne participaient plus aux affaires courantes depuis plusieurs jours sans que ça ne gêne grand-monde.

Fougères, Îlle et Vilaine, 11 h 30

Après le départ de Ben Ouassil, Mermoz avait appelé le CHU de Saint-Étienne. État stationnaire, comme d'habitude. Il s'était alors rendu dans le bistrot le plus proche. Le serveur s'enquit de sa commande en pinçant le nez. Mermoz commençait à avoir l'habitude…

Il ne lui restait plus que la réflexion pour tenter de se tirer du guêpier dans lequel ils s'étaient fourrés. Mermoz, au contraire de Ben Ouassil, n'était pas du genre à foncer tête baissée et à jouer du poing ou de la batte de base-ball – même si après coup, le Djerbien usait souvent de citations hasardeuses pour justifier ses actes. Khalil Gibran avait souvent bon dos ! – Non Mermoz devait réfléchir, regarder cette histoire avec du recul, comme s'il n'y était pas mêlé jusqu'au cou. Il pouvait maintenant, selon lui, se le permettre : les gendarmes avaient plus ou moins promis de leur lâcher la grappe et leurs ennemis invisibles ne s'étaient plus manifestés depuis leur déroute à Latourbière.

Mermoz se concentra sur sa bière. Puis sur Ghriba, allongé à ses pieds. Leurs adversaires avaient forcément commis une erreur quelque part. Il devait y avoir une faille. Même s'ils avaient visiblement bien ficelé leur affaire, l'attitude incontrôlable de Ben Ouassil les avait obligés à s'adapter, à agir dans l'urgence. Comme à Latourbière.

Mais, malgré tous ses efforts, rien de net ne se dessinait dans son esprit. En raison de la chaleur, de son envie d'emmerder le serveur et aussi pour se faciliter la réflexion, Mermoz commanda un autre demi.

Rennes, 12 h 10

Ils avaient décidé d'utiliser leur matériel personnel pour qu'on ne puisse pas les accuser de quoi que ce soit : poursuivre une enquête hors cadre constituait déjà une infraction non négligeable. Inutile d'en rajouter.

Pauline Chardelet gara sa petite Fiesta – une vraie voiture de jeune fille, s'était dit Jo en montant à l'intérieur – sur les quais, comme indiqué sur le site de Géocaching. De là, ils rejoignirent facilement le lieu de la première énigme, la chapelle Saint-Yves. Les deux gendarmes – même en civil, gendarme un jour… – connaissaient bien l'endroit. Ils lurent les indications : il suffisait de compter les niches qu'abritaient les murs de l'édifice du XVe siècle.

Les compter était chose facile, mais le jeu ne s'arrêtait pas là. Tony avait dû, lui, planquer ses infos dans l'une des niches. Si la plupart étaient à hauteur d'homme, quelques-unes, situées au-dessus des portes, demanderaient un peu d'acrobatie… Mais il était probable que Tony n'ait pas voulu chercher à attirer l'attention, et ils commencèrent par les cachettes potentielles les plus accessibles. Ce fut Jo le plus rapide. Il marcha vers Pauline et lui montra un tube de médicaments homéopathiques.

— Il faut vérifier, major, c'est peut-être juste quelqu'un qui…

— Bon, Pauline, d'abord, on se tutoie, on n'est plus en service. Et on risque de passer notre quartier libre ensemble.

— OK… Et ensuite ?

— Ensuite ? Pas de doutes, c'est bien Tony qui a posé ça.

Jo lui lança le tube. La jeune gendarme l'observa en fronçant les sourcils, avant de sourire en rendant l'objet au major. L'étiquette mentionnait « PROSTATE GRANULES 15 CH »

Fougères, 12 h 30

Bientôt une heure qu'il éclusait des bières. Le serveur, voyant que toutes les consos étaient payées rubis sur l'ongle et que le client ne posait pas de problèmes avait fini par arrêter de tirer la gueule. Il avait même spontanément apporté une gamelle d'eau au chien. Et Mermoz sentait qu'il tenait un début de bout d'idée.

Il avait procédé méthodiquement, analysant tout ce qui avait pu être dit ou fait. Le maillon faible du dispositif était forcément celui qui s'était fait éliminer : l'homme qui l'avait enlevé à la gare : Ben Ouassil lui avait juré qu'il n'était pas l'auteur du coup de feu fatal, et Mermoz n'avait aucune raison de douter de son collègue. Si ce n'était pas Ben Ouassil, l'exécution était l'œuvre de l'organisation à l'origine de leurs ennuis. Pourquoi ? Ce Kerlean représentait une autre force ? Peu probable. Il aurait fallu un sacré manque de bol pour que et Yvon et lui soient confrontés à ce type et que dans le même temps ils aient à subir une poursuite aussi implacable, avec des moyens aussi impressionnants. Donc, soit Kerlean faisait partie de cette équipe, soit il y était intimement lié. Et s'il s'était fait dégommer, c'est qu'il avait foiré quelque part… Où ? C'est ce que Mermoz cherchait à trouver. Il se refaisait le film de son enlèvement. De manière très intuitive, il sentait que la clé se trouvait à ce niveau. Il hésita à commander une autre binouze : le soleil tapait fort malgré le parasol publicitaire mais il commençait à sentir ses gestes moins assurés, premiers signes pour lui d'un début d'ébriété. Il préféra attendre d'être plus proche d'une piste fiable.

Il se revit s'approchant de la foule devant la gare, appareil photo à la main. Kerlean l'aborde, lui dit qu'il a un scoop et comme c'est le seul qu'il a vu avec un appareil photo, il pense que ça peut l'intéresser. Jusque-là, ça se tenait plus ou moins. Où était l'embrouille, l'erreur ? Mermoz rembobina. La foule, une centaine de personnes, Kerlean… Et là, bingo ! Les mots de son agresseur lui revinrent nettement :

« Y a quelqu'un du gouvernement, le chef de cabinet du ministre de l'Intérieur qui se planque dans un wagon. »

Est-ce qu'un chef de cabinet justifie une manif ? Mermoz, qui avait couvert quelques arrivées de déplacements officiels sur Saint-Étienne avait déjà vu des comités d'accueil. Pour des ministres, des candidats. Jamais pour un chef de cabinet ! Donc, soit Kerlean s'était planté, mais une histoire comme ça ne s'inventait pas – il aurait même été dans son intérêt d'appâter Mermoz avec la présence d'un notable de plus haut rang – soit la foule n'était pas là pour ça. Mais pour qui ? Une coïncidence ? Il y avait un truc pas net. Un truc à vérifier.

Mermoz appela le serveur qui passait dans le secteur fort à propos. Le bistrot faisait également tabac et presse.

— Vous auriez les journaux d'info locale, enfin, de Rennes surtout, des jours précédents ?

— Possible, faut que je demande au patron s'il a retourné les invendus… Quels jours exactement ?

— Attendez, on est le combien, là ?

— Le 27, monsieur.

— Alors si vous avez… les 21, 22 et 23 août, calcula Mermoz, les journaux correspondant à la veille, au jour et au lendemain de son arrivée mouvementée en gare de Rennes.

— Je vais voir… Mais on n'est pas une médiathèque… si je les trouve, il faudra les acheter. Parce qu'on ne nous reprend pas les journaux qui ont été lus…

La chance commençait-elle à tourner en sa faveur ? Quelques minutes plus tard, Mermoz pouvait consulter les trois numéros de *Ouest-France* correspondant à sa recherche. Comme il s'y attendait, il se rendit rapidement compte qu'il y avait un loup. Le quotidien annonçait l'arrivée du ministre de l'Intérieur pour la nuit du 21 au 22, pour des rencontres institutionnelles, concernant l'impact de la PMA dans une région connue pour être particulièrement réactive à ce genre d'initiative. Ce qui expliquait la manif. Pour un ministre, Mermoz comprenait mieux. Mais les numéros des jours suivants expliquaient que la manifestation s'était passée sans incidents… d'autant plus que le ministre, empêché, avait envoyé… son chef de cabinet. Kerlean était donc au courant avant que *Ouest-France* ne l'annonce ! Mermoz connaissait suffisamment le fonctionnement de la presse : la PQR[13] publiait les infos nationales concernant son territoire en même temps que la presse parisienne. Si *Ouest-France* n'avait pas l'info le jour de l'arrivée du chef de cabinet… personne ne pouvait le savoir. À moins d'être un proche du dossier.

L'erreur était là. Si Kerlean disposait de cette info, il fallait absolument orienter les recherches sur ce fameux proche du ministre de l'Intérieur. Ça commençait à taper haut, là !

Mermoz acheta les numéros de « Libé » et du *Monde* pour les mêmes jours. Il commanda une bière supplémentaire. Une découverte comme ça, ça s'arrosait !

13. Presse Quotidienne Régionale

Saint-Malo, 12 h 35

Ils avaient décidé de se retrouver dans l'appartement de Pauline. Jo était un peu gêné et se sentait dans la position d'un prétendant rejoignant une jeune femme en secret. La démarche était facilitée par le fait qu'ils vivaient tous deux dans le même bâtiment, regroupant les logements des gendarmes de la caserne. Mais les risques d'être vus, et par des collègues qui est plus est, étaient grands… Bien entendu, rien n'interdisait ce genre de visite, mais le major n'était pas coutumier du fait. De mémoire, il ne s'était rendu que très rarement au domicile d'autres militaires. L'inverse était encore moins fréquent. Chez Marnou, une fois ou deux. Chez d'autres gendarmes qui avaient muté depuis, pour suivre un match ou une étape du Tour de France. Allez, il pouvait compter ces visites sur les doigts des deux mains. En près de vingt ans, ça faisait peu… Mais Jo était comme ça, sa femme aussi. Ils aimaient rester tranquilles chez eux ou partir en balade le long de la mer quand ils éprouvaient le besoin de fuir le rythme et le stress de leurs métiers respectifs.

La porte était entrouverte. Le major tenta d'arborer l'air le plus naturel possible pour s'introduire chez la jeune femme.

— Entrez, major, je suis là !

Plus de tutoiement… C'était effectivement moins évident que dans un lieu neutre, comme à la chapelle tout à l'heure. Jo suivit le couloir pour accéder au salon. Il connaissait ce type de logement pour avoir occupé l'un de ses semblables lorsqu'il était arrivé en poste ici. Pauline s'activait sur une tablette tactile, assise sur un canapé recouvert d'un plaid aux couleurs vives. Le major la rejoignit et s'installa, maladroitement, à ses côtés.

— Je suis juste en train de modifier mon VPN pour l'instant, l'informa-t-elle.

— VPN ?

— Ah pardon, vous ne connaissez pas... Pauline cessa son pianotage avant de poursuivre. Au niveau du darknet... vous en êtes où ?

— J'en suis où ? Eh bien disons, nulle part… Je connais de nom, c'est tout. Je n'ai jamais eu à travailler le sujet... Je sais juste que nombre d'activités illégales s'y déroulent.

— Oui, mais pas seulement. Le site du *Washington Post* y est hébergé, par exemple !

— Quoi ? Mais ça ne sert à rien, non ? Enfin, ils ne sont pas fous, médita le gendarme. Pour quelles raisons ils...

— Ils sont sur le darknet pour que les gens qui y accèdent ne puissent pas être tracés, donc inquiétés. Tous les gouvernements ne sont pas fans de la presse américaine… Et votre ami Tony, pour faire simple, il compte déposer les infos qu'il nous réserve sans que personne d'autre n'y ait accès, sans qu'on ne remonte ni jusqu'à lui ni jusqu'à nous. Il n'y a rien d'illégal là-dedans, rassurez-vous !

— Ah, je crois que je comprends. Et ce VPN, alors ?

— VPN pour *Virtual Private Network. C'est une sorte de tunnel sécurisé entre ma tablette et internet. Une sécurité supplémentaire. Je vais rarement sur le « dark », mais chaque fois que j'y vais, je change de VPN : j'obtiens une nouvelle adresse IP...*

— Bon… je ne vais pas vous… te demander l'explication de chaque sigle ! Je te laisse faire…

Pauline s'exécuta en souriant. Son écran devint noir, avec un minuteur vert qui s'égrenait. Puis il devint violet, avec une page d'accueil qui s'afficha.

— Maintenant, je vais entrer les données de Tony…

Elle ouvrit le tube de granules homéopathiques et à l'aide d'un stylo, en sortit un feuillet enroulé à l'intérieur. Elle expliqua au major qu'il y avait une adresse « en onion » renvoyant à un site anonyme accessible via le réseau Tor[14]. Onion signifiait qu'à la manière d'un oignon, le cheminement pour accéder à un site se démultipliait en une infinité de couches disséminées dans le monde entier, rendant ce cheminement sinon inrepérable, du moins extrêmement compliqué à tracer.

14. The Onion Router

— Voilà… On est sur le site créé par Tony. Comme vous voyez, il a rajouté une dernière couche, on nous demande un mot de passe : c'est la deuxième série de chiffres figurant sur le feuillet, poursuivit-elle en tapant les chiffres. Ah, attendez… il a mis une autre sécurité... une question confidentielle.

Pauline éclata de rire et tendit la tablette à son supérieur. Ce dernier lut en fronçant les sourcils. Quel con, ce Tony !

« Prénom de la gonzesse qui t'avait tapé dans l'œil au bar des *Pas perdus*. »

Jo haussa les épaules et tapa la réponse attendue. S'il avait bien suivi, ça leur permettrait d'accéder à la suite du contenu et Tony avait l'assurance que si quelqu'un d'autre avait découvert la cache, il ne pourrait aller plus loin.

Le site était d'une présentation ultra-simple. Des rectangles superposés avec une date, un horaire et du texte. Jo lut à voix haute :

27/08-10 h 27 – Débarqués de l'affaire comme prévu – Suis sur un autre dossier mais peux continuer le traçage Teorem en off.

27/08-10 h 58 – Bornage Teorem- Marseille aéroport

Jo posa la tablette sur le canapé et se gratta la tête.

— Pauline, tu peux regarder les horaires d'avion entre Beyrouth et Marseille de cette nuit ?

Sans répondre, la jeune gendarme reprit ses recherches.

— Ça colle, major… Il y avait un Turkish Airlines. Départ de Beyrouth à 3 h 30. Arrivée à Marseille-Provence à 10 h 45. Je me remets sur le site de Tony. Ah, tenez, il vient d'ajouter quelque chose :

27/08-12 h 53 — Bornage Teorem Velaux-La Bastide neuve (13) précision 30 m GPS 43,5328-5,20964

L'homme au Teorem venait d'être localisé. Tant qu'il aurait son téléphone activé, et tant que Tony ne serait pas empêché de le tracer, ils le tenaient !

Fougères, 13h 20

Passablement éméché, Memoz s'était commandé deux jambon-beurre. Un pour le chien qui avait les crocs, et l'autre pour lui. Pour éponger. Il venait d'éplucher la presse des derniers jours et en avait appris un peu plus sur le voyage du chef du cabinet de ministre. Un dénommé Étienne Mourotte. Il était bien arrivé en même temps que lui et, visiblement, était resté sur place. Il avait apparemment remplacé, au pied levé, le ministre retenu pour d'autres affaires. Mermoz en était quasiment certain : Kerlean étant au courant de sa présence, les inconnus qui leur cherchaient des noises étaient en lien avec ce type. Une affaire d'État ? Ils auraient des barbouzes sur le dos ? Il frissonna à cette idée, tout en croquant dans son sandwich. Ghriba, qui n'avait fait qu'une bouchée du sien, le regardait d'un air envieux.

Mourotte était là, d'après la presse, pour prendre la température au sujet des lois sur la PMA dans cette région où les conservateurs étaient particulièrement virulents. Possible. Mais, selon cette même presse, il serait toujours sur le secteur, enchaînant les rencontres. En quoi la Bretagne, en dehors de ses activistes, intéressait-elle autant l'Intérieur ? Un journaliste évoquait le dinosaure découvert sur la plage de Saint-Coulomb. La théorie se tenait : si la preuve que les dinosaures pouvaient être les contemporains des premiers hommes, les catholiques traditionnels se verraient encore confortés dans leurs croyances, et les réformes de société qu'envisageait le gouvernement seraient encore plus mises à mal. Là, l'article reprenait les grandes manifestations contre le « mariage pour tous » avec des photos d'incendies gigantesques en illustration.

Il était également beaucoup question du calendrier géologique du Massif armoricain. Un spécialiste indiquait que même si une partie des roches dataient de l'époque phanérozoïque, ça ne prouvait pas grand-chose : ladite époque couvrait bien l'histoire récente de la Terre, mais elle avait commencé… cinq cent quarante et un millions d'années plus tôt.

Ça ne prouvait donc rien mais ça suffisait à ne plus prouver définitivement que les hommes étaient apparus après les dinosaures. Et les intégristes de tous poils s'engouffraient allègrement dans la brèche.

Sur un autre quotidien, un lien était fait avec la politique. Et donc potentiellement avec le gouvernement. Le nouveau parti, dont Mermoz avait déjà entendu parler, le PSLC, était clairement identifié comme un parti catholique ultra-conservateur. Il comptait bien surfer sur cette vague de doute.

Mermoz décida de concentrer son action sur ce Mourotte. Le rencontrer ne serait évidemment pas chose facile, mais savoir où il était et ce qu'il faisait encore dans le coin serait un bon début. Il s'agissait maintenant de recouvrer des idées un peu plus claires. Il commanda un double café et replongea dans ses lectures.

Velaux, La Bastide Neuve, 15 h 30.

De Saintonge avait bien fait sa part de boulot. Le Département des Bouches-du-Rhône avait retiré l'autorisation de fouilles donnée aux dissidents de Poitiers. De Saintonge avait argué de la dangerosité du lieu, en raison de l'impact mondial suscité par cette histoire de dinosaure. « La sécurité des chercheurs ne peut être assurée par l'université. » Parlez de responsabilité à des politiques...

Garé au niveau d'une ancienne décharge, René observait les lieux à la jumelle. Le chantier, trois cents mètres carrés environ, avait été entouré de barrières de protection. Rien d'infranchissable, mais nécessitant du matériel pour les forcer. Pas de gardiens en vue. Ce point fit tiquer René. S'il ne fallait pas en faire trop, n'importe qui ne devait pouvoir pénétrer sur le chantier. Une surveillance, discrète, s'imposait, ne serait-ce que pour passer un coup de fil anonyme aux gendarmes en cas de tentative d'intrusion.

Pour l'heure, tout était calme. Quelques véhicules étaient passés sur le chemin de la Joséphine qui longeait l'enclos sur quelques mètres, mais personne, conducteurs ou passagers, ne semblait s'intéresser à l'endroit. Par contre, dans un recoin, sur la terre ocre et lacérée par les recherches, on devinait, entre les pins, une petite tente. Pour trois ou quatre personnes maximum. Bien entendu, toute l'attention de l'ancien barbouze se portait sur ce point. Peut-être était-elle là depuis longtemps, mais comment le vérifier ? Il faudrait trouver le nom de l'entreprise qui avait posé la clôture. Pas facile, sans soutien sur place.

René en était là de ses réflexions quand il se décida à bouger. Il ne fallait pas attirer l'attention. Il aurait bien eu besoin du chauffeur et de Lyndsay pour le relayer. Mais le premier était en « garde à vue médicalisée » sur Saint-Étienne, et la seconde ne donnait plus signe de vie depuis l'enlèvement de ce petit con de Sam Vernet. René soupçonnait fortement un nouveau coup de Mermoz et Ben Ouassil. Il ne pouvait être sur tous les fronts en même temps. L'urgence était le meeting du soir à l'autre bout de la France, à Saint-Coulomb. Il fallait absolument qu'aucune découverte n'ait lieu à Velaux d'ici-là. Il opta pour une ronde régulière, avec chaque fois un poste d'observation différent. Il prit quelques photos panoramiques avant de décamper. Il restait à se procurer une carte topographique du coin. Et un fusil longue portée, au cas où. Avec les contacts qu'il lui restait sur Marseille, il était aussi simple de se procurer les deux.

Saint-Malo, 15 h 40

« Chaises musicales à l'Intérieur

La place de chef de cabinet du ministre laissée libre par Étienne Mourotte, le porte-parole du gouvernement a annoncé hier soir la composition de la nouvelle équipe chargée d'entourer le locataire de la place Beauvau. Antoine Liénard, jusqu'alors chargé des relations avec...»

Mermoz avait fini d'éplucher la presse du jour et seul cet entrefilet dans *Le Monde* parlait de sa cible. Mourotte n'était donc plus au ministère… Pourquoi ? Démission ? Limogeage ? Remplissait-il de nouvelles fonctions ? L'article ne le disait pas.

Cette actualité était étonnante. Et le très discret Mourotte serait encore plus difficile à loger s'il n'occupait plus de fonction officielle. Il replia le journal et le posa sur la pile imposante qu'il venait d'étudier. Il n'y avait plus grand-chose à faire maintenant. Mourotte avait pu quitter la Bretagne et il n'y avait aucun moyen pour le vérifier. Par contre, s'il était toujours là et qu'il était bien en lien avec ses tracas, Mermoz savait de quel côté aller fouiner : la plage de Saint-Coulomb où l'on annonçait un grand meeting du PSLC. De ça toute la presse s'en faisait l'écho. Ce mouvement ultra-réac prenait une importance que personne n'avait vu venir. Les journaux de gauche s'inquiétaient, voire s'insurgeaient de voir des idées s'inspirant directement, selon eux, des mouvances trumpistes et bolsonariennes, s'installer en France, dans l'indifférence générale. La seule différence notoire, toujours selon eux, était que jusqu'à présent, personne n'incarnait ce mouvement de manière forte. Pas de grand leader à ce jour. Mourotte pourrait-il le devenir ? Le temps passé au ministère de l'Intérieur, les réseaux qu'il n'avait dû manquer de tisser pourraient probablement l'y aider. Mermoz se leva et lança au chien :

— Ghriba, on va faire un tour à la plage, ça te dit ?

Visiblement, ça lui disait. Il ramassa prestement sa nouvelle balle et se colla aux basques de Mermoz.

Il était un peu plus de 16 heures et une foule de techniciens en tous genres s'activait. La scène sur laquelle se succéderaient les ténors du PSLC était déjà montée, un parterre en caillebotis s'étalait devant. Un écran géant la surmontait. Quelques mètres en arrière, le point névralgique de la fourmilière, le cœur du système : une dizaine de cars-régie d'où descendaient des rouleaux de câble et toutes sortes de matériels. Les essais son étaient en cours. Une armée de « roads » installait des chaises et les assemblait entre elles à l›aide d›entretoises. Mermoz effectua un rapide calcul. Le parterre devrait pouvoir accueillir pas loin de trois mille spectateurs !

D'autres personnels avait entrepris la sécurisation de l'espace et les circulations pour y accéder à l'aide de mains courantes métalliques. Pour être tout nouveau, le PSLC disposait de moyens conséquents...

Mermoz observait la scène de l'un des points d'accès à la plage. Il était trop tôt pour y accéder avec le chien. Il en profita pour surveiller, à une centaine de mètres de la scène, ce qui devait être le chantier de fouilles. Là aussi, beaucoup de monde, beaucoup d'activité, des barrières de sécurité.

Mais avisant un nouveau véhicule rejoignant les camions en arrière-scène, il estima qu'il était temps de voir si son plan d'attaque avait une chance d'aboutir. Il avança sur le sable, Ghriba sur les talons. Tant pis pour les râleurs. Le nouveau véhicule, genre Renault Trafic, arborait les couleurs d'une société de surveillance, « Sécur'vit » Une douzaine d'hommes en étaient descendus, ainsi que trois chiens. Mermoz s'avança à leur rencontre en traînant. Les hommes étaient calmes, certains fumaient une clope. Ils n'étaient pas encore en service. Le meeting était prévu en début de soirée et il n'était pas encore 16 heures. Il fallait profiter de ce temps avant que l'adrénaline ne les rende plus réactifs. Arrivé à moins de dix mètres, Mermoz se positionna pour que l'homme qui semblait donner des directives aux autres soit le plus proche de lui. Il lança, d'une voix traînante :

— T'as pas une clope, chef ?

Comme il s'y attendait, le type lui fit signe de dégager et continua à discuter avec son équipe.

— Allez, sois cool. Après je me casse. Promis.

Le chef secoua la tête, désabusé, et d'une chiquenaude, jeta une cigarette dans la direction de Mermoz, qui la ramassa, dans le sable. Tout en essayant de la nettoyer, il poursuivit :

— T'as du feu, chef ?

— Putain, t'as que la gueule pour fumer toi...

Il s'avança néanmoins vers Mermoz, un briquet à la main.

— Allez, fit-il en allumant la cigarette. Maintenant, tu te casses. C'est pas pour toi ici…

— On y va, chef, on y va, merci, répondit Mermoz en lui adressant un signe du pouce.

Il en savait assez pour passer à l'étape suivante. Il avait environ quatre heures devant lui avant le début du meeting. Ça devait être suffisant.

Velaux, La Bastide Neuve, 18 h 12

René était mitigé. Satisfait de son passage express à Marseille, où on lui avait refilé le matériel souhaité. Ça lui procurait un plaisir certain de retourner au front. Les rendez-vous au pied des tours avec des types capables de vous livrer tout un arsenal de guerre sur un claquement de doigts – et de billets – des repérages de planques, des plans à élaborer pour lui et pas pour des seconds couteaux… Une seconde jeunesse.

Satisfait, donc, mais pas complètement. L'armement, d'abord. Un vrai flingue de dingue, un Mc Millan avec viseur de nuit. Précision à 1600 m. René connaissait bien cette arme. Les Américains se vantaient de tirs létaux à plus de 3500 mètres… Le problème n'était pas là. Il n'avait pas de silencieux. S'il devait l'utiliser, il faudrait tirer une seule fois et disparaître plus que rapidement. Et puis, il y avait cette tente. Tout était toujours calme, rien n'avait bougé depuis son premier passage, mais il existait une infime possibilité pour que ce soit un piège. Bien entendu, René n'avait pas envisagé une seule seconde de se rendre sur place. Une balle de calibre 50 suffirait. Mais il n'était pas totalement exclu que quelqu'un puisse se rendre dans la tente, ou en sorte, sans se faire repérer : l'ouverture était placée face à la pinède, à moins d'un mètre de cette dernière. Et pour l'instant, il n'avait trouvé aucun point d'observation permettant de contrôler les entrées et sorties. Ni le début de la pinède. Il était toutefois fort peu probable que quelqu'un s'y aventure sans se faire repérer. La tente bougerait forcément. Et la partie dissimulée de la pinède ne dépassait pas une poignée de mètres carrés. Peu de risques donc, mais pas le risque zéro. Et René n'aimait pas ça. Il redémarra pour se rendre sur un autre point de vue. Pas plus de dix minutes au même endroit. Il avait fait des réserves d'eau et de bouffe sur Marseille, il tiendrait toute la soirée et même la nuit s'il le fallait. Si quelque chose devait se passer, il préférait même que ce soit dans le noir : avec cette histoire de fusil sans silencieux, ce serait plus simple pour se fondre dans le décor.

Saint-Coulomb, 21 h 46

Martin Léonard fulminait. De façon très intériorisée, mais il fulminait. Il avait bossé comme un malade toute la journée, à préparer son discours. Suite au brainstorming, qui s'était réduit à une passation de directives à l'hôtel, on lui avait indiqué qu'il aurait à prendre la parole en troisième position et que son sujet du jour était consacré à la santé. Pour un type qui gravitait dans les sphères de la parapharmacie, c'était plutôt normal. Il le comprenait, il n'avait aucunement carte blanche sur le sujet. Il connaissait les grandes lignes du parti, on les lui avait suffisamment présentées. C'était simple, pour ne pas dire simpliste. Le parti avait tout prévu en cas de nouvelle pandémie pour ne pas revivre les mêmes égarements – pénurie de masques, de gel hydroalcoolique, de matériel pour les soignants, etc. – que lors de l'arrivée du Covid-19. Ça, c'était le volet 1. Le volet 2 était consacré à l'usage du cannabis. Usage médical, OK mais extrêmement limité, avec encadrement maximal. Usage festif… on n'en prononcerait même plus le nom une fois le PSLC aux affaires. Pour Léonard, bien sûr, garder un air crédible en disant ça relevait de l'exploit, mais il y arrivait plutôt bien. Volet 3 : l'euthanasie. Qui était l'homme pour envisager défaire ce que

Dieu avait fait ? Etc.

Son passage sur scène s'était bien passé : les sujets n'avaient déclenché aucune hystérie collective, bien entendu, mais il s'en était bien sorti. Les applaudissements avaient même été plutôt nourris. Plus que pour celui qui l'avait précédé, qui avait dû se coltiner le volet fiscal. Il s'était pas mal emmêlé les pinceaux en essayant d'expliquer comment le parti comptait financer les projets, principalement axés sur la sécurité. La baisse du nombre de fonctionnaires inutiles passait bien auprès du public. Mais tout le monde voulait plus de flics, de militaires, de blouses blanches à l'hôpital. Voire d'enseignants à condition que l'on vire les islamogauchistes, hein. Et les chantres de l'écriture inclusive tant qu'on y était.

Quoi qu'ils puissent raconter, les orateurs ne couraient pas de gros risques : le public gardait surtout en tête les images projetées sur l'écran géant en tout début de meeting. L'équipe de paléontologues tenait sa découverte et elle avait été filmée. Les militants et les autres estivants qui n'étaient pas contre un retour à une société assumant sans honte sa pâleur de peau et son judéo-christianisme, plus la frange des déçus de l'extrême-droite présents ce soir-là avaient été gâtés : quelques minutes avant le début du meeting, LA découverte tant attendue avait été faite à moins de cent mètres de là. Elle avait été filmée et le public en avait eu la primeur : la terre de Saint-Coulomb avait accouché de trois nouveaux os préhistoriques. Les complotistes de tous bords prétendant que cette histoire de dinosaure n'était qu'un coup monté devaient manger leur chapeau à l'heure qu'il était... Léonard faisait partie, même s'il n'en avait bien entendu jamais fait état, de ceux qui trouvaient la ficelle un peu grosse. Mais soit l'organisation qui les manipulait comme de vulgaires marionnettes – marionnettes pas trop malheureuses au demeurant – avait eu un coup de bol prodigieux, soit, et Léonard penchait quand même pour cette thèse, soit ils étaient vraiment très forts pour faire semblant de découvrir une espèce jusqu'alors inconnue sur Terre à quelques pas de ce putain de meeting.

Parce que c'était un putain de meeting. Et Martin Léonard l'avait même sacrément en travers de la gorge. Après son passage, et contrairement à l'usage, il ne s'était pas rendu au premier rang faire la claque pour les suivants. Il avait éprouvé le besoin de quitter l'arène et d'aller marcher un peu pour reprendre ses esprits. C'est alors qu'il errait entre les divers véhicules de l'arrière-scène qu'il avait été rejoint par Étienne Mourotte, le *lider maximo* que l'organisation leur avait parachuté et présenté à l'hôtel. Un type austère mais beau parleur quand on lui tendait un micro. Tous s'étaient d'abord demandés ce que venait faire cette éminence des ministères avec eux. Et puis, ils avaient compris : il n'était pas avec eux, mais au-dessus d'eux. C'était un proche du sommet de l'Organisation, de toute évidence.

— Martin Léonard, c'est bien ça ? avait commencé Mourotte avant d'enchaîner. Très bien votre intervention, très bien. Mais je ne vous le cache pas, on a un souci avec vous…

Velaux, La Bastide Neuve, 21 h 47

Il ne faisait pas encore totalement nuit mais le crépuscule n'était plus loin. René en était à sa neuvième ou dixième rotation sur ses points d'observation et commençait à trouver le temps long. La question de l'utilité de la manœuvre se posait désormais. Les images de la découverte de nouveaux os à Saint-Coulomb avaient fait le tour des chaînes d'info et des radios. Les journaux du lendemain étaient en cours d'impression. Et ce n'était visiblement pas pour cette nuit que quelque chose serait découvert à Velaux. Il tenta un nouveau message pour Lindsay. N'était-ce pas plutôt de ce côté-là qu'il devrait orienter son action ? La disparition des radars de la jeune femme et de son otage devenait plus qu'inquiétante… Il en était là de ses réflexions, lorsqu'il se raidit d'un coup. Sans un bruit, il descendit de voiture et se dirigea vers le coffre, où le McMillan l'attendait.

Une lampe venait de s'éclairer dans la tente.

Il fallait garder son sang froid. René savait faire. Analyser la situation froidement et prendre la bonne décision. Il n'y avait aucun danger immédiat. Il n'y avait peut-être personne dans la tente, un simple système de programmation pouvait être à l'origine de l'éclairage. Le cerveau de René fonctionnait comme un ordinateur. Base deux.

1) Il n'y a personne mais on a programmé une lumière pour faire croire qu'il y a quelqu'un.

2) Il y a quelqu'un.

Dans les deux cas, la solution est la même. René s'empare du fusil. Il est préparé pour tirer. Il le pose sur le capot puis retourne au volant. Il passe le point mort, démarre et ressort. Ajuste. Le point rouge se positionne au niveau de la lueur dans la tente.

1) S'il n'y a personne, ceux qui ont organisé la mise en scène comprendront qu'il vaut mieux éviter le secteur.

2) S'il y a quelqu'un… *game over*.

Il presse la détente.

Saint-Coulomb, 21 h 48.

Ce Mourotte et toute la clique de l'Organisation, Groupe Gosier ou autres, étaient des enfoirés. « On a un souci avec vous… » Martin Léonard ne faisait plus partie des gens fiables, à cause de cette histoire de légalisation du cannabis. Des fuites indiquaient que le parti au pouvoir allait le légaliser en cas de réélection, même s'ils ne l'annonceraient pas lors des campagnes à venir, Léonard serait gagnant quoi qu'il arrive. Victoire ou défaite du PSLC, sa frangine pourrait en avoir à profusion et ne serait pas constamment sur la corde raide. Et en y réfléchissant bien, et Mourotte réfléchissait visiblement bien, une défaite arrangerait même Martin Léonard, qui ne serait plus tenu par aucun contrat avec le PSLC…

« On a un souci avec vous » s'était rapidement transformé

en « On ne peut plus vraiment compter sur vous ». Mourotte avait été clair. Le Bordelais n'était pas idiot et savait très bien ce que ça signifiait. Les places auxquelles il se prenait à rêver ne seraient pas pour lui. Pire, il devenait un témoin gênant. Et ces gens-là avaient sans aucun doute les moyens de ne pas trop s'encombrer de cailloux dans les chaussures.

Appuyé contre une camionnette, Léonard décida de s'offrir le temps d'une cigarette et d'un peu de réflexion avant de retourner écouter ses petits copains. Mourotte, qui devait conclure la soirée par un discours enflammé était à quelques dizaines de mètres, en train de passer un coup de fil. La flamme du briquet s'alluma, mais Léonard suspendit son geste. Deux images venaient de se télescoper dans son cerveau, et avec elles, peut-être sa planche de salut. Que faire ? Il fallait se décider, et vite. Il lâcha le briquet qui venait de lui brûler les doigts. *Alea jacta est…*

Velaux, La Bastide Neuve, 21 h 48

La déflagration venait des collines. On ne pouvait en déterminer l'origine précisément, en raison de l'obscurité et par le fait qu'un écho brouillait le bruit. Le major avait déjà arpenté quelques champs de bataille en Europe centrale et avait bien identifié une arme de sniper. Même Pauline, pourtant novice en la matière avait bien compris qu'un fusil de chasse n'était pas la cause de cette détonation. Ce qui se passait était grave, sans aucun doute. Ils planquaient dans la pinède depuis plusieurs heures, quelques mètres en dehors de la zone protégée par une barrière de chantier. Ils avaient bien vu cette tente et avaient rapidement compris qu'elle n'était pas occupée. Même eux, pourtant bien à l'ombre, avaient souffert de la chaleur étouffante, alors, sous une guitoune en plein soleil… Personne n'en était sorti, personne n'y était rentré. Leur surprise avait été vive lorsqu'elle s'était soudain éclairée. Le temps de faire deux ou trois hypothèses et cette déflagration se produisait. La lumière s'était éteinte instantanément et un bruit de verre cassé avait retenti. Et depuis, plus rien. Les deux gendarmes hésitaient sur l'attitude à tenir : prévenir les collègues ? Attendre ? Y aller ?

Il fallait faire vite. Jo ordonna à Pauline de rester sur place pour le couvrir. Si quelqu'un avait reçu une balle sous la toile, ils ne pouvaient sans doute plus rien pour lui mais il fallait s'en assurer. Le risque était bien entendu de se faire canarder... Jo n'ignorait pas que l'arme ayant servi devait être équipée d'un dispositif de visée nocturne mais il choisit de courir le risque. Tant pis.

— Pauline, vous me couvrez, je vais...

— Je ne suis pas en service, major, vous n'avez pas d'ordre à me donner. Je viens avec vous.

Jo secoua la tête. N'importe quoi. Mais il n'avait pas le temps d'argumenter : les riverains avaient déjà dû signaler le coup de feu aux collègues et si ces derniers étaient disponibles, ils seraient vite sur secteur.

— OK, OK. Mais avec un minimum d'organisation quand même : on franchit les grilles chacun à notre tour et pas au même endroit. On arrive en rampant de part et d'autre de la tente. J'arrive le premier, je dépose mon portable contre la tente et me replie. Au pouce en l'air, Pauline, vous faites sonner mon téléphone. Compris ?

— Compris, mais... attendez...

Pauline sortit son téléphone et pliée au-dessus pour cacher la lumière de l'écran, composa quelques codes.

— Une notification de Tony... Je crois que le champ est libre, major : le Teorem a servi sur ce secteur il y a cinq minutes, soit avant le coup de feu. Et il a resservi il y a une minute, après le coup de feu. À trois kilomètres d'ici. Si l'homme au Teorem est le tireur...

— Possible, probable même, mais comme on n'en sait rien, on fait comme on a dit.

Comme « vous » avez dit, pensa Pauline qui s'abstint de tout commentaire. C'était sans importance et les enjeux étaient ailleurs. Les deux militaires commencèrent leur manœuvre.

Moins de dix minutes plus tard, ils étaient toujours vivants. Et guère plus avancés. Ils avaient pu rejoindre la tente sans encombre, l'avaient ouverte. Ils n'avaient bien entendu allumé aucune lampe, mais il était évident qu'elle était vide. La balle avait laissé un trou dans le dôme et on devinait une lampe explosée au sol. Avant l'impact, elle devait ressembler à une grosse torche. Il n'y avait rien d'autre. Quelqu'un l'avait allumée à distance, comme ils l'imaginaient. Comment ? La scientifique le dirait probablement. Mais comme le signifia Jo à Pauline, ce n'était plus leurs oignons.

— En parlant d'oignon… lança la jeune femme, j'ai reçu plusieurs notifications pendant « l'assaut »

— On verra plus tard, Paul…

— Vite fait, Jo… Notre homme est sur Marseille. Et un téléphone avec lequel il a communiqué vient d'être identifié. Un autre Teorem. Vous voulez le nom de son propriétaire, Jo ?

Devant l'absence de réponse du major, Pauline enchaîna :

— On tient notre connexion, je crois : Étienne Mourotte.

Saint-Coulomb, 22 h 03.

Les yeux de Martin Léonard allaient maintenant de l'un à l'autre. Étienne Mourotte qui téléphonait et l'agent de sécurité. Ce dernier avait attiré son attention sans qu'il y prenne garde. Son cerveau avait enregistré de manière inconsciente que ce type faisait tâche. La démarche, l'attitude. Son chien. Quelque chose qui ne collait pas. Il l'avait alors suivi dans ses déambulations, et tout à coup, ça avait fait tilt.

Ludovic Mermoz n'avait pas chômé après avoir « échangé » avec le sevice de sécurité sur la plage. Il avait d'abord fait des courses, plein de courses dans divers magasins : une laisse, un collier et une muselière. Des sapes : un T-shirt blanc, un pantalon noir, des rangers noirs. Un fer à repasser. Des lettres thermocollantes. C'est ce qui lui avait pris le plus de temps : on l'avait envoyé de magasin en magasin, conseillé de commander sur internet. En désespoir de cause, il avait tiré jusqu'à Lorient ou on lui avait dit que peut-être, à Cultura… Il y avait un Cultura à Saint-Malo et ils avaient exactement ce qu'il lui fallait. Ouf.

Il était ensuite retourné à l'hôtel à Fougères où il avait fini de se raser la tête et avait pu coller sur son nouveau T-shirt les indications observées sur les tenues des vigiles : « SV Sécurité », en gros, et en dessous, le nom complet de la boîte, « Sécur'vit ». Il avait remarqué que certains avaient un logo plus abouti, mais heureusement, pas tous. Le résultat n›était pas extraordinaire, mais avec la nuit tombante, et en évitant de passer trop près de ses nouveaux collègues, il avait peut-être une chance… En se regardant dans la glace, il se dit qu'il faudrait même qu'il passe très loin d'eux…

Et il était parti, sous le regard réprobateur du réceptionniste qui devait le trouver vraiment bizarre.

Il était arrivé sur site aux environs de 21 h 30. Le coup de feu du début de meeting était passé pour les agents, qui étaient pour la plupart concentrés sur l'intérieur. Mermoz n'essaya pas de rentrer et fit tout de suite mine de faire une ronde à l'extérieur. L'objectif était de localiser Mourotte ou une huile quelconque. Mourotte, ce serait mieux, bien sûr. Il ne savait pas trop ce qu'il ferait s'il le voyait. Il aviserait le cas échéant. Mais pour l'heure, son activité essentielle était de ne pas se faire repérer par les vrais vigiles. Heureusement, Ghriba jouait plutôt bien son rôle. Il n'avait pas l'habitude de marcher en laisse, mais jusqu'ici tout allait bien. Mermoz en avait plus ou moins le contrôle. Si on lui demandait quelque chose, il dirait que le chien, c'était pour la détection d'explosifs. Le *backstage* semblait l'endroit le plus indiqué pour ne pas attirer l'attention et faire des rencontres intéressantes. Plusieurs véhicules semblaient réservés aux orateurs.

Certains allaient et venaient entre ces derniers et le podium. Deux gardiens, d'allure décontractée, en surveillaient l'accès. Mermoz tournait entre les voitures. Il n'avait pas pris son appareil photo – ça n'entrait pas dans la panoplie – mais il prenait quelques clichés, des plaques d'immatriculation principalement, à la dérobée, à l'aide de son portable. Justement là, il se mit à vibrer. Mermoz hésita : seul Yvon Ben Ouassil connaissait son numéro. Mais il n'avait vu aucun des hommes et femmes affectés à la sécurité utiliser un portable. Des talkies, oui, mais pas de téléphone. Il n'eut pas le temps d'hésiter longtemps. Il sentit une main se poser sur son épaule, tandis qu'une voix lui soufflait :

— Monsieur Mermoz ? Suivez-moi. S'il vous plaît…

Mermoz se raidit et sentit le stress l'envahir. Où est-ce qu'il avait déconné ? Mais le type qui venait de l'interpeller n'était pas agressif. En se retournant, Ludovic avait compris qu'il ne s'agissait pas d'un vigile. Le gars, en léger surpoids et avec un costard classe devait plutôt faire partie des gens du parti. Il souriait, d'un air interrogatif.

— Vous êtes bien monsieur Mermoz ?

— Oui, enfin… Pourquoi ? Qu'est-ce que…

— Suivez-moi, faites vite. Je crois que je suis le seul à vous avoir reconnu. Une chance que je sois venu fumer cette clope.

Le type s'esquiva lestement malgré sa corpulence. Le stress de Ludo était retombé, même s'il restait sur ses gardes. Ghriba était calme. En général, il identifiait bien les gens agressifs. Mermoz n'avait pas le choix et il fallait bien qu'il avance. Il ne savait où aller et du coup, son problème était résolu : il rejoignit le type qui l'attendait au cul de la fourgonnette d'une société d'électricité.

— On n'a peu de temps, monsieur Mermoz, écoutez-moi…

— Attendez, d'abord, qui êtes…

— Ça n'a pas d'importance. On dira que je suis un déçu du PSLC, que j'ai un scoop pour vous, et que ça m'arrange de porter le ver dans le fruit. Ça vous va ?

Ça vous va, ça vous va… La dernière fois qu'on lui avait proposé un scoop, Mermoz s'était retrouvé entravé dans un wagon en bout de quai.

— Dites toujours…

— D'ici quelques minutes, le leader du PSLC va monter sur la scène. Il va sortir de cette voiture, là, la Citroën noire, et passera à peu près là où nous nous trouvons.

— OK, et alors ?

— Alors, je vais lui passer un coup de fil. Si tout se passe bien, il va répondre. Enfin, j'espère.

— OK…

— Il faudra le prendre en photo. Vous avez de quoi faire une bonne photo ?

— Pas vraiment, fit Mermoz en sortant piteusement son portable entrée de gamme de la poche arrière de son pantalon.

— Bon… De toute façon, on n'a pas le choix… Essayer d'attendre qu'il soit dans la lumière des projos. Il faut que l'homme soit identifiable, et son téléphone aussi.

Mermoz embrassa la scène du regard. La photo, c'était son métier. Il identifia rapidement quelques points où se poster…

— Bon, je devrais y arriver. Je le prends en photo, et après ?

— Vous avez entendu parler de l'affaire Benalla ?

— Pour sûr, mais…

— Eh bien, vous tenez là une deuxième affaire Benalla. Pensez-y bien, le téléphone…

Mermoz ne savait pas trop sur quel pied danser. Son interlocuteur s'apprêtait à rejoindre le meeting et Mermoz le point qui lui semblait le plus adapté à une prise de photo. Soudain, il lança, avant que son type ne disparaisse :

— Attendez, si vous voulez que j'en fasse quelque chose : c'est qui, votre grand chef ?

— Étienne Mourotte. Vous ne devez pas connaître, mais vous comprendrez vite de qui il s'agit…

La bombe ! Mourotte sur un plateau ! Avec visiblement un téléphone qui pourrait lui mettre des bâtons dans les roues. Enfin, façon de parler. Mermoz relirait la prose consacrée à l'affaire Benalla à tête reposée. Pour l'heure, il fallait prendre une photo et ne pas se planter. L'exercice n'était pas simple : avec le matériel à sa disposition, il n'avait droit qu'à une prise. Pratiquement à bout portant. En tenant un chien en laisse. Il quitta l'affût qu'il s'était choisi, entre deux camionnettes. Il fallait qu'il soit en mouvement. Il s'assura qu'il était le seul « vigile » du secteur, en dehors des deux qui gardaient l'entrée des artistes. Mais ces deux-là restaient sur place et discutaient. De plus, ils l'avaient probablement vu échanger avec l'inconnu. L'inconnu faisant partie du sérail, Mermoz ne devait pas être considéré comme un intrus. Il se remit en marche, le téléphone maintenant à la main. Il ne faudrait pas que Mourotte mette des plombes à sortir quand même.

Il mit moins d'une minute. À peine avait-il mis le pied au sol qu'il sortit son téléphone de sa poche. Il regarda le numéro qui s'affichait.

— Réponds, putain, réponds ! jura Mermoz intérieurement.

Mourotte finit de s'extraire de sa berline et remit le téléphone dans sa poche.

Il se dirigea vers l'entrée du meeting. Une cinquantaine de mètres l'en séparait. Mermoz commençait à imaginer mille moyens pour lui faire sortir son téléphone à nouveau, tout en marchant à sa rencontre. Mourotte allait entrer dans la portion éclairée et Mermoz n'était plus qu'à quelques pas de lui.

Et puis, miracle. Ou, plus sûrement, le type qui l'avait mis sur le coup devait surveiller la scène et retentait sa chance. Mourotte, l'air agacé, replongea la main dans sa poche, sortit son téléphone – un truc énorme, à clapet, genre les vieux Nokia – l'ouvrit et regarda l'écran. Au moment où il croisa Mermoz, sans le voir, il lâcha à voix basse :

— Léonard, vous me faites chier.

Et il disparut en accélérant le pas vers la scène.

Mermoz avait sa photo, mais il préféra ne pas en vérifier la qualité sur place. Il continua lui aussi sa marche, dépassa le backstage et se retrouva sur la plage. Il continua à marcher. Il ne fallait pas se relâcher. Il s'attendait à être rattrapé à tout instant : il ne faudrait pas que la sécurité pense qu'il quittait son poste, ce serait un comble. Le souffle court, il parcourut ainsi plusieurs centaines de mètres dans le sable. Il rejoignit une sortie sans problème et suivit la route qui longeait la plage, en direction de sa voiture. Il y avait un peu de passage, des piétons, quelques voitures. Mais tous étaient attirés par la rumeur et les lumières en provenance du meeting. Personne ne le remarqua. Lorsqu'il gagna sa voiture, il démarra dans la foulée. Il ne serait tranquille que lorsqu'il serait à plusieurs kilomètres de la plage du Gesclin.

28 août

Saint-Malo, 9 h 35

Pour une fois, la première depuis longtemps, la cité corsaire ne suffoquait pas dès le matin. La météo annonçait même « un risque de pluie » pour l'après-midi. Même si la chaleur avait été le cadet des soucis de Mermoz ces derniers temps, il savait apprécier ce répit.

La nuit avait été courte. Ce n'est qu'une fois enfermé dans sa chambre d'hôtel à Fougères qu'il avait consulté son téléphone. La photo prise sur la plage n'avait pas un grand intérêt esthétique, mais on reconnaissait le sujet : on voyait Mourotte en plan américain. Et son téléphone. Mermoz ne savait pas encore très bien à quoi pourrait servir cette photo. Il se souvenait que Benalla avait été ennuyé après son départ de l'Élysée parce qu'il avait gardé pas mal d'objets qu'il n'aurait pas dû garder, dont un téléphone ultra-sécurisé. Il faudrait vérifier tout ça, mais il lui faudrait un accès internet. Il avait transféré la photo à Ben Ouassil, pour multiplier les chances de pouvoir la conserver. La parano était moins présente, les derniers événements s'étaient passés à merveille. Mermoz craignait plutôt un problème technique, son portable ne présentait pas toutes les garanties de fiabilité. Après avoir envoyé la photo, il se souvint que le téléphone avait vibré, plus tôt dans la soirée.

Comme il le savait, c'était un appel, suivi d'un message vocal du Djerbien. « Appelle-moi dès que tu peux : j'ai une info mais je ne sais pas quoi en faire. Si tu peux dénicher un certain Étienne Mourotte et voir quel rapport il y a avec un téléphone Teorem... »

Mermoz avait souri. Décidément, le Djerbien et lui n'avaient pas besoin de beaucoup communiquer pour arriver aux mêmes conclusions ! Ils disposaient des deux pièces d'un puzzle qu'il fallait vite assembler.

Mermoz avait appelé Ben Ouassil. Ce dernier était en train de conduire, ce qui ne l'avait pas empêché de répondre. Ils s'étaient raconté leurs dernières aventures. Si Mermoz avait eu chaud, surtout au sens figuré, Ben Ouassil avait littéralement cramé toute la journée : il était arrivé tôt le matin sur le site de fouilles de Velaux, La Bastide Neuve. Il s'était glissé dans une des nombreuses cicatrices laissées dans le sol par les archéologues, une cavité dans laquelle il tenait à peine, et encore, en chien de fusil. Puis il s'était recouvert d'une toile de tente, simplement posée au sol. Et il avait attendu. Il comptait sur une visite... mais personne n'était venu. Il avait expliqué à Mermoz qu'en désespoir de cause, et aussi parce qu'au bout de pratiquement dix heures d'attente il avait l'impression de ne plus avoir de membres, il avait tenté le tout pour le tout : il avait découpé le sol de la tente et y avait posé une lampe-torche allumée, par en dessous. Le résultat ne s'était pas fait attendre, moins d'une minute, peut-être. Il y avait eu un coup de feu et un impact. Une fois sorti de sa cachette, le Djerbien avait constaté les dégâts : une balle de gros calibre avait déchiré la toile et pulvérisé la lampe. Mais avant de s'extirper de son refuge, il avait encore un peu attendu. Bien lui en avait pris : un homme et une femme étaient arrivés sur place peu de temps après. L'homme était le flic qui l'avait interrogé à Saint-Malo d'après ce qu'il avait compris de leur conversation. Et ils avaient dit que le tireur venait dêtre localisé sur Marseille, où il avait joint le fameux Étienne Mourotte. Et le téléphone de ce dernier était « un autre Teorem ».

Mermoz et Ben Ouassil avait alors pris la décision… de ne rien décider tant qu'ils ne se seraient pas vus. Une seule chose semblait certaine : il faudrait rencontrer les flics à nouveau et négocier avec eux. Mermoz détenait peut-être un élément essentiel à l'enquête. Même s'ils ne comprenaient pas encore pourquoi. Ils s'étaient donc donné rendez-vous à Saint-Malo, à l'ouverture des cafés. Le temps pour le Djerbien de faire la route.

Le temps de boire deux cafés serrés chacun, ils avaient mis la stratégie au point : Mermoz avait appelé la gendarmerie, en expliquant qu'il avait des informations pour le major Joseph Digoin. On lui avait expliqué que le major faisait partie du « PAM[15] » et qu'il était de sortie avec une équipe resserrée. Il serait prévenu dès son retour. Mermoz avait laissé son numéro. Les deux hommes avaient décidé de bouger à leur tour. Ils étaient quasiment méconnaissables, avec leurs nouvelles tenues et coupes de cheveux. Il n'y avait que Ghriba qui n'avait pas changé. Mais l'étau s'était desserré et ils ne risquaient plus grand-chose du côté des gendarmes. Il fallait quand même se montrer discrets, d'autant plus qu'ils ne savaient pas ce que Mourotte et ses hommes de main avaient en tête. L'idée était de repérer un point de rendez-vous leur permettant de disparaître rapidement en cas de grabuge…

Saint-Malo, 10 h 05

Jo n'attendait rien de son entrevue avec le procureur. Il s'était inscrit au premier tour de PAM de la journée, avec Pauline et Alain Marnou. L'idée était surtout d'aller faire un tour et d'échanger autour des événements de la veille. Kad Mansaoui avait rejoint

15. Premier à Marcher, petite équipe chargée de patrouiller, d'occuper le terrain. Les gendarmes se relaient ainsi entre PAM, et militaires restant en caserne.

son service habituel, et, même si tout le monde reconnaissait son sérieux et son professionnalisme… il ne manquait à personne ! Après avoir discuté avec quelques commerçants, le trio s'était résolu à parler de la nuit précédente au procureur. Que risquaient Pauline et Jo ? Rien, probablement. Ils n'avaient pas vraiment désobéi. Ils étaient allés vérifier une hypothèse sur leur temps libre et n'étaient pas intervenus. C'était plus risqué pour Tony, mais lui non plus n'avait enfreint aucune loi, aucun ordre. Enfin presque. Ils ne pouvaient pas garder ça pour eux. Ça, ça aurait été une faute.

Le proc, intrigué, avait bien voulu les recevoir entre deux rendez-vous. Il les avait écoutés attentivement, et n'avait manifesté qu'un très léger agacement. Il avait ensuite longuement hoché la tête, semblant peser le pour et le contre. Pour leur dire quelque chose dont il avait connaissance. Ou pour ne pas leur en parler. Il avait conclu cette valse-hésitation par ces mots :

— Je ne devrais pas vous en parler, vu que les gendarmes ne sont plus sur cette affaire. En théorie, n'est-ce pas ? Mais, je ne sais pas… je sens que si je ne joue pas cartes sur table, vous risquez de… enfin, vous voyez ce que je veux dire. Bref, nous sommes au courant de cette histoire de Teorem prétendument en la possession de monsieur Mourotte. Une dénonciation anonyme. Monsieur Mourotte a été entendu ce matin. Il a affirmé aux enquêteurs avoir rendu ce téléphone au moment-même de sa démission.

— Il n'empêche, objecta Pauline, que ce téléphone a servi cette nuit…

— Peut-être, peut-être, mais d'une, il a pu servir à quelqu'un d'autre que monsieur Mourotte. Et c'est d'ailleurs ce qui s'est probablement passé.

— Et de deux ? demanda Jo qui lui ne masquait pas son irritation grandissante.

— De deux, légalement, je ne peux pas lancer une enquête sur la base d'une écoute qui n'a aucun fondement légal.

De retour à la gendarmerie, on leur avait annoncé que Mermoz avait appelé. Peut-être une lueur dans cette vraie-fausse enquête ? Un comble que n'aurait manqué de pointer Mansaoui… Ssuspects numéro un dans l'assassinat du plongeur, les deux hommes qui avaient mobilisé l'ensemble des forces de l'ordre sur le territoire étaient-ils en capacité de débloquer cette affaire ? Jo relut la note à voix haute :

— Rappeler Mermoz, il a un document qui peut intéresser le major.

Jo avait appelé. Mermoz avait répondu à la première sonnerie, mais n'avait voulu donner aucune explication. Il avait juste fixé un rendez-vous sur les remparts. Un seul gendarme et dans le quart d'heure. C'était de bonne guerre, les militaires n'avaient pas le temps de s'organiser...

Mermoz était seul, le chien de Ben Ouassil à ses pieds. Jo sourit en approchant. Décidément, il leur aurait donné du fil à retordre, ce journaliste de province ! Ben Ouassil ne devait pas être loin, mais sans son chien, il était plus difficilement repérable. De son côté, il avait organisé son équipe de la même manière : Pauline s 'était arrêtée à deux cents mètres du rendez-vous, sur une terrasse et Marnou arrivait par une autre rue. Tous s'étaient mis en civil… Si Jo estimait qu'ils devaient intervenir, ils avaient convenu d'un signe discret.

— Monsieur Mermoz ? Major Digoin, gendarmerie nationale.

— Enchanté, major, mais je vous connais déjà ! Asseyez-vous, je vous en prie.

Mermoz désignait le mur des remparts sur lequel il était déjà installé. Le gendarme obtempéra et le jeune journaliste poursuivit :

— Je crois que vous avez besoin de nous… et nous avons besoin de vous...

— Je vous écoute, monsieur Mermoz.

— Nous savons que l'homme qui a tiré sur la toile de tente à Velaux cette nuit a contacté Étienne Mourotte, tout nouveau leader du PSLC sur un téléphone Teorem cette nuit…

— Quoi ? Mais comment êtes-vous au courant ?

— C'est notre métier, major, de savoir ce genre de choses. D'autant plus qu'à titre personnel, nous sommes, disons.. très concernés par cette affaire. Nous sommes certains maintenant que ce parti politique et ceux qui sont en train de le faire monter dans le pays sont à l'origine de tout ce qui arrive. La mort de Lanaët, son cadavre planqué dans le coffre de…

— OK, Mermoz, OK. Continuez s'il vous plaît.

— Nous savons donc que vous savez que Mourotte et le tireur ont communiqué cette nuit. Vous en avez comme preuve des écoutes téléphoniques. Mais nous, nous pouvons doubler cette preuve.

— Ah bon ? Et comment ça ?

Mermoz poussa une énorme soupir de soulagement, très intérieur. C'était là que se jouait toute la suite des opérations. Le flic était intéressé par l'info. Il aurait pu n'en avoir rien à faire.

— J'ai en ma possession une photo prise hier soir, pendant le meeting du PSLC. Des experts en imagerie, les vôtres ou d'autres, pourront très facilement identifier le lieu, donc le moment de la prise de la photo.

— Je ne vous suis plus, Mermoz… Il y a plein de photos de Mourotte sur ce meeting. Tout le monde sait qu'il y était. Qu'est-ce que vous comptez prouver avec cette photo ?

— Sur cette photo, Étienne Mourotte est en train de téléphoner avec un Teorem. Vous savez comme moi que ce type de téléphone est très facilement reconnaissable.

Mermoz voulait la jouer très pro… Mais la veille encore, il ignorait ce qu'était un Teorem...

— Putain Mermoz, comment avez-vous fait, nom de dieu ?

— Cette photo, reprit Memoz qui savourait, elle est importante pour nous, et importante pour vous. On peut sortir un scoop énorme, qui nous assurerait des ventes nationales. Une nouvelle affaire Benalla. Un ancien conseiller du ministre de l'Intérieur échange avec un barbouze avec du matériel ultra-sensible réservé aux cadres du gouvernement et de la Sécurité intérieure. Par le même coup, on plombe le PSLC. On coule notre ennemi invisible…

— Pourquoi avoir voulu me rencontrer, monsieur Mermoz, vous semblez avoir toutes les cartes en main…

— Parce qu'on a un autre problème, major. Et celui-là, vous êtes le seul à pouvoir le régler. Mon collègue et ami, Yvon Ben Ouassil…

Jo réfléchissait à toute vitesse. Ce type lui proposait un marché. S'il œuvrait pour l'arrêt des poursuites, il récupérait la photo et pourrait la fourrer sous le nez du proc. Les gendarmes reprendraient la main sur les flics. Et à titre personnel, il pouvait penser promotion et belle pub pour son service… S'il disait à Mermoz d'aller se faire foutre, le journaliste sortirait la photo dans son canard. Le résultat stricto sensu serait le même pour l'enquête en cours : le proc serait obligé de constater que Mourotte n'avait pas rendu le téléphone. Mais c'est la police qui tirerait les marrons du feu…

— Qu'est-ce que vous voulez, en échange de cette photo, Mermoz ?

ÉPILOGUE

30 août

Libreville, 9 h 12

Il n'était pas coutumier du fait, mais René accepta le cigare que lui tendait la nouvelle responsable de la garde rapprochée du président Bongo.

La France était coutumière du fait : le recyclage de ses barbouzes dans les hautes sphères de la république pétrolière.

— Je les ai récupérés dans le bureau de mon prédécesseur, lança Lindsay. Je ne fume pas, prenez la boîte si vous voulez…

René déclina l'offre et enchaîna :

— Bon, Lindsay, vous m'assurez que le petit fouille-merde de Sam Vernet est bien hors d'état de nuire ?

— Vous me faites confiance, René ? Je vous ai déjà dit qu'il n'a rien contre nous. Il ne voulait juste pas que son littoral soit pourri par des investisseurs. Ce sera le cas ? Je vous fais confiance moi aussi. Il voulait aussi savoir ce qui était arrivé à son ami.

— Et ?

— Et je lui ai expliqué. Il a compris. Il sait très bien qu'on ne fait pas d'omelette sans casser des œufs. Il est de la partie, vous savez bien…

— Ce n'est pas une partie que je maîtrise très bien…

— Mais vous me faites confiance !

— Obligé, non ? Vous l'avez laissé filer, de toute façon…

— Je vous l'ai déjà dit. On a des idéaux communs avec Sam. L'indépendance de l'Irlande du Nord pour commencer... On a eu le temps de discuter. Sa mère est de Dublin.

René fit un geste de la main signifiant qu'il lâchait l'affaire. Il avait déjà mis Son Sen sur la piste de ce type, et quoi qu'il en dise, il gardait le contrôle. Il était pressé de passer à autre chose. L'affaire du PSLC avait été un fiasco sur toute la ligne, Mourotte était le mauvais canasson. Il ne pouvait pas toujours gagner. Par contre, il fallait savoir rebondir. Pour ça, il fallait du fric. Ses investisseurs étaient devenus fuyants, il fallait en trouver d'autres. D'où la présence de nombre de ses sicaires dans le nouvel organigramme sécuritaire du gouvernement gabonais.

Rochetaillée, Loire, 23 h 15.

Les Dispac'h quittèrent la scène sous les acclamations du public, nombreux, majoritairement aviné et unanimement trempé par l'orage qui s'était abattu sur le Pilat. Pour sa dernière pige, Yvon-Gino-Ben Ouassil avait mis une énergie hors du commun. La foudre était de sortie ce soir-là… À peine avait-il quitté la scène que Mermoz s'était précipité sur lui, surexcité :

— Yvon, tu fais ce que tu veux, la fête avec les musicos, ce que tu veux. Moi je file à l'hosto !

— Comment ça, à l'hosto ? Qu'est-ce qu'il y a...

— Elle a ouvert les yeux, mec ! ELLE A OUVERT LES YEUX ! Ils viennent de m'appeler. En pleine nuit, c'est sympa, hein ?

— Bien sûr que je viens. T'es garé où ?

— C'est toi qui m'amènes, regarde...

Mermoz désignait un van, les warnings en action, à l'arrière du backstage.

— Putain, on dirait le mien… Qu'est-ce que...

Ben Ouassil s'interrompit et fonça sur la camionnette. Une jeune femme se tenait appuyée contre le capot. Ghriba se précipita sur elle en remuant la queue. Lorsque Ben Ouassil arriva à sa portée, elle lui tendit un jeu de clés :

— Pauline Chardelet, gendarme adjointe à Saint-Malo. En congé, je précise. Vous vous souvenez de moi ? Je me suis occupée de votre chien, le jour où…

— Vous parlez que je m'en souviens ! Le chien a l'air de vous apprécier...

— J'ai continué à étudier le dossier de votre cavale. Die, Briançon, Latourbière… C'est pratique, l'informatique. Le même chemin que les Dispac'h. Un groupe que je suis depuis longtemps. Bref, voilà votre camion. Vous n'aurez pas les excuses de la gendarmerie, par contre…

— Par contre ?

— Par contre, voilà également, poursuivit-elle en lui tendant une enveloppe, une convocation chez le juge. Toutes les charges contre vous sont abandonnées, sauf l'histoire du tympan perforé du gardien de prison…

— Vous êtes vraiment des enfoirés ! Je n'avais rien à y foutre, moi, dans cette taule !

— Je sais. Vous ne risquez pas grand-chose, vu les circonstances. Et puis… de rien, hein..

— Quoi ?

— Notre atelier de mécanique vous l'a remis à neuf, votre camion. La panne, ce n'était rien. Une durite. Ils vous ont même changé la courroie de distribution. Vous avez eu du bol, le kilométrage était plus que dépassé… Voilà, messieurs, soyez prudents…

Remerciements

Ce livre aurait été différent sans l'apport de proches et d'amis qui ont pu m'éclairer grâce à leur expertise, dans différents domaines en lien avec certains points très techniques abordés dans le texte, ou sur un plan plus littéraire. Je remercie donc bien sincèrement, Jof Brigandet, Sylvie Callet, Vincent Duchêne, Christian May et Romain Nogaro.

Et un grand merci également à l'équipe des Éditions Arcane 17, qui croit en ce livre et a effectué un travail de grande qualité pour en faire ce qu'il est aujourd'hui. Un merci tout particulier à Marie-Pierre Vieu, Diego Arrabal et Anne Manresa.

ISBN : 978-2-493049-28-5
ISSN : 2606-538X

Achevé d'imprimé sur les presses
de Sepec Numérique en août 2023
Dépôt légal : août 2023

Contact : info.arcane17@orange.fr

PEFC 10-31-3532